Alphonse

Raphaël
Pages de la vingtième année

*Édition présentée, établie et annotée
par Aurélie Loiseleur*
Maître de conférences à l'Université de Nantes

Gallimard

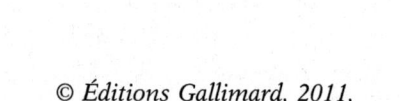

© *Éditions Gallimard, 2011,
pour la préface et la présente édition.*

COLLECTION
FOLIO CLASSIQUE

PRÉFACE

Au moment d'aborder « un des plus douloureux déchirements de [sa] vie de cœur », Lamartine conclut ses Confidences *par un renvoi explicite : « voyez Raphaël ». L'autobiographie semble tout naturellement se poursuivre dans ce récit à la première personne, comme c'est le cas dans* Graziella. *Mais le récit-cadre de* Raphaël *introduit un changement de narrateur. Le prologue reprend le lieu commun du manuscrit confié à un ami par un mourant. Cette mise à distance intervient pour des raisons de bienséance, comme le précise Lamartine à Émile de Girardin, le 5 décembre 1847 : « Ce que j'écris à présent ne paraîtrait pas convenablement sous le titre de* Confidences, *qui avouerait une page de ma propre vie ; cela s'appelle* Raphaël, *pages de la vingtième année. »*

Les troubles de la révolution de février 1848 reportent au 20 janvier 1849 la parution de ce roman autobiographique, qui semble pourtant si détaché de l'Histoire. Raphaël *fait figure de double qui doit permettre à Lamartine, orateur, député, chef du gouvernement provisoire, candidat à la présidence de la République en décembre 1848, de se sentir plus libre dans la peau d'un mort obscur, quand il livre à la*

*foule ses amours de jeunesse. Qui serait dupe ?
« Puisqu'un homme tel que M. de Lamartine a trouvé
convenable de ne pas clore l'année 1848 sans donner
au public ses confessions de jeunesse et sans couronner sa politique par des idylles »*, déclare Sainte-Beuve
dans ses Causeries du lundi, *on peut, avec lui, s'interroger sur cette rencontre entre idylle et politique. Dans
quelle mesure* Raphaël *est-il encore de la politique ?
En quoi la langue du cœur est-elle partie prenante de
la stratégie lyrique ?*

« Le vrai nom de l'homme qui a écrit ces pages n'était pas Raphaël. » *La première ligne du prologue est un avertissement et un aveu qui signalent une falsification d'identité. Quel est donc le « vrai nom » du narrateur, si Raphaël est un nom d'emprunt ? La lecture du roman confirme le soupçon que cet autre du personnage ne cesse de faire signe vers l'auteur lui-même. En ce sens, Raphaël est le nom que Lamartine donne, un peu plus de trente ans après, à l'amant qu'il a été. Pour accroître la confusion entre vérité et fiction, Julie Charles garde son prénom ; Louis de Vignet devient L***, Aymon de Virieu, le comte de V***. On vit rarement déguisements si transparents.*

Le poète prend pour prête-nom un peintre. De tels échanges entre les arts sont fréquents, au XIXe siècle, dans les récits à caractère autobiographique : ce maquillage ne cache rien. Mais le Raphaël de Lamartine n'est pas peintre. C'est son portrait qui fait de lui un artiste, qui le renomme selon son physique, et retrouve en lui des ressemblances frappantes, aspirations esthétiques, quête d'absolu, religiosité, passion pour une Fornarina moderne. Le nom est immédiatement signifiant : il cristallise un rapport anachronique au beau. Le « mal du ciel » dont est atteint le héros, *cette nostalgie d'un ailleurs qui fait de la terre un exil, promet une adaptation tant personnelle que générationnelle du « mal du siècle ». Le Raphaël de Lamartine n'est pas un artiste, mais une virtualité d'artiste à qui une langue a manqué. Cet échec accentue la tonalité sombre du prologue, texte curieux auquel ne fait pendant aucun épilogue, parce qu'il en tient lieu. Tout tend à prouver qu'il a été rajouté au corps du récit, que sa rédaction tardive reflète l'échec humiliant de Lamartine à l'élection présidentielle et le conduit à une mort sociale, qui, dans la fiction, emporte réellement Raphaël.*

À deux reprises, les personnages s'interrogent : « la première des vertus, s'il y a des vertus, n'est-ce pas la vérité ? » En ce sens, Raphaël *est un récit très peu vertueux. Puisque le roman donne un droit illimité au mensonge, Lamartine n'allait pas se priver de sa prodigieuse plasticité, qui lui permettrait de déformer les faits suivant ce qu'il voudrait embellir ou dissimuler, ce dont il voudrait ou non se souvenir. Tissu de mensonges, son récit ? Notre double chronologie, qui figure dans le Dossier, se charge de mesurer la transposition des faits en fiction. En même temps, Lamartine reste fidèle à la vérité la plus essentielle : que « Tout dise : ils ont aimé » (« Le Lac »). À l'évidence reposent là « cette exaltation calme, ce délire paisible, ce vertige continu d'une âme qu'un premier amour soulève de la terre comme sur des ailes et promène de pensées en pensées à travers un nouveau ciel, dans un perpétuel épanouissement de joie ». D'avoir baigné dans sa matière lumineuse, d'avoir connu cette grâce douloureuse de la présence et de sa privation, l'intérieur, témoigne le Lamartine vieillissant qui écrit là son* Werther, *en reste à jamais extasié. Le paysage lui-même devient habité. La Savoie aura toujours un visage, celui de Julie. Cela suffit à faire un monde, centré sur deux êtres qui vont puiser de l'épaisseur dans leur souffrance. Le roman ne veut plus y toucher, si bien que les personnages à leur tour n'ont plus prise et se vouent à l'abstinence.*

Le mensonge originel tient à cette relation éthérée des amants, anticipant le ciel, à cette passion qui se retient de goûter à la chair de peur de s'y perdre. Julie et Raphaël font les anges, bêtement. La sexualité est affectée d'une puissance mortifère. On rencontre une mourante décharnée, cardiaque, que le moindre coït tuerait, comme le précise un passage de la première édition que Lamartine supprima devant les quolibets. Remarquons cependant que le récit de Pierre Jean Jouve, Dans les années profondes, *paru en 1935, réalise cette virtualité du premier scénario lamartinien sans que personne ait songé à en rire : Hélène de Sannis, la mal mariée, succombe du « cœur » entre les bras de Léonide, son tout jeune amant — comme s'il fallait ce sacrifice de la femme pour que le héros soit initié à sa vocation d'écrivain, et vive désormais dans l'espace orphique du souvenir.*

Une chose est sûre, il ne s'agissait pas d'une coucherie : comment suggérer l'expérience de l'absolu ? Lamartine a cru qu'il fallait se passer des mots du corps, crus, éphémères. Mais c'est aussi qu'il lui faut protéger Julie. Il édifie le tombeau de l'aimée, soit. Dans ce monument de mots elle doit revivre, respirer à nouveau. Il désire par-dessus tout la rappeler et ne peut que l'exposer, détaillant le récit d'un adultère. Paradoxe d'un hommage qui jette la première pierre. La fable de la chasteté est chargée, bien maladroitement, d'étouffer le tort qu'il porte à sa mémoire en donnant tant de publicité à leur liaison ancienne.

De mensonge en mensonge, voilà une Julie si asexuée qu'elle ne peut être que la fille de son mari et la sœur ou la mère de son amant. Car le mari est complice, lui aussi. Celui que le narrateur affecte d'appeler seulement « le vieillard » est membre perpétuel de l'Académie des sciences et septuagénaire ; sa femme a vingt-huit ans, Raphaël vingt-quatre. Avec constance, Lamartine fait du mari de Julie un personnage de comédie équivoque qui n'a de cesse de jeter sa femme dans les bras d'un autre. Tout de même, il finit par retirer les passages de la première édition où « le vieillard » incitait Julie à se choisir un amant bien légitime pendant qu'il fermerait les yeux.

On voudra rétablir les faits, on ne pourra pas s'en empêcher, comme on remonterait à la source : renvoyant les personnages à leur chair et leurs os, on reprendra avec eux le trajet qui les guida tous deux vers la station thermale d'Aix-les-Bains, au début de l'automne 1816, qui les jeta dans la pension du docteur Perrier, qui les chassa lentement sous l'allée de peupliers dorés, qui les lança vers les sommets, qui les berça sur la surface profonde du lac, de naufrage en romance, de conversations métaphysiques en contemplations muettes, d'envies de suicide en poèmes. C'était au début de la morte saison. « Ô toi qui m'apparus dans le désert du monde ! » s'exclame le premier vers d'« Invocation ». Non plus la foule étouffante de l'été mais déjà le deuil de la nature, l'ombre et la consomption, bientôt l'hiver et « la longue mort de la séparation ».

On fera remarquer que la manie qu'a Lamartine de tout rajeunir a encore une fois sévi, puisque Julie

Charles avait alors trente-deux ans, et lui-même vingt-six ; que les supposées six semaines à Aix qu'affiche le roman, par décence, dans les faits se réduisirent à une petite quinzaine de jours, durant lesquels le couple se séduisit au point de repartir dans la même voiture. Julie Charles n'était pas aussi désincarnée que son fantôme : médisance ou pas, elle traînait après elle une certaine réputation de légèreté. « Nous avons été amants », écrit Lamartine à Aymon de Virieu, le 16 décembre 1816, « et nous ne sommes plus que des amis exaltés, un fils et une mère. Nous ne voulons plus être que cela. »

Ils avaient des appartements voisins : Raphaël *revient sur les bruits surpris, une voix (ses accents créoles, par quoi elle est doublement « l'étrangère », au début du roman), un pas, une robe, cette vie furtive, de l'autre côté de la cloison, invisible et vraie comme le frôlement d'une divinité. L'amour seul provoque cette intense réceptivité à l'autre, aux signes ténus qu'il émet, érotisant les lenteurs de l'approche. Car cette femme, c'est l'impossible vivant : elle est malade, elle est mariée, elle va partir, elle va mourir. Qu'on se souvienne avec le narrateur de sa première apparition. Tout en blanc, elle est assise sur un banc. Elle roule entre ses doigts un œillet de poète rouge. Attribut de la déesse, figure de la destinée. Aucun détail n'est innocent. Voilà sa première statue, pétrifiée dans la méditation. De la même façon, elle redevient statue de la mort après l'accident du lac et son long coma. Raphaël la sauve alors qu'elle se noie en elle-même, dans la solitude et la maladie. Elle devient à son tour une figure de salvation. Bien qu'elle ne croie pas en Dieu, en digne héritière de la philosophie des Lumières, elle tourne vers le héros un visage mystique : elle fait signe vers l'au-delà et finit par se convertir, éclairée par l'amour, au moment de l'agonie, dans la réalité comme dans le roman.*

*La cloison entre eux, le verrou, matérialisent l'interdit physique, de même que l'épée entre Tristan et Iseut et toutes les séparations matérielles et symboliques qui dénouèrent les bras des amants. La tragédie virginale d'*Atala *n'est pas loin, ni la pudeur fatale de la jeune fille dans* Paul et Virginie, *qui obsédèrent cette génération. Il y eut, dans l'histoire de la critique lamartinienne, de grands débats pour savoir si le loquet fut soulevé, si la fameuse porte céda sous l'impulsion du désir. Tous prirent position, et, quand René Doumic publia les quatre lettres de Julie Charles à Lamartine qui n'avaient pas été détruites, le combat devint épique, au point que Léon Séché se sentit le devoir tout chevaleresque de défendre la vertu d'Elvire mise à mal en produisant, en 1909, un* Roman de Lamartine. *Ce livre n'est rien d'autre en effet que la réécriture de* Raphaël « *pour l'honneur d'Elvire* » : *il prétend qu'il est la vérité, et cette parole d'évangile vient consolider par des preuves voulues irréfutables les rares moments du roman où la morale pourrait trembler sur ses gonds.*

Le contexte affectif de la rédaction de Raphaël *entre aussi en ligne de compte. Autour de Lamartine, sa femme, Marianne, qui s'effarouche à la moindre nudité ou hérésie. Devant l'œuvre de son mari, elle est en train de devenir une spécialiste de la censure. Sa nièce, Valentine de Cessiat, resplendissante des illusions et des élans de la jeunesse, subjuguée par cet oncle poète-homme d'État, qui se charge de lui montrer comment on aime à vingt ans.* « *C'est l'amour éthéré et pur de cet âge, conservé dans un vase fermé.*

Je l'ouvre pour moi et pour les jeunes cœurs qui y reconnaîtront leurs propres martyres et leurs propres délices », écrit Lamartine à Adolphe de Circourt le 30 novembre 1847. *Ces pieuses femmes veillent. Elles gardent un droit de regard sur les souvenirs de jeunesse de leur grand homme. On écrit pour les vivants. Julie, à la fin du roman, prie pour que Raphaël rencontre une compagne qui le comble. En filigrane, après tant d'amour adressé à une autre, Lamartine se sent tenu de rendre hommage à sa femme. En 1832, leur fille unique est morte. Ils l'avaient appelée Julia.*

On a beaucoup raillé le premier Romantisme pour son goût des amantes diaphanes, décrites comme autant d'anges prématurés. Ces muses d'hôpital finirent par indisposer, et cette « chasteté par ordre du médecin[1] *» fit plus sourire que pleurer. Flaubert, dans sa correspondance, peste contre ces amours malsaines à force de pureté. Car la vérité a un aspect physiologique qu'il ne veut pas, lui, oublier. Et il maltraite Lamartine et son « école », ceux qui font de l'amour un lac d'eau de rose, bovarystes en puissance :* « c'est un esprit eunuque, la couille lui manque, il n'a jamais pissé que de l'eau claire » *(à Louise Colet, 6 avril 1853). Plus tard, dans le* Cours familier de littérature, *à propos de* Volupté *de Sainte-Beuve ou du* Lys dans la vallée *de Balzac, Lamartine reconsidère sa propre pratique romanesque. Il exprime ses regrets d'avoir, comme eux, sacrifié la vérité à la vertu, dans ce livre « à moitié vrai, à moitié faux » qu'est* Raphaël, *aussi « hermaphrodite » que ses héros. « La passion*

---

1. Lettre de Flaubert à Louise Colet, Croisset, 20 avril 1853.

n'est vraie qu'à condition d'être simple ». C'est pourquoi il ne remporta pas le succès escompté : le lecteur se laisse peu prendre aux fausses confidences.

La poésie comme la mort avaient mis Elvire à l'abri de l'incarnation. Pourquoi aller la rechercher ? Peut-être Lamartine ne s'est-il pas assez méfié de la prose, qui fait perdre à la personne aimée, réinscrite dans les particularités de sa vie, son aura d'universel et de sacralité. Cette Elvire qu'il a érigée en mythe dans les Méditations, en 1820, à la faveur de quelques confusions, il veut la ramener à un récit circonstancié. Pour la faire revenir, bien sûr, celle qui continue à le hanter. N'est-il pas risqué d'éclairer un fantôme ? Comment dire la vérité sur une figure qui a déjà connu, par la poésie, l'apothéose, sans la faire tomber de son ciel ? Le passage au roman pourra ressembler à une seconde mise en terre. Cette autre question peut se poser, de savoir si Elvire, redevenue Julie Charles, sait encore vivre, c'est-à-dire parler, aimer, souffrir en femme, ou si elle en devient, suivant l'accusation de Sainte-Beuve, un être quasi théorique, icône sans nerfs ni cohérence.

Ce qui importe, c'est que par elle il change « l'amour en culte et le culte en amour ». Or, pareil amour impossible d'une dame, qui sera chantée sous un senhal, nom crypté, alliage de réalité et de fantasme, rappelle surtout les codes courtois. Le nom d'Elvire lui-même, dans les Méditations, est emprunté à la mode troubadour de la Restauration. En outre, Julie, mariée, interdite, morte, n'est pas seule sous ce nom d'Elvire : elle vient se superposer au souvenir de la première Elvire, la jeune Italienne, Antoniella, dite Graziella dans le récit du même nom. Or Julie Charles aurait peu apprécié l'assimilation, c'est certain, elle dont la jalousie *éclate quand elle découvre les élégies sensuelles que son Alphonse a dédiées à une autre (et qu'il lui offre pour ses étrennes, à elle, avec une délicatesse douteuse[1]). On pourra faire remarquer encore que ces codes de « l'amour de loin » semblent bien constituer un fonds culturel indéfectible, puisque même les écrivains à visée « réaliste », le Balzac du* Lys dans la vallée, *le Flaubert de* L'Éducation sentimentale, *mettent en scène des héros inhibés à jamais devant des épouses mûres. La Julie de Lamartine, cette intouchable, n'est pas si fondamentalement différente de Mme de Mortsauf ou de Mme Arnoux.*

Le narrateur de Raphaël *évoque avec dégoût ses étreintes antérieures, enchevêtrements de pulsions et d'amours-propres, aventures sans lendemain qui laissent dans la bouche un goût âcre et le cœur plein de boue. Ici, au contraire, tout fait silence : les vanités de conquête s'évanouissent, les intérêts sociaux, le besoin de briller. Voici que la vie se résume, se condense et prend sens. À la fin des* Confidences, *Lamartine se dépeignait atteint d'une « précoce sénilité de l'âme », encombré de lui-même, amer, complètement désœuvré. Au milieu d'un tel désenchantement, la plénitude désirée advient, subitement, dans l'ouverture à une femme. La mort porte l'amour à ses dernières extrémités, et ces années décisives deviennent aussi exaltantes et terribles qu'accéder à l'idéal. C'est pourquoi aussi Raphaël porte le nom d'un artiste de la Renaissance : par cette rencontre, il se trouve remis au monde, différemment éclairé, extrait de ses moro-*

---

1. Voir en Annexes sa lettre à Lamartine du 1er janvier 1817.

sités narcissiques et révélé à lui-même. C'est bien ce qui s'appelle renaître.

On pourra objecter, ce ne sera pas faux, que cette passion lui profita. Le jeune Lamartine n'avait guère contracté jusque-là que des dettes, outre une blennorragie dont fait état sa correspondance avec Virieu ; il était joueur, coureur, et, quand il rencontra Julie Charles, sa famille n'avait plus de quoi entretenir cet héritier prodigue, doté de cinq sœurs. Entre les mains il n'avait rien, pas même encore sa plume : il ne pouvait que chercher coûte que coûte un état. Il avait vaguement fait un peu de droit, à Lyon, pour faire quelque chose, mais sa vocation était plutôt de ronger son frein, de souffrir du foie et de penser parfois à Dieu, sur les remontrances de sa mère. Julie était l'épouse d'un savant en vue, qui avait fait s'envoler des aérostats gonflés à l'hydrogène, et qui, après de telles ascensions, logeait au palais de l'Institut. Dans leur salon défilaient des politiques influents, des savants célèbres, des écrivains de renom. Pour cet Alphonse de Lamartine provincial, pauvre et beau, un peu sauvage, elle voulut être une providence et ne se fit pas faute d'activer son réseau, les Lally-Tollendal, les Mounier, les Bonald, fière d'avoir des relations qui pourraient aider l'amant à se faire un nom. Lamartine se laissa aimer. Depuis Graziella, la petite Procitane du voyage en Italie, il avait l'habitude. Calcul mesquin, non : là encore, c'est au-delà.

Parce que Julie cristallise toutes les attentes, les aspirations les plus secrètes de l'être, elle est une figure qui échappe au mensonge et une anticipation de la poésie. Le narrateur a ce cri : « elle ne sut jamais qui elle aimait, avant de mourir ». Le lecteur, Sainte-

Beuve le premier, cache mal un réflexe d'agacement devant la prétention qui perce. Pourtant, Lamartine dit vrai — il ne peut s'agir que de Lamartine, puisque Raphaël, au contraire, mène jusqu'à sa mort une existence enterrée. Elle aime l'homme, avant qu'il ne devienne, grâce à elle, comme nourri de sa passion et de sa mort, le poète dont tous se mirent à parler, en 1820, et parlèrent la langue. Elle aime Lamartine avant Lamartine, sans lauriers ; elle couve en lui les énergies du cœur, la mélancolie, et l'ouvre à Dieu en dehors des catéchismes. Elle veut être, comme elle le lui écrit dans une lettre, sa mère, la seconde mère, spirituelle, de cette renaissance, à laquelle elle sacrifie, bien qu'à contrecœur, les désirs moins éthérés de la femme : « n'avez-vous pas dit, ne suis-je pas sûre que vous avez pour moi une passion filiale ? Cher Alphonse ! je tâcherai qu'elle me suffise. L'ardeur de mon âme et de mes sentiments voudrait encore une autre passion avec celle-là, ou que du moins il me fût permis, à moi, de vous aimer d'amour et de tous les amours ! » Où est la Julie froide qui aime dans l'absolu mais ne se donne pas ? On s'aperçoit que le roman a interverti les rôles : c'est Lamartine qui se refuse, semble-t-il, à cette mère trop ardente, laquelle rêve d'être pour lui ce que Mme de Warens fut à Rousseau et se voue, éperdument, à sanctifier son trop grand amour.

C'est elle : elle découvre en lui le poète, dans sa spontanéité amoureuse, avant les médiations de la langue et du vers. Car cette femme « nue comme le cœur » ne cache pas ses préventions contre la poésie — ce qu'on entend, à l'époque, par poésie : un système à falsifier le sentiment, « jeux de l'esprit », art tout d'affectation. Machine linguistique qui ne connaît rien de la simplicité, antispirituelle dans chacun de ses protocoles, donc qui ne peut rien dire de l'âme. « *Elle paraissait aimer peu, au reste, cette forme artificielle et arrangée du langage, qui altère, quand elle ne l'idéalise pas, la simplicité du sentiment et de l'impression.* » *Julie, lectrice occasionnelle de Delille, de Fontanes, de la* « *poésie toute matérialiste et toute sonore de la fin du XVIIIe siècle et de l'Empire* », *se détourne de ces livres* « *sourds sous ses mains* », *de leurs* « *cordes cassées* ». *Cette péremption des modèles, ce mutisme des poètes alors même qu'ils croient chanter, donnent l'intuition d'une poésie élémentaire dont le narrateur n'a pas encore trouvé la formule.*

De cet appareil pesant elle se passe avec naturel, préférant la communication sans obstacles du cœur-à-cœur. Quand les deux amants sont séparés, l'une à Paris, l'autre cloué dans le Mâconnais familial, ils ne pensent qu'à correspondre. Quelle sera la langue la plus directe ? comment se toucher à distance ? comment se dire l'unicité qu'ils sont l'un pour l'autre quand les mots recouvrent tout discours amoureux de l'informe matière commune ? Les deux épistoliers élaborent une langue à eux, exclusive, délivrée de la rhétorique. Julie y excelle : c'est elle l'initiatrice, là encore, car « *la femme n'a pas de style* ». *La poésie toute neuve et comme nue des* Méditations *n'est plus loin : déjà le lecteur la devine, la flaire.*

Ces lettres dont parle le roman sans les citer, dont il se fait le commentaire pour en rendre l'esprit, s'écrivent hors société, hors langue, dans les marges. Le narrateur les dit « *surécrites* » *tant les mots prolifèrent, dans une surabondance qui dérègle le flux et impose une esthétique du débordement, capable de galvaniser notre* « *langue de glace* » *jusqu'à* « *exprimer l'inexpri-*

mable ». La tradition de la confidence est bien loin, pauvre, dépassée. Ici s'ébauche le rêve de l'âme pour l'âme, de la parole excessive, pourtant juste et comprise, d'une parole destinée à brûler son récepteur et à être brûlée, comme en effet le narrateur dit y procéder, plus tard. Ce nouveau code de communication entre amants, qui reste sans précédent, sans modèle, se perd en même temps qu'il se crée : le lecteur n'en saura rien de plus, et ce ne sont pas les quelques lettres conservées de Julie Charles qui serviront de pièces à conviction.

Les poèmes du narrateur, qui place en eux ses derniers espoirs de renom et de fortune, sont de la même veine. L'éditeur qui les refuse les décrit ainsi, sortis de la littérature, par là même mort-nés à ses yeux de classique : « Ressemblez à quelqu'un, si vous voulez qu'on vous reconnaisse et qu'on vous lise ! » Dans les faits, Lamartine avait ramené de son voyage en Italie des élégies, imitées des petits érotiques latins ou de Parny, de Bertin, et quelques pièces plus originales, mais ce n'était pas encore le souffle révolutionnaire des Méditations, *avivé par la mort de Julie Charles. Sur ce chapitre, le roman anticipe leurs accents inédits pour amplifier l'échec de Raphaël. Le prologue l'établit d'emblée : ce héros n'a pas écrit. Il était trop poète pour être un artiste de métier. Tout ce que contenait son cœur est resté lettre morte, faute d'une langue pour le dire. Cette mort prématurée du poète, en lui, n'est pas seulement une façon de le démarquer d'un Lamartine dont il reste malgré tout trop proche, comme si le roman était un miroir qui, construisant des symétries, ne pouvait que les accuser. Ce destin de silence est plutôt une façon pour l'auteur de récuser à travers son prête-nom l'image stéréotypée du poète maître de son discours, rimant le réel avec un savoir imperturbable. Tout ce qui s'écrit reste en deçà.*

Ce roman se voudrait encore un poème, dont il recherche l'épure. Intrigue minimale, drame sans péripétie reviennent à un dénouement qui s'éternise. Voici de l'élégie en prose. Ce roman court est un poème copieux, se pense comme poème, s'écrit comme poème : les interruptions multipliées des chapitres au fil des rééditions peuvent rappeler les coupures et les blancs des vers adaptés au genre narratif. Le recueil des Méditations *est là, latent. La poésie, thématisée comme telle (lire, écrire des vers, publier), reste aussi voix en dessous, hymne et chant funèbre. Le lac, par exemple, est omniprésent, cadre, spectacle mais aussi musique, espace clos, île inverse, temps contenu, larme des pierres, déroulement d'idylle ; pour les contemporains de Lamartine jusqu'à nous, c'est immédiatement un poème, ici commémoré. Signifiant sentimental : rarement élément naturel se trouva, avec le temps, aussi saturé de connotations culturelles. En ce sens,* Raphaël *est bien lui-même un lac parcouru d'échos.*

Comme l'auteur-narrateur, ce texte nous apparaît double, oscillant entre réalité et fiction, entre roman et poésie. Lamartine y amplifie la logique du commentaire qui sert d'ancrage à chaque méditation dans l'édition dite des Souscripteurs, en 1849, l'autobiographie revenant fixer la circonstance de chaque pièce. Poésie et roman se trouvent mis en regard : le roman fait en sorte de se présenter comme plus réel, comme retour vers une vérité qui aurait besoin, enfin, d'être dite — comme la raison des Méditations. *Sainte-Beuve, dans son compte rendu de* Raphaël, *ne manque pas d'interroger ce rapport : « Nous avions dans les* Méditations *la poésie pure : aurons-nous ici la réalité vive ? Non ;*

nous aurons une demi-réalité, de la poésie encore, mais de la poésie de seconde veine, de la poésie mise en roman. » C'est dire que pour lui ce texte second n'est pas plus près du réel, mais s'en écarte encore, ombre d'une ombre, condamnant par conséquent Lamartine à la panoplie voyante du pathétique, à ce que Sainte-Beuve, sévère, appelle « la rhétorique du sentiment ».

Rappel d'idylle, glose d'un poème, le roman autobiographique de Raphaël *revient sur les lieux du « Lac » et remonte vers l'origine de la poésie lamartinienne : la genèse d'un être, sa renaissance par l'amour, accompagnent la réinvention intime de la littérature. Cette dernière ne s'élabore pas dans des considérations théoriques, mais dans le saisissement de la vie même. Sous l'accumulation des clichés affleure encore le texte d'une expérience.* Raphaël, *parce qu'il contient une poétique et tente d'expliciter un cœur, garde des zones d'intensité et de mystère qui refont vibrer une grande voix du romantisme.*

AURÉLIE LOISELEUR

RAPHAËL

PAGES DE LA VINGTIÈME ANNÉE

PROLOGUE

Le vrai nom de l'homme qui a écrit ces pages n'était pas Raphaël[1]. Nous le lui donnions souvent par badinage, ses autres amis et moi, parce qu'il ressemblait beaucoup, dans son adolescence, à un portrait de Raphaël enfant, qu'on voit à Rome dans la galerie *Barberini*, à Florence dans le palais *Pitti*, et, à Paris, dans le Musée du Louvre. Nous lui donnions aussi ce nom parce que cet enfant avait pour trait distinctif de son caractère le sentiment le plus vif du beau dans la nature ou dans l'art, dans les œuvres de Dieu comme dans celles des hommes. Il était d'une sensibilité exquise et presque maladive, avant que le temps l'eût un peu émoussée ; nous disions, en faisant allusion à ce sentiment qu'on appelle le mal du pays, qu'il avait le mal du ciel.

Cette passion du beau le rendait malheureux ; dans une autre condition, elle aurait pu le rendre illustre. Il n'aimait pas moins le bien que le beau ; mais il n'aimait pas la vertu parce qu'elle était sainte, il l'aimait surtout parce qu'elle était belle. Sans aucune ambition dans le caractère, il en aurait eu dans l'imagination. S'il eût vécu dans ces républiques antiques où l'homme se développait tout entier dans la liberté, comme le corps se développe sans ligature dans l'air libre et en plein soleil, il aurait aspiré à tous les sommets comme César, il aurait voulu parler comme Démosthène et mourir comme Caton. Mais sa destinée humiliée, ingrate et obscure, le retenait malgré lui dans l'oisiveté et dans la contemplation. Il avait des ailes à ouvrir, et l'atmosphère ne le portait pas.

Connaissez-vous ce portrait de Raphaël[1] enfant dont je vous parlais tout à l'heure ? C'est une figure de seize ans, un peu pâle, un peu plombée par le soleil de Rome, mais où fleurit cependant encore sur les joues le duvet de l'enfance. Un rayon rasant de lumière semble y jouer dans le velours de la peau. Le coude du jeune homme est appuyé sur une table, l'avant-bras redressé pour porter la tête qui repose dans la paume de la main ; les doigts admirablement modelés impriment un léger sillon blanc au menton et à la joue. La bouche est fine, mélancolique, rêveuse ; le nez est mince entre les deux yeux et légèrement nuancé d'une teinte un peu bleuâtre, comme si la délicatesse de la peau y laissait transparaître l'azur des veines ; les yeux d'une couleur de ciel foncé pareille au ciel des Apennins avant l'aurore ; ils regardent devant eux, mais avec une légère inflexion vers le ciel, comme s'ils regardaient toujours plus haut que nature. Ils sont lumineux jusqu'au fond, quoique un peu humides.

Le front est une voûte à peine cintrée ; les tempes réfléchissent, l'oreille écoute. Des cheveux coupés inégalement pour la première fois par les ciseaux inhabiles d'un compagnon d'atelier ou d'une sœur, jettent quelques ombres sur la joue et sur la main. Un petit bonnet plat de velours noir couvre le sommet des cheveux et tombe sur le front. Quand on passe devant ce portrait, on pense et on s'attriste sans savoir de quoi. C'est le génie enfant qui rêve sur le seuil de sa destinée avant d'y entrer. C'est une âme à la porte de la vie. Que deviendra-t-elle ?

Eh bien, ajoutez six ans à l'âge de cet enfant qui rêve ; accentuez ces traits, hâlez ce teint, plissez ce front, massez ces cheveux, ternissez un peu ce regard, attristez ces lèvres, grandissez cette taille, donnez plus de relief à ces muscles, changez ce costume de l'Italie du temps de Léon X contre le costume sombre et uniforme d'un jeune homme élevé dans la simplicité des champs, qui ne demande à ses vêtements que de le vêtir avec décence ; conservez une certaine langueur pensive ou souffrante à toute l'attitude, et vous aurez le portrait parfaitement reconnaissable de Raphaël à vingt ans.

Sa famille était pauvre, quoique ancienne dans les montagnes du Forez, où elle avait sa souche. Son père avait déposé l'épée pour la charrue, comme les gentilshommes espagnols. Il avait pour unique dignité l'honneur, qui les vaut toutes. Sa mère était une femme encore jeune, belle, qui aurait pu passer pour sa sœur, tant elle lui ressemblait. Elle avait été élevée dans le luxe et dans les élégances d'une capitale. Elle n'en avait conservé que ce parfum de langage et de manières qui ne s'évapore pas plus que l'odeur des pastilles de rose du sérail ne s'évapore du cristal où elles ont été conservées.

Une fois reléguée dans ces montagnes entre un mari que l'amour lui avait donné et des enfants dans lesquels toutes ses complaisances et tous ses orgueils de mère avaient passé, elle n'avait plus rien regretté. Elle avait fermé le beau livre de sa jeunesse à ces trois mots : Dieu, son mari, ses enfants. Elle avait une prédilection pour Raphaël. Elle aurait voulu lui faire la destinée d'un roi ; hélas ! elle n'avait d'autre levier que son cœur pour le soulever. Sa destinée s'écroulait toujours et souvent jusqu'au fondement de leur petite fortune et de ses rêves.

Deux saints vieillards, poursuivis par la persécution, quelque temps après la Terreur, pour je ne sais quelles opinions religieuses qui tenaient du mysticisme et qui annonçaient un renouvellement du siècle, étaient venus se réfugier dans ces montagnes. Ils reçurent asile dans sa maison. Ils aimèrent Raphaël, que sa mère élevait alors sur ses genoux. Ils lui prédirent un grand avenir[1] ; ils dirent à la mère : « Suivez du cœur ce fils ! » Une mère aime tant à croire ! Elle se le reprocha parce qu'elle était très pieuse ; mais elle les crut. Cette crédulité la soutint dans beaucoup d'épreuves, mais la jeta dans des efforts au dessus de ses forces pour élever Raphaël, et finalement la trompa.

Je connus Raphaël dès l'âge de douze ans. Après sa mère j'étais ce qu'il aimait le plus. Nos études finies, nous nous retrouvâmes à Paris, puis à Rome. Il y avait été emmené par un parent de son père pour copier avec lui des manuscrits à la bibliothèque du Vatican. Il y avait pris la passion de la langue et du génie de l'Italie. Il parlait mieux l'italien que sa propre langue. Il improvisait quelquefois, le soir, sous les pins de la villa Pamphili, en présence du soleil couchant et des ossements de Rome épars dans la plaine, des stances qui me faisaient pleurer ! Mais il n'écrivait rien.

« Raphaël, lui disais-je quelquefois, pourquoi n'écris-tu pas ?

— Bah ! me disait-il, est-ce que le vent écrit ce qu'il chante dans ces feuilles sonores sur nos têtes ? Est-ce que la mer écrit les gémissements de ses grèves ? Rien n'est beau de ce qui est écrit. Ce qu'il y a de plus divin dans le cœur de l'homme n'en sort jamais. Entre ce qu'on sent et ce qu'on exprime, ajoutait-il avec tristesse, il y a la même distance qu'entre l'âme et les vingt-quatre lettres d'un alphabet, c'est-à-dire l'infini. Veux-tu rendre sur une flûte de roseau l'harmonie des sphères[1] ? »

Je le quittai pour le retrouver encore à Paris. Il essayait en vain alors, grâce aux relations de sa famille, à se faire une situation active qui le déchargeât du poids de son âme et de l'oppression de sa destinée. Les jeunes gens de notre âge le recherchaient, les femmes le regardaient avec complaisance passer dans les rues. Il n'allait jamais dans les salons. Il n'aimait de toutes les femmes que sa mère.

Tout à coup, nous le perdîmes de vue pendant trois ans ; nous sûmes ensuite qu'on l'avait vu en Suisse, en Allemagne et en Savoie ; puis un hiver, passant une partie de ses nuits sur un pont et sur un quai de Paris. Son extérieur trahissait un extrême dénuement. Ce ne fut que bien des années après que nous en apprîmes davantage. Quoique absent, nous pensions toujours à lui. Il était de ces natures qui vous défient d'oublier.

Enfin le hasard nous réunit douze ans plus tard. Voici comment :

J'avais fait un héritage dans sa province, j'y allai pour vendre une terre. Je m'informai de Raphaël. On me dit qu'il avait perdu son père, sa mère et sa femme, à quelques années d'intervalle ; que des malheurs de fortune l'avaient frappé après ces malheurs de cœur ; qu'il ne lui restait du petit domaine de ses pères que le manoir composé d'une vieille tour carrée à moitié démantelée sur les bords d'un ravin ; le jardin, le verger, le pré dans le ravin et cinq ou six arpents de mauvaise terre. Il les labourait lui-même avec deux vaches maigres ; il ne se distinguait plus des paysans, ses voisins, que par les livres qu'il portait dans son champ et qu'il tenait souvent d'une main pendant que de l'autre il appuyait sur le manche de la charrue. Mais, depuis quelques semaines, on ne l'avait plus vu sortir de sa masure. On pensait qu'il était peut-être reparti pour un de ces longs voyages qui duraient des années. « Ce serait dommage, ajoutait-on ; tout le monde l'aime dans le voisinage. Quoique pauvre, il fait autant de bien qu'un riche. Il y a bien de beaux *draps* dans le pays qui sont faits de la laine de ses moutons. Il apprend, le soir, à écrire, à lire, à dessiner, aux petits enfants des hameaux voisins. Il les chauffe à son feu, il leur donne son pain, et pourtant Dieu sait s'il en a de reste quand les récoltes sont mauvaises comme cette année ! »

C'était ainsi qu'on me parlait de Raphaël. Je voulus voir au moins la demeure de mon ancien ami. Je me fis conduire jusqu'au pied du mamelon au sommet duquel s'élevait sa tour noirâtre ; elle était flanquée de quelques étables basses qui sortaient du milieu d'un bouquet de buis et de noisetiers. Je passai, sur un tronc d'arbre, le torrent presque sec qui roulait dans le fond du ravin. Je montai par un sentier de pierres roulantes ; deux vaches et trois moutons paissaient sur les flancs brûlés du mamelon, sous la garde d'un vieux serviteur presque aveugle qui récitait son chapelet, assis sur un ancien écusson sculpté, tombé du cintre de la porte.

Il me dit que Raphaël n'était point parti, mais qu'il

était malade depuis deux mois, et que sans doute il ne sortirait plus de la tour que pour aller au cimetière ; il me montra ce cimetière de sa main décharnée sur la colline opposée.

« Peut-on voir Raphaël ? lui dis-je. — Oh ! oui, dit le vieillard ; montez les degrés et tirez la ficelle du loquet de la grande salle, à gauche. Vous le trouverez étendu sur son lit, aussi doux qu'un ange, aussi simple qu'un enfant ! » ajouta-t-il en s'essuyant les yeux du revers de la main.

Je montai la rampe roide, longue et ébréchée, d'un escalier extérieur. Les degrés, qui rampaient contre le mur de la tour, se terminaient à un palier recouvert d'une charpente et d'un petit toit dont les tuiles jonchaient les dalles de l'escalier. Je tirai la corde de la porte à gauche et j'entrai.

Je n'oublierai jamais ce spectacle. La chambre était vaste. Elle occupait tout l'espace contenu entre les murs de la tour. Elle était éclairée de deux grandes fenêtres à croisillons de pierre, dont les vitres poudreuses et brisées étaient enchâssées dans des losanges de plomb. Le plafond était formé de grosses poutres noircies par la fumée ; le sol était pavé de briques ; une cheminée haute, aux jambages grossièrement sculptés, laissait pendre à une crémaillère une marmite pleine de pommes de terre, sous laquelle fumait une branche qui brûlait par le bout. Il n'y avait d'autres meubles dans la chambre que deux hauts fauteuils à dossier en bois sculpté, recouverts d'une étoffe cendrée dont il était impossible de distinguer la couleur primitive ; une grande table dont une moitié était couverte d'une nappe de chanvre écru qui enveloppait le pain, l'autre moitié de papiers et de livres jetés pêle-mêle ; enfin un lit à colonnes vermoulues, avec des rideaux de serge bleue rattachés autour des colonnes, pour laisser entrer l'air de la fenêtre ouverte et jouer les rayons du soleil sur la couverture du lit.

Un homme jeune encore, mais exténué par la consomption et par la misère, était assis sur son séant, au bord de ce lit, occupé, au moment où j'ouvris la porte, à émietter des morceaux de pain à une nuée de passereaux qui tourbillonnaient à ses pieds, sur le plancher.

Les oiseaux s'envolèrent au bruit de mes pas, et allèrent se percher sur la corniche de la salle, sur les colonnes et sur les rebords du ciel de lit.

Je reconnus Raphaël à travers sa pâleur et sa maigreur. Sa figure, en perdant de sa jeunesse, n'avait rien perdu de son caractère ; elle n'avait fait que changer de beauté. C'était maintenant celle de la mort. Rembrandt n'aurait pas cherché le type d'un autre Christ au jardin. Ses cheveux châtains roulaient en boucles sur ses épaules comme ceux d'un laboureur après la sueur du jour. Sa barbe était longue, mais plantée avec une symétrie naturelle qui laissait découvrir la coupe gracieuse des lèvres. La rougeur des joues proéminentes faisait ressortir la blancheur de la peau. Sa chemise ouverte sur sa poitrine montrait un torse décharné mais musculeux, qui aurait rendu de la majesté à sa stature, si sa faiblesse lui avait permis de se redresser.

Il me reconnut du premier coup d'œil ; il fit un pas en ouvrant les bras pour venir m'embrasser, et retomba sur le bord du lit. J'allai à lui. Nous pleurâmes d'abord, et puis nous causâmes. Il me raconta toute sa vie, toujours tronquée par la fortune ou par la mort au moment où il croyait en cueillir la fleur ou le fruit ; la perte de son père, celle de sa mère, celle de sa femme et de son enfant ; puis ses revers de fortune, la vente forcée du domaine paternel, et enfin sa retraite dans ce débris du toit de sa famille, où il n'avait pour compagnon que le vieux bouvier qui le servait sans gages, pour l'amour du nom de la maison ; puis enfin sa maladie de langueur qui l'emporterait, disait-il, avec les feuilles d'automne, et qui le coucherait au cimetière de son village à côté de ceux qu'il avait aimés. Sa sensibilité d'imagination se révélait jusque dans la mort. On voyait qu'il la communiquait en idée au gazon et aux mousses qui fleuriraient sur son tombeau !

« Sais-tu ce qui m'afflige le plus ? me dit-il en me montrant du doigt la frange de petits oiseaux perchés sur la corniche du lit : c'est de penser qu'au printemps prochain ces pauvres petits, dont j'ai fait mes derniers amis, me chercheront en vain dans ma tour, et qu'ils ne trouveront plus de vitre cassée pour rentrer dans la chambre, ni de brins de laine de mon matelas sur le plancher pour faire leur nid. Mais la nourrice à qui je laisse mon petit bien aura soin d'eux tant qu'elle vivra, reprit-il comme pour se consoler lui-même, et après elle... eh bien... Dieu !...

Aux petits des oiseaux il donne leur pâture[1]. »

Il s'attendrit en parlant de ces oiseaux. On voyait que sa tendresse d'âme, repoussée ou sevrée des hommes, s'était réfugiée dans les animaux. — « Passes-tu quelque temps dans nos montagnes ? me dit-il. — Oui, lui répondis-je. — Eh bien, tant mieux, reprit-il, tu me fermeras les yeux et tu auras soin qu'on creuse ma fosse le plus près possible de celle de ma mère, de ma femme et de mon enfant. »

Il me pria ensuite d'approcher de lui un grand coffre de bois sculpté qui était enfoui sous un sac de maïs dans un coin de la chambre. Je mis le coffre sur son lit. Il en tira une grande quantité de papiers qu'il déchira en silence pendant une demi-heure, et dont il pria sa nourrice de balayer devant lui les débris au feu. Il y avait une quantité de vers dans toutes les langues, et des pages innombrables de fragments séparés par des dates comme des souvenirs.

« Pourquoi brûler tout cela ? lui dis-je avec timidité ; l'homme n'a-t-il pas un héritage moral à laisser aussi bien qu'un héritage matériel à ceux qui vivent après lui ? Tu brûles peut-être là des pensées ou des sentiments qui vivifieraient une âme !....

— Laisse-moi faire, me dit-il, il y a assez de larmes dans ce monde ; il n'y a pas besoin d'en laisser davantage sur le cœur de l'homme. Ce sont là, ajouta-t-il en me montrant ces vers, les plumes folles de ma pensée ; elle a mué depuis, elle a pris ses ailes d'éternité !.... »

Et il continua à déchirer et à brûler pendant que je regardais la campagne aride par les vitraux cassés d'une fenêtre.

À la fin, il me rappela vers le lit. « Tiens, me dit-il, sauve seulement ce petit manuscrit, je n'ai pas le courage de le brûler. Après ma mort la nourrice en ferait des cornets pour ses graines. Je ne veux pas que le nom dont il est plein soit profané. Emporte-le, garde-le, jusqu'à ce que tu apprennes que je suis mort. Après moi, tu le brûleras ou tu le garderas jusqu'à ta vieillesse pour te souvenir quelquefois de moi en le parcourant[1]. »

Je pris le rouleau, je le cachai sous mon habit ; je sortis en me promettant de revenir le lendemain et tous les jours, pour adoucir la fin de Raphaël par les soins et par les entretiens d'un ami. Je rencontrai en descendant, le long de l'escalier, une vingtaine de petits enfants qui montaient, leurs sabots à la main, pour venir prendre les leçons qu'il leur donnait jusque sur son lit de mort ; un peu plus loin, le curé du village, qui venait passer les premières heures du soir avec lui. Je saluai le prêtre avec respect. Il vit mes yeux rouges et me rendit un salut de triste intelligence.

Le lendemain, je revins à la tour. Raphaël s'était éteint dans la nuit. La cloche du village voisin commençait à sonner le glas de la sépulture. Les femmes et les petits enfants sortaient des portes de leur maison et pleuraient en regardant du côté de la masure. On voyait dans un petit champ vert auprès de l'église deux hommes qui piochaient la terre et qui creusaient une fosse au pied d'une croix !...

J'approchai de la porte : une nuée d'hirondelles voltigeaient et criaient autour des fenêtres ouvertes, entrant et sortant sans cesse comme si on eût ravagé leurs nids.

Je compris plus tard en lisant ces pages pourquoi il s'entourait de ces oiseaux et quel souvenir ils lui rappelaient jusqu'à la mort[1].

I

Il y a des sites, des climats, des saisons, des heures, des circonstances extérieures tellement en harmonie avec certaines impressions du cœur, que la nature semble faire partie de l'âme et l'âme de la nature, et que si vous séparez la scène du drame et le drame de la scène, la scène se décolore et le sentiment s'évanouit. Ôtez les falaises de Bretagne à René, les savanes du désert à Atala, les brumes de la Souabe à Werther, les vagues de la mer des Indes et les mornes de l'île de France à Paul et Virginie, vous ne comprendrez ni Chateaubriand, ni Bernardin de Saint-Pierre, ni Gœthe. Les lieux et les choses se tiennent par un lien intime, car la nature est une dans le cœur de l'homme comme dans ses yeux[1]. Nous sommes fils de la terre. C'est la même vie qui coule dans sa sève et dans notre sang. Tout ce que la terre, notre mère, semble éprouver et dire aux yeux dans ses formes, dans ses aspects, dans sa physionomie, dans sa mélancolie ou dans sa splendeur, a son retentissement en nous. On ne peut bien comprendre un sentiment que dans les lieux où il fut conçu.

II

À l'entrée de la Savoie[1], labyrinthe naturel de profondes vallées qui descendent comme autant de lits de torrents, du Simplon, du Saint-Bernard et du mont Cenis vers la Suisse et vers la France, une grande vallée plus large et moins encaissée se détache à Chambéry du nœud des Alpes, et se creuse son lit de verdure, de rivières et de lacs vers Genève et vers Annecy, entre le mont du Chat et les montagnes murales des Beauges.

À gauche, le mont du Chat dresse, pendant deux lieues, contre le ciel une ligne haute, sombre, uniforme, sans ondulations à son sommet. On dirait un rempart immense nivelé au cordeau. À peine à son extrémité orientale deux ou trois dents aiguës de rocher gris interrompent la monotonie géométrique de sa forme et rappellent au regard que ce n'est pas une main d'homme, mais la main de Dieu qui a pu jouer avec ces masses. Vers Chambéry, les pieds du mont du Chat s'étendent avec une certaine mollesse dans la plaine. Ils forment, en descendant, quelques marches et quelques coteaux revêtus de sapins, de noyers, de châtaigniers enlacés de vignes grimpantes. À travers cette végétation touffue et presque sauvage, on voit blanchir de loin en loin des maisons de campagne, surgir les hauts clochers de pauvres villages, ou noircir les vieilles tours des châteaux crénelés d'un autre âge. Plus bas, la plaine, qui fut autrefois un vaste lac, conserve le creux, les rives dentelées, les caps avancés de son ancienne forme. Seulement on y voit ondoyer au lieu des eaux les vagues vertes ou jaunes des peupliers, des prairies, des moissons. Quelques plateaux un peu plus élevés, qui furent autrefois des îles, se renflent au milieu de cette vallée marécageuse. Ils portent des maisons couvertes de chaume noyées sous les branches. Au-delà de ce bassin desséché, le mont du Chat, plus nu, plus roide et plus âpre, plonge à pic ses pieds de roche dans l'eau du lac du Bourget plus bleu que le firmament où il plonge sa tête. Ce lac, d'environ six lieues de longueur sur une largeur qui varie d'une à trois lieues, est profondément encaissé du côté de la France. Du côté de la Savoie, au contraire, il s'insinue sans obstacle dans des anses et dans de petits golfes entre des coteaux couverts de bois, de treillis, de vignes hautes, de figuiers. Ces arbres trempent leurs feuilles dans ses eaux. Le lac s'étend à perte de vue et va mourir au pied des rochers de Châtillon, qui s'ouvrent pour laisser s'écouler ce trop-plein du lac dans le Rhône. L'abbaye de Haute-Combe, tombeau des princes de la maison de Savoie, s'élève sur un contre-fort de granit au nord ; elle jette l'ombre de ses vastes cloîtres sur les eaux du lac. Abrité tout le jour du soleil par la muraille du mont du Chat, cet édifice rappelle, par l'obscurité qui l'environne, la nuit éternelle dont il est le seuil pour ces princes descendus du trône dans ses caveaux. Seulement, le soir, un rayon du soleil couchant frappe et se réverbère un moment sur ses murs comme pour montrer le port de la vie aux hommes, à la fin du jour. Quelques barques de pêcheur glissent silencieusement sur les eaux profondes sous les falaises de la montagne. La vétusté de leurs bordages les fait confondre par leur couleur avec la teinte sombre des rochers. Des aigles aux plumes grisâtres planent sans cesse au-dessus des rochers et des barques comme pour disputer leur proie aux filets ou pour fondre sur les oiseaux pêcheurs qui suivent le sillage de ces bateaux le long du bord.

III

La petite ville d'Aix, en Savoie, toute fumante, toute bruissante et tout odorante des ruisseaux de ses eaux chaudes et sulfureuses, est assise par étages sur un large et rapide coteau de vignes, de prés, de vergers, à quelque distance. Une longue avenue de peupliers séculaires, semblable à ces allées d'ifs à perte de vue qui conduisent, en Turquie, aux sites des tombeaux, rattache la ville au lac. À droite et à gauche de cette route, des prairies et des champs, traversés par les lits rocailleux et souvent à sec des torrents des montagnes, sont ombragés de noyers gigantesques aux rameaux desquels les vignes robustes, comme les lianes d'Amérique, suspendent leurs pampres et leurs raisins. On aperçoit de loin, à travers les échappées de vue, sous ces noyers et sous ces vignes, le lac bleu qui étincelle ou qui pâlit selon les rayons ou les nuages et les heures du jour.

IV

Quand j'arrivai à Aix, la foule était déjà partie. Les hôtels et les salons où se pressent pendant l'été les étrangers et les oisifs étaient tous fermés. Il ne restait plus que quelques infirmes assis au soleil, sur le seuil des portes des auberges les plus indigentes ;

quelques malades sans espoir traînant leurs pas, aux heures chaudes du milieu du jour, sur les feuilles sèches qui tombaient la nuit des peupliers.

V

L'automne était doux, mais précoce. C'était la saison où les feuilles frappées le matin par la gelée et colorées un moment de teintes roses pleuvent à grande pluie des vignes, des cerisiers et des châtaigniers. Les brouillards s'étendaient jusqu'à midi comme de larges inondations nocturnes dans tous les lits des vallées ; ils ne laissaient au-dessus d'eux que les cimes à demi noyées des plus hauts peupliers dans la plaine, les coteaux élevés comme des îles, et les dents des montagnes comme des caps ou comme des écueils sur un océan. Les coups de vent tièdes du midi balayaient toute cette écume de la terre quand le soleil était monté dans le ciel. Engouffrés dans les gorges de ces montagnes et froissés par ces rochers, ces eaux et ces arbres, ils avaient des murmures sonores, tristes, mélodieux, puissants ou imperceptibles, qui semblaient parcourir en quelques minutes toute la gamme des joies, des forces ou des mélancolies de la nature. L'âme en était remuée jusqu'au fond. Puis ils s'évanouissaient comme les conversations d'esprits célestes qui ont passé et qui s'éloignent. Des silences, comme l'oreille n'en perçoit jamais ailleurs, leur succédaient et assoupissaient en vous jusqu'au bruit de la respiration. Le ciel reprenait sa sérénité presque italienne. Les Alpes se noyaient dans un firmament sans ombre et sans fond ; les gouttes des brouillards du matin tombaient en retentissant sur les feuilles mortes ou brillaient en étincelles sur les prés. Ces heures étaient courtes. Les ombres bleues et fraîches du soir glissaient rapidement, dépliées en linceul sur ces horizons qui avaient à peine joui de leurs derniers soleils. La nature semblait mourir, mais comme meurent la jeunesse et la beauté, dans toute sa sérénité et dans toute sa grâce.

VI

Un tel pays, une telle saison, une telle nature, une telle jeunesse et une telle langueur de toutes choses autour de moi, tout cela était en merveilleuse consonance avec ma propre langueur et l'accroissait en la charmant. Je me plongeais dans des abîmes de tristesse. Mais cette tristesse était vivante, assez pleine de pensées et d'impressions, pour que je ne désirasse pas m'y soustraire. Maladie[1] sans doute, mais maladie dont le sentiment même est un attrait au lieu d'être une douleur, et où la mort ressemble à un voluptueux évanouissement dans l'infini. J'étais résolu à m'y livrer désormais tout entier, à me séquestrer de toute société qui pouvait m'en distraire, et à m'envelopper de silence, de solitude et de froideur, au milieu du monde que je rencontrerais là ; mon isolement d'esprit était un linceul à travers lequel je ne voulais plus voir les hommes, mais seulement la nature et Dieu.

VII

En passant à Chambéry, j'avais vu mon ami Louis de ***[2]. Je l'avais trouvé dans les dispositions où j'étais moi-même, génie inconnu, âme repliée sur elle-même, corps fatigué par la pensée. Louis m'avait indiqué une maison isolée et tranquille, dans le haut de la ville d'Aix, où l'on recevait les malades en pension.

Cette maison, tenue par un bon vieux médecin retiré et par sa femme, ne se rattachait à la ville que par un étroit sentier qui montait entre les ruisseaux des fontaines chaudes. Le derrière de la maison donnait sur un jardin entouré de portiques, de treilles. Au-delà, des prés en pente et des futaies de châtaigniers et de noyers conduisaient aux montagnes par des pelouses et par des ravins ; on était sûr de n'y rencontrer que des chèvres. Louis m'avait promis de venir s'établir avec moi à Aix, aussitôt qu'il aurait arrangé quelques affaires qui le retenaient à Chambéry, après la mort de sa mère. Sa présence devait m'être douce, car son âme et la mienne se comprenaient par leur désenchantement. Souffrir de même, c'est bien mieux que jouir de même. La douleur a bien d'autres étreintes que le bonheur pour resserrer deux cœurs. Louis était en ce moment le seul être dont le contact ne me fût pas douloureux. Je l'attendais sans impatience.

VIII

Je fus reçu avec grâce et bonté dans la maison du vieux médecin. On me donna une chambre dont la fenêtre ouvrait sur le jardin et sur la campagne. Presque toutes les autres chambres étaient vides. La longue table d'hôte tenue par la famille était déserte aussi. Elle ne réunissait plus à l'heure des repas que les gens de la maison et trois ou quatre malades attardés de Chambéry et de Turin. Ces malades arrivaient aux bains après la foule pour y trouver les logements moins chers et une vie économique conforme à leur pauvreté. Il n'y avait là personne avec qui je pusse m'entretenir ou contracter quelque familiarité de hasard.

Le vieux médecin et sa femme le sentaient bien. Aussi s'excusaient-ils sur la saison trop tardive ou sur les convives repartis trop tôt. Ils parlaient seulement avec un enthousiasme visible et avec un respect tendre et compatissant d'une jeune femme étrangère[1] retenue aux bains par une langueur qu'on craignait de voir dégénérer en consomption lente. Elle occupait seule, avec une femme de chambre, depuis quelques mois[2], l'appartement le plus retiré de leur maison. Elle ne descendait jamais dans la salle commune. Elle prenait ses repas dans sa chambre ; on ne l'apercevait jamais qu'à sa fenêtre sur le jardin, à travers les rideaux des vignes, ou sur l'escalier quand elle revenait de se promener sur un âne dans les montagnes.

J'avais compassion de cette jeune femme ainsi reléguée comme moi, seule dans un pays étranger ; malade, puisqu'elle y cherchait la santé, triste sans doute, puisqu'elle y évitait le bruit et les regards même de la foule. Mais je ne désirais nullement la voir, quelque admiration qu'on témoignât autour de moi pour elle. Le cœur plein de cendre, lassé de misérables et précaires attachements dont aucun[3] n'avait été recueilli avec une sérieuse piété dans mon souvenir, honteux et repentant de liaisons légères et désordonnées, l'âme ulcérée par mes fautes et desséchée par le dégoût de vulgaires enivrements, timide et réservé de caractère et d'attitude, n'ayant rien de cette confiance en soi-même qui porte certains hommes à tenter des rencontres et des familiarités aventureuses, je ne songeais ni à voir ni à être vu. Je songeais encore moins à aimer. Je jouissais au contraire avec un âpre et faux orgueil d'avoir étouffé pour jamais cette puérilité dans mon cœur, et de me suffire à moi seul pour souffrir ou pour sentir ici-bas. Quant au bonheur, je n'y croyais plus.

IX

Je passais mes jours dans ma chambre avec quelques livres que mon ami m'envoyait de Chambéry. L'après-midi, je parcourais seul les sites sauvages et alpestres des montagnes qui encadrent, du côté de l'Italie, la vallée d'Aix. Je revenais harassé de fatigue, le soir. Je m'asseyais à la table du souper. Je rentrais dans ma chambre. Je m'accoudais pendant des heures entières à ma fenêtre. Je contemplais ce firmament qui attire la pensée, de même que l'abîme attire celui qui s'y penche, comme s'il avait des secrets à lui révéler. Je m'endormais dans cette contemplation. Je me réveillais aux rayons du soleil, au murmure des fontaines chaudes, pour me plonger dans le bain, et pour reprendre après le déjeuner les mêmes courses et les mêmes mélancolies que la veille.

X

Quelquefois, le soir, en me penchant à ma fenêtre sur le jardin, j'apercevais, à une autre fenêtre ouverte et éclairée par une lumière, une figure de femme accoudée comme moi, qui écartait avec la main les longues tresses noires de ses cheveux, pour regarder aussi le jardin resplendissant de lune, les montagnes et le firmament. Je ne distinguais dans ce clair-obscur qu'un profil pur, pâle, transparent, encadré par les ondes noires d'une chevelure lisse et collée aux tempes. Cette figure se dessinait sur le fond lumineux de la fenêtre éclairée par la lampe de la chambre. J'avais entendu aussi par moments le son d'une voix de femme disant quelques mots ou donnant quelques ordres dans son intérieur. L'accent légèrement étranger[1] quoique pur, la vibration un peu fébrile, languissante, douce et cependant prodigieusement sonore de cette voix, m'avaient ému. Bien que je n'en eusse pas distingué les paroles, l'écho de cette voix restait comme un écho prolongé dans mon oreille longtemps après que ma fenêtre était refermée. Je n'en avais jamais entendu qui lui ressemblât, même en Italie. Elle résonnait entre les dents à demi fermées, comme ces petites lyres de métal que les enfants des îles de l'Archipel font résonner sur leurs lèvres, le soir, au bord de la mer. C'était un tintement plus qu'une voix. Je l'avais observé sans penser que cette voix tinterait si profond et à jamais dans ma vie. Je n'y songeais plus le lendemain.

XI

Un jour cependant, en rentrant avant le soir, par la petite porte du jardin sous les treilles, je vis de plus près l'étrangère. Elle se réchauffait aux tièdes rayons du soleil, assise sur un banc du jardin contre un mur exposé au couchant. Elle n'avait pas entendu le bruit de la porte que j'avais refermée derrière moi.

Elle se croyait seule. Je pus la contempler longtemps sans être vu. Il n'y avait entre elle et moi que la distance d'une vingtaine de pas et le rideau d'une treille dégarnie de pampres par les premiers froids.

L'ombre des dernières feuilles de vigne luttait sur son visage avec les rayons de soleil qu'elle semblait y faire flotter. Sa taille paraissait plus grande que nature, comme celle de ces baigneuses en marbre tout enveloppées de draperies, dont on admire la stature sans bien discerner les formes. Elle était enveloppée de même d'une robe à plis lâches et dénoués ; les draperies d'un châle blanc collées au corps ne laissaient voir que ses deux mains ; les doigts un peu maigres et effilés se croisaient sur les genoux. Elle y roulait négligemment un de ces œillets rouges sauvages qui fleurissent dans les montagnes sous la neige, et qu'on appelle *l'œillet poète*, je ne sais pourquoi. Un pan du châle relevé en capuchon couvrait le haut de sa tête pour garantir les cheveux de l'humidité du soir. Affaissée sur elle-même, le cou penché sur l'épaule gauche, les paupières fermées, les traits pétrifiés, le teint pâle, la physionomie plongée dans une pensée muette, tout la faisait ressembler à une statue de la mort, mais de la mort qui attire, qui enlève l'âme au sentiment des angoisses humaines, et qui l'emporte dans les régions de la lumière sous les rayons de la vraie vie.

Le bruit de mes pas sur les feuilles mortes lui fit rouvrir les yeux. Ces yeux, couleur de mer claire, étaient un peu fermés par l'affaissement de la paupière, et bordés par la nature de cette frange foncée de cils noirs et longs que les femmes de l'Orient recherchent par l'artifice pour relever l'accent du regard et donner de l'énergie même à la langueur et quelque chose de sauvage à la volupté. Le regard de ces yeux semblait venir d'une distance que je n'ai jamais mesurée depuis dans aucun œil humain. Il ressemblait parfaitement à ces feux d'étoiles qui vous cherchent comme pour vous toucher dans vos nuits, et qui viennent de quelques millions de lieues dans le ciel. Le nez grec se nouait par une ligne presque sans inflexion à un front élevé et rétréci comme le front pressé par une forte pensée ; les lèvres étaient un peu minces, légèrement déprimées aux deux coins de la bouche par un pli habituel de tristesse ; les dents de nacre plutôt que d'ivoire, comme celles des filles des rivages humides de la mer et des îles ; le visage d'un ovale qui commençait à s'amaigrir vers les tempes et au-dessous de la bouche ; la physionomie d'une pensée plutôt que d'un être humain. Et par dessus cette expression de rêverie générale, une langueur indécise entre celle de la souffrance et celle de la passion, qui ne permettait plus au regard de se détacher de cette figure sans en emporter l'image.

En tout, c'était l'apparition d'une âme sous les traits de la plus délicate beauté[1].

Je la saluai respectueusement, en passant rapidement dans l'allée devant elle ; mon attitude réservée et mes yeux baissés semblaient lui demander pardon de l'avoir involontairement distraite. Une légère rougeur teignit ses joues pâles à mon approche. Je rentrai dans ma chambre tout tremblant, comme si le frisson du soir m'avait saisi. Je vis, quelques minutes après, la jeune femme rentrer aussi dans la maison en jetant un regard indifférent sur ma fenêtre. Je la revis aux mêmes heures, les jours suivants, dans le jardin ou dans la cour, sans jamais avoir ni la pensée ni l'audace de l'aborder. Je la rencontrais quelquefois jusque dans les pelouses des chalets, conduite par de petites filles qui chassaient son âne et qui lui cueillaient des fraises ; d'autres fois, dans sa barque, sur le lac. Je ne lui donnais d'autre signe de voisinage et d'intérêt qu'un salut respectueux et grave ; elle me le rendait avec une mélancolique distraction, et nous suivions chacun notre chemin sur la montagne ou sur l'eau...

XII

Et cependant je me sentais triste et désorienté le soir, quand je ne l'avais pas rencontrée pendant la journée. Je descendais au jardin, sans me rendre compte du motif. J'y restais, malgré le froid de la nuit, les yeux attachés à sa fenêtre. J'avais de la peine à rentrer avant d'avoir entrevu son ombre, à travers les rideaux, ou entendu une note de son piano ou le timbre étrange de sa voix.

XIII

Le salon de l'appartement qu'elle occupait le soir touchait à ma chambre. Il n'en était séparé que par une grosse porte de chêne fermée par deux verrous. Je pouvais entendre confusément le bruit de ses pas, le frôlement de sa robe, le bruissement des feuillets du livre dont ses doigts tournaient les pages. Il me semblait même quelquefois entendre sa respiration.

J'avais placé instinctivement la table sur laquelle j'écrivais, et je posais ma lampe contre cette porte, parce que je me sentais moins seul quand j'avais ces légers mouvements de vie autour de moi. Je me figurais vivre à deux avec cette apparition qui remplissait insensiblement toutes mes journées. En un mot, j'avais en secret toutes les pensées, tous les empressements, tous les raffinements de la passion, avant de me douter encore que j'aimais. L'amour était pour moi non dans tel ou tel symptôme, dans tel regard, dans tel aveu, dans telle circonstance extérieure, contre lesquels j'aurais pu me prémunir. Il était comme ces miasmes invisibles répandus dans l'atmosphère qui m'environnait, dans l'air, dans la lumière, dans la saison mourante, dans l'isolement de mon existence, dans le rapprochement mystérieux de cette autre existence qui paraissait isolée aussi, dans ces longues courses qui ne m'éloignaient de cette inconnue que pour mieux me faire sentir l'attrait irréfléchi qui me ramenait vers elle, dans sa robe blanche aperçue de loin à travers les sapins de la montagne, dans ses cheveux noirs que le vent du lac déroulait sur le bord de son bateau, dans ses pas sur l'escalier, dans la lumière de sa fenêtre, dans le léger craquement de ses pas sur le parquet de sapin de sa chambre, dans le froissement de sa plume sur le papier quand elle écrivait ; dans le silence même de ces longues soirées d'automne qu'elle passait seule à lire, à écrire ou à rêver, à quelques pas de moi ; dans la fascination enfin de cette beauté fantastique, que j'avais trop vue sans la regarder et que je revoyais en fermant les yeux, à travers le mur, comme s'il eût été transparent pour moi.

Ce sentiment, du reste, n'était mêlé d'aucun empressement indiscret ni d'aucune curiosité. Je respectais le secret de cette solitude et le fragile rempart qui nous séparait.

Que m'importait à moi cette femme malade de cœur ou de corps rencontrée par aventure au milieu de ces montagnes d'un pays étranger ? J'avais secoué, je le croyais du moins, la poussière de mes pieds ; je ne voulais me rattacher à la vie par aucun lien de l'âme et des sens, surtout par aucune faiblesse de cœur. Je méprisais profondément l'amour, parce que je n'avais connu sous ce nom que ses inconstances, ses légèretés ou ses profanations[1].

XIV

D'ailleurs, qui était cette femme ? Était-elle de ma patrie ou de quelque contrée lointaine, de quelque île de l'Orient ou des tropiques où je ne pourrais pas la suivre, et alors, après l'avoir adorée quelques jours, n'aurais-je pas à la pleurer à jamais ? Et puis son cœur était-il libre de répondre au mien ? Était-il vraisemblable qu'une telle beauté eût traversé le monde et fût arrivée jusqu'à cette maturité touchant presque au déclin de la jeunesse sans avoir inspiré à personne cette passion qui semblait alanguir ses regards ? N'avait-elle pas un père, une mère, des sœurs, des frères ? N'était-elle pas mariée ? N'y avait-il pas dans l'univers un homme séparé momentanément d'elle par des circonstances inexplicables, mais qui vivait de son cœur comme sans doute elle vivait du sien ?

Je me disais tout cela à moi-même pour éloigner de moi l'obsession involontaire, découragée, et cependant délicieuse. Je dédaignais même de m'informer. Je trouvais plus digne et peut-être aussi plus doux de laisser errer mon esprit dans l'inconnu.

XV

Mais la famille du vieux médecin n'avait pas les mêmes raisons pour respecter ce secret. La curiosité, naturelle à des hôtes dans ces maisons qui vivent des étrangers, interprétait à table toutes les circonstances, toutes les probabilités, toutes les notions les plus fugitives qu'elle pouvait recueillir sur la jeune étrangère. Sans interroger, et en évitant même de provoquer la conversation sur elle, j'appris le peu qui transpirait de cette vie cachée. Je rompais en vain l'entretien. Il revenait tous les jours et à tous les repas sur ce sujet : hommes, femmes, enfants, jeunes filles, baigneuses, domestiques de la maison, guides sur les montagnes, bateliers sur le lac, elle avait frappé, touché, attendri tout le monde sans parler à personne. Elle était la pensée, le respect, l'entretien, l'admiration de chacun. Il y a de ces êtres qui rayonnent, qui éblouissent, qui entraînent tout dans leur sphère d'attraction sans y penser, sans le vouloir, sans le savoir même. On dirait que certaines natures ont un système, comme les astres, et qu'elles font graviter autour d'elles les regards, les âmes et les pensées de leurs satellites. La beauté physique ou morale est leur puissance, la fascination est leur chaîne, l'amour est leur émanation. On les suit à travers la terre et jusqu'au ciel, où elles se perdent jeunes ; quand elles ont disparu, l'œil reste comme aveugle d'éblouissement. On ne regarde plus, ou l'on ne voit plus rien. Le vulgaire même sent ces êtres supérieurs à je ne sais quels signes. Il les admire sans les comprendre, comme les aveugles de naissance qui sentent les rayons sans voir le soleil.

XVI

J'appris ainsi que cette jeune femme habitait Paris ; son mari était un vieillard illustre[1] au dernier siècle par des travaux qui avaient fait date dans les découvertes de l'esprit humain. Il avait adopté cette jeune fille dont la beauté et l'esprit l'avaient frappé, afin de lui laisser après sa mort son nom et ses biens. Elle l'aimait comme un père. Elle lui écrivait tous les jours des lettres qui étaient le journal de son âme et de ses impressions. Elle était tombée depuis deux ans dans une langueur qui avait alarmé son mari. On lui avait ordonné le changement d'air et les voyages au Midi ; les infirmités du vieillard l'empêchant de la suivre, il l'avait confiée à une famille de Lausanne avec laquelle elle avait parcouru la Suisse et l'Italie. Enfin le changement de climat n'ayant pas suffi à rétablir ses forces, un médecin de Genève, craignant une maladie de cœur, l'avait amenée aux eaux d'Aix ; il devait venir la reprendre pour la reconduire à Paris au commencement de l'hiver.

Voilà tout ce que j'appris alors de cette existence déjà si chère dont je m'obstinais à croire que chaque détail m'était profondément indifférent. J'éprouvai un peu plus d'émotion de cœur pour cette femme touchée, dans sa fleur, par un mal qui ne consume la vie qu'en aiguisant ses sensations et qu'en activant davantage la flamme qu'il menace d'éteindre. Je cherchai du regard, en rencontrant l'étrangère sur l'escalier, quelques lignes imperceptibles de souffrance aux coins de ses lèvres un peu pâlies, et autour de ses beaux yeux bleus souvent battus par les insomnies. Je m'intéressai à elle pour ses charmes ; je m'intéressai davantage pour cette ombre de mort à travers laquelle je ne croyais que l'entrevoir. Ce fut tout. Nos vies continuèrent à couler aussi rapprochées par l'espace, mais aussi séparées par l'inconnu qu'au commencement.

XVII

Les premières neiges commençant à blanchir les têtes des sapins sur les hauts sommets de la Savoie, j'avais renoncé à mes courses dans les montagnes. La chaleur douce et prolongée de la fin d'octobre s'était concentrée dans le creux de la vallée. L'air était tiède encore sur les bords et sur les eaux du lac. La longue allée de peupliers qui y mène avait, à midi, des lueurs de soleil, des balancements de rameaux et des murmures de cimes qui m'enchantaient. Je passais une partie de mes journées sur l'eau. Les bateliers me connaissaient ; ils se souviennent encore, me dit-on, des longues navigations que je leur faisais faire dans les golfes les plus écartés et dans les anses les plus sauvages des deux rives de France et de Savoie.

La jeune étrangère s'embarquait aussi quelquefois, au milieu du jour, pour des courses moins prolongées. Les bateliers, fiers de la conduire et attentifs aux moindres symptômes de fraîcheur, de nuages ou de vent qui pouvaient apparaître dans le ciel, avaient bien soin de la prévenir : ils préféraient sa santé et sa vie au salaire de leurs journées perdues.

Une seule fois ils se trompèrent. Ils lui avaient promis une traversée et un retour faciles pour aller visiter les ruines de l'abbaye de Haute-Combe, située sur le bord opposé. Ils avaient à peine franchi les deux tiers de leur route, qu'une rafale de vent, sortant des gorges étroites de la vallée du Rhône, vint soulever et faire écumer les lames courtes du lac, comme une brise que les marins appellent *carabinée*, qui frappe tout à coup et fait souvent chavirer les embarcations, au tournant d'un cap, sur la mer. Le petit bateau, sa voile emportée, et soutenu difficilement par le balancier des deux rames étendues du batelier, dansait comme une coquille de noix sur les vagues toujours grossissantes. Le retour était impossible ; il fallait plus d'une demi-heure de fatigue et de danger avant d'être à l'abri sous l'ombre des hautes falaises de Haute-Combe. Le sort ou la Providence qui dirigeait ce jour-là ma voile sur le lac m'avait fait embarquer moi-même sur un bateau plus fort armé de quatre vigoureux rameurs. J'allais visiter, dans une île au fond du lac, un parent de mon ami de Chambéry, nommé M. de Châtillon[1]. Il avait son château sur un roc, au sommet de cette île. Nous n'étions plus qu'à quelques coups de rames du port de Châtillon quand mes yeux, qui suivaient machinalement dans le lointain le bateau de la jeune malade, s'aperçurent de sa détresse et de la lutte que son embarcation soutenait contre le coup de vent. Nous virâmes de bord, mes rameurs et moi, d'un cœur unanime. Nous nous jetâmes en plein lac et en pleine tempête pour voler au secours du bateau en perdition[2] : il disparaissait souvent sous un horizon roulant d'écume. Longue et terrible fut mon anxiété pendant l'heure que nous employâmes à traverser ainsi presque toute la largeur du lac et à rejoindre la barque de la jeune étrangère. Quand enfin nous l'atteignîmes, elle touchait au bord. Une longue lame la jeta sous nos yeux en sûreté sur le sable, au pied des ruines de l'abbaye.

Nous poussâmes un cri de joie. Nous nous précipitâmes à l'envi dans l'eau pour courir plus vite au bateau et pour porter sur le rivage la malade naufragée. Le pauvre batelier consterné nous appelait à son aide avec des gestes et des cris de détresse. Il nous montrait de la main le fond de sa barque, que nous ne pouvions pas apercevoir encore.

En arrivant, nous vîmes la jeune dame couchée évanouie au fond du bateau, les jambes, le corps, les bras recouverts d'un lit d'eau glacée et de flocons d'écume, le buste seulement hors de l'eau, et la tête, comme celle d'une morte, appuyée contre le petit coffre de bois qui sert à renfermer, à la poupe, les filets et les provisions des bateliers. Ses cheveux flottaient autour de son cou et de ses épaules comme les ailes d'un oiseau noir à demi submergé au bord d'un étang. Son visage, dont les couleurs ne s'étaient pas tout à coup effacées, avait le calme du plus tranquille sommeil. C'était cette beauté surnaturelle que le dernier soupir laisse sur le visage des jeunes filles mortes, comme le plus charmant rayon de la vie sur le front d'où elle se retire, ou comme le premier crépuscule de l'immortalité sur les traits qu'elle veut éterniser dans la mémoire des survivants. Jamais je ne l'avais vue et jamais je ne la revis si transfigurée. La mort était-elle le jour de cette céleste figure, ou Dieu voulait-il me faire pressentir dès cette première impression la forme immuable sous laquelle j'étais destiné à ensevelir cette beauté dans ma mémoire, à l'y revoir éternellement et à l'y invoquer à jamais ?...

XVIII

Nous nous précipitâmes dans la barque pour soulever la mourante de son lit d'écume et pour l'emporter au-delà des rochers. Je mis la main sur son cœur comme je l'aurais mise sur un globe de marbre, j'approchai mon oreille de ses lèvres comme je l'aurais approchée des lèvres d'un enfant endormi. Le cœur battait irrégulièrement, mais fortement ; l'haleine était sensible et tiède ; je compris que ce n'était qu'un long évanouissement, suite de la terreur et du froid de l'eau. Un des bateliers souleva les pieds ; je pris les épaules et la tête qui pesait contre ma poitrine. Nous la portâmes ainsi, sans qu'elle donnât signe de vie, jusqu'à une petite maison de pêcheur sous le rocher de Haute-Combe.

Cette chaumière servait d'auberge aux bateliers quand ils conduisaient des curieux aux ruines. Elle ne consistait qu'en une salle étroite, obscure, enfumée, meublée d'une table chargée de pain, de fromage et de bouteilles. Une échelle de bois partant du pied de la cheminée conduisait à une chambre basse éclairée par une lucarne sans vitres, ouvrant sur le lac. L'espace était occupé presque tout entier par trois lits qui se fermaient par des portes de bois, comme de profondes armoires. La famille y couchait. La mère et deux jeunes filles de la maison, à qui nous remîmes la jeune femme évanouie, en nous retirant par décence hors de la porte, l'étendirent sur un matelas auprès de la cheminée ; elles allumèrent un feu doux de paille et de branches de genêt ; elles la délacèrent, lui ôtèrent ses vêtements pour les faire sécher, essuyèrent ses membres et ses cheveux ruisselants de l'eau du lac ; puis elles la portèrent, toujours évanouie, dans un des lits de la chambre, où elles avaient étendu des draps blancs chauffés avec une des pierres tièdes du foyer, selon l'usage des paysans de ces montagnes. Elles essayèrent en vain de lui faire avaler quelques gouttes de vinaigre et de vin pour la rappeler à la vie. Voyant tous leurs soins perdus et tous leurs efforts inutiles, elles se répandirent en sanglots et en cris qui nous rappelèrent dans la maison. « La demoiselle est morte ! la dame est trépassée ! Il n'y a qu'à pleurer et à chercher le prêtre ! » s'écrièrent-elles. Les bateliers consternés se joignaient aux femmes et redoublaient l'effroi. Je m'élançai sur l'échelle, j'entrai dans la chambre, je me penchai sur le lit ; le crépuscule éclairait encore. Je touchai de la main le front, il était brûlant. Je distinguai le mouvement faible mais régulier de la respiration, qui soulevait et abaissait alternativement le drap de gros chanvre écru sur la poitrine. Je fis taire les femmes, et, donnant un écu à un des plus jeunes bateliers, je le chargeai d'aller chercher un médecin.

Il y en avait un, me dit-on, à deux lieues de Haute-Combe, dans un village sur un des plateaux du mont du Chat. Le batelier partit en courant. Les autres s'attablèrent, rassurés par la certitude que la dame n'était pas morte. Les femmes allaient et venaient de la chambre dans la salle et de la cave au poulailler pour préparer le souper. Je restai assis sur un des sacs de farine de maïs, à côté du lit, près des pieds, les mains croisées sur mes genoux, les yeux fixés sur le visage immobile et sur les paupières fermées de l'étrangère[1].

La nuit était venue. Une des jeunes filles avait fermé

le volet de la lucarne. Elle avait suspendu une petite lampe à bec de cuivre contre le mur ; la lueur en tombait sur le drap et sur le visage endormi, comme celle du cierge sur un linceul. Hélas ! j'ai veillé ainsi depuis sur d'autres visages, mais ils ne se sont plus réveillés !

XIX

Ainsi je la contemplai du regard et de l'âme pendant de longues heures, suspendu entre la mort et l'amour. Je ne savais, en étudiant l'angélique figure endormie sous mes yeux, si cette nuit me préparait une éternelle douleur ou une éternelle adoration. Les spasmes du sommeil, qui n'étaient pas assez forts pour la ranimer, avaient rejeté le drap et découvert une de ses épaules. Ses cheveux s'y roulaient en gros anneaux noirs et épais. Son cou, affaissé sur l'oreiller, était plié par le poids de sa tête, qui pendait en arrière, un peu inclinée sur la joue droite. Un de ses bras s'était dégagé des couvertures : il était passé sous son cou ; il laissait apercevoir seulement la nudité d'un coude d'ivoire qui se détachait de la couleur grise de la chemise de grosse toile dont les paysannes l'avaient vêtue. À un des doigts de la main noyés dans les cheveux, on voyait briller un petit anneau d'or qui enchâssait une étincelle de rubis où se réverbérait la lampe.

Les jeunes filles de la maison s'étaient couchées, sans se déshabiller, sur le plancher ; la mère s'était assoupie sur une chaise en bois, les mains et la tête appuyées sur le dossier. Quand le coq chanta dans la cour, les femmes sortirent, leurs sabots à la main ; elles descendirent sans bruit l'échelle pour aller au travail. Je restai seul.

XX

Les premières lueurs du crépuscule du matin commençaient à filtrer à travers les fentes des volets de la lucarne. Je l'ouvris, espérant que l'air frais vif, matinal et balsamique du lac et des montagnes, et peut-être aussi le premier rayon du soleil, qui réveillait toute la nature, feraient sentir leur influence sur cette vie que j'aurais voulu déjà réveiller au prix de mon propre souffle vital. Un air frais et presque glacial se répandit dans la chambre et souffla la lampe à demi consumée. Mais la couche resta sans mouvement. J'entendis les pauvres femmes qui priaient ensemble en bas, avant de commencer leur journée. L'idée de prier aussi me vint au cœur, comme elle vient à toute âme qui a besoin qu'une force mystérieuse et surhumaine se surajoute à l'impuissante tension de ses désirs. Je me mis à genoux sur le plancher, les mains jointes sur le bord du lit, les regards fixés sur le visage de la jeune femme. Je priai longtemps, ardemment, jusqu'aux larmes. J'aurais passé des heures ainsi sans m'apercevoir de la durée du temps et sans sentir la douleur de mes genoux sur la pierre, tant mon âme était absorbée dans la prière. Tout à coup, en passant machinalement la main sur mes yeux pour les essuyer, je sentis une main qui touchait la mienne et qui retombait doucement sur ma tête, comme pour écarter mes cheveux, dévoiler mon visage et me bénir. Je poussai un cri, je regardai, je vis les yeux de la malade se rouvrir, sa bouche respirer et sourire, son bras se tendre vers moi pour saisir ma main, et j'entendis ces mots : « Ô mon Dieu ! je vous remercie. J'ai donc un frère ! » . . . .

XXI

Le frais du matin l'avait réveillée pendant que je priais, le visage noyé dans mes larmes, au bord de son lit. Elle avait eu le temps de voir l'ardeur de ma compassion à l'ardeur de ma prière. Elle avait eu assez de réflexion pour me reconnaître au jour, dont les premiers rayons entraient maintenant dans la chambre. Évanouie dans l'isolement et dans l'indifférence, elle s'éveillait sous la garde d'un pieux inconnu. Privée de toute parenté d'âme dans la fleur négligée de sa vie, elle trouvait tout à coup à côté d'elle la figure, l'attitude, les soins, la prière, les larmes d'un jeune frère ; ce nom avait échappé à son cœur et à ses lèvres en recouvrant le sentiment de ce bonheur avec la sensation de la vie !

« Un frère ? oh ! non, madame, lui répondis-je en prenant la main qu'elle tendait vers moi et en l'écartant respectueusement de mon front, comme si je n'eusse pas été digne d'être touché par elle ; un frère ? oh ! non, mais un esclave, mais une ombre vivante de vos pas, qui ne demande que le droit de se souvenir de cette nuit, et de conserver à jamais l'image d'une apparition qui lui fait désirer de la suivre jusque dans la mort, ou qui pourrait seule lui faire supporter cette vie ! »

À mesure que ces paroles embarrassées et hésitantes s'échappaient de mes lèvres, à demi-voix, les teintes roses de la vie remontaient sur ses joues, un sourire triste se répandait autour de sa bouche comme une incrédulité obstinée au bonheur, ses yeux soulevés vers le ciel du lit semblaient écouter, par le regard, des mots qui ne répondaient qu'à ses pensées. Jamais le passage de la mort à la vie et d'un songe à une réalité ne fut si rapide et si visible sur un visage. Étonnement, langueur, ivresse, repos, mélancolie et joie, timidité et abandon, grâce et retenue, tout se peignit à la fois sur ses traits rafraîchis par le réveil, colorés par la jeunesse. Son rayonnement éclairait l'alcôve sombre autant que la lueur du matin. Il y eut plus de paroles, plus de révélations, plus de confidences dans ce visage et dans ce silence que dans des millions de mots. Le visage humain, dans la jeunesse, est un clavier que la passion parcourt d'un regard. La physionomie transmet de l'âme à l'âme des mystères d'intimité muette qui n'ont leur traduction dans aucun langage d'ici-bas.

La mienne aussi sans doute révélait un ami au regard qui se reposait avec tant d'avidité sur mes traits. Mes habits encore humides, les touffes brunes de mes longs cheveux labourés pendant la nuit par mes mains, mon cou dont la cravate était lâche et dénouée, mes yeux cernés et humides, mon teint pâli par l'insomnie ou par l'émotion, l'enthousiasme presque religieux qui m'inclinait devant cette femme souffrante ; l'inquiétude, la joie, la surprise, le demi-jour de cette chambre nue, au milieu de laquelle je restais debout sans oser faire un pas, comme si j'eusse craint de faire évanouir l'enchantement : tout devait donner à ma figure une puissance d'expression passionnée que sans doute elle ne retrouverait pas une seconde fois.

XXII

Ne pouvant plus supporter le contrecoup de ces émotions et le frisson intérieur de ce silence, j'appelai les femmes. Elles montèrent. Elles se répandirent en cris de surprise en voyant cette résurrection, qui leur paraissait un miracle. Au même instant, le médecin que j'avais envoyé chercher la veille entra. Il recommanda le repos et quelques infusions de plantes de ces montagnes qui calment les mouvements du cœur. Il rassura tout le monde en nous disant que cette maladie de la jeunesse des femmes s'apaisait souvent avec les années, qu'elle n'était qu'un excès de sensibilité qui n'était jamais dangereuse, à moins que les peines intérieures ne vinssent l'aggraver par des causes morales. Pendant que les jeunes filles cherchaient dans les prés les simples indiqués par le médecin et que les blanchisseuses repassaient les vêtements mouillés dans la salle basse, je sortis de la maison et j'allai parcourir seul les ruines de l'antique abbaye.

XXIII

Mais mon cœur était trop plein de mes propres impressions pour s'intéresser à ces morts. L'ascétisme et l'enthousiasme des premiers monastères étant devenus plus tard une profession, des vies sans liens avec leurs frères et sans utilité pour le monde s'étaient évaporées dans ces cloîtres, ne laissant ni traces ni regrets sur les tombeaux. J'admirai seulement combien la nature est prompte à s'emparer des places vides et des demeures abandonnées par l'homme, combien son architecture vivante d'arbustes qui s'enracinent dans le ciment, de ronces, de lierres flottants, de giroflées suspendues, de plantes grimpantes jetant leur épais manteau sur les brèches des murs, est supérieure à la froide symétrie des pierres et à la décoration morte des monuments du ciseau des hommes. Il y avait plus de soleil, plus de parfums, plus de murmures, plus de saintes psalmodies des vents, des eaux, des oiseaux, des échos sonores du lac et des forêts sous les piliers croulants, dans les nefs démantelées et sous les voûtes déchirées de la vieille église vide de l'abbaye, qu'il n'y avait autrefois de lueurs de cierges, de vapeur d'encens et de chants monotones dans les cérémonies et dans les processions qui les remplissaient jour et nuit. La nature est le grand prêtre, le grand décorateur, le grand poète sacré et le grand musicien de Dieu[1]. Le nid d'hirondelles où les petits appellent et saluent le père et la mère, sous la corniche ébréchée du vieux temple ; les soupirs du vent du lac qui semblent apporter sous les cloîtres dépeuplés de la montagne les palpitations de la voile, les gémissements de la vague, les dernières notes des chants des pêcheurs ; les émanations embaumées qui traversent par moments la nef ; les fleurs qui s'effeuillent et dont les étamines pleuvent sur les tombes, le balancement des draperies vertes qui tapissent les murs, l'écho sonore et répercuté des pas du visiteur sur les souterrains où dorment les morts : tout cela est non moins pieux, non moins recueilli, non moins infini d'impressions que l'était jadis le monastère dans toute sa splendeur sacrée. S'il y a des hommes de moins avec leurs misérables passions rapetissées par l'étroite enceinte où ils les avaient confinées et non ensevelies, il y a Dieu de plus, jamais aussi visible et aussi sensible que dans la nature, Dieu dont la splendeur sans ombre semble rentrer dans ces tombeaux de l'esprit, avec les rayons de soleil et avec la vue du firmament, que des voûtes n'interceptent plus.

XXIV

Je n'étais pas en ce moment assez maître de mes pensées pour me rendre compte de ces vagues réflexions. J'étais comme un homme qu'on vient de décharger d'un immense fardeau et qui respire à pleine haleine en étendant ses muscles contractés et en marchant çà et là dans sa force, comme s'il allait dévorer l'espace et aspirer tout l'air du ciel dans ses poumons.

Ce fardeau dont je venais d'être soulagé, c'était mon propre cœur. En le donnant, il me semblait, pour la première fois, avoir conquis la plénitude de la vie. L'homme est tellement créé pour l'amour qu'il ne se sent homme que du jour où il a la conscience d'aimer pleinement. Jusque-là, il cherche, il s'inquiète, il s'agite, il erre dans ses pensées. De ce moment, il s'arrête, il se repose, il est au fond de sa destinée.

Je m'assis sur le mur tapissé de lierre d'une haute terrasse démantelée qui dominait alors le lac, les jambes pendantes sur l'abîme, les yeux errants sur l'immensité lumineuse des eaux qui se fondaient avec la lumineuse immensité du ciel. Je n'aurais pu dire, tant les deux azurs étaient confondus à la ligne de l'horizon, où commençait le ciel, où finissait le lac[1]. Il me semblait nager moi-même dans le pur éther et m'abîmer dans l'universel océan. Mais la joie intérieure dans laquelle je nageais était mille fois plus profonde et plus lumineuse que l'atmosphère avec laquelle je me confondais ainsi. Cette joie ou plutôt cette sérénité intérieure, il m'aurait été impossible de me la définir à moi-même[2]. C'était comme une lumière sans éblouissement, une ivresse sans vertige, une paix sans accablement et sans immobilité. J'aurais vécu dans cet état des milliers d'années sans m'apercevoir que j'avais vécu plus de quelques secondes. Les immortels dans le ciel doivent perdre ainsi le sentiment de la durée : une pensée immuable dans l'éternité d'un moment !...

XXV

Cette sensation n'avait rien de précis, d'articulé ni de défini en moi. Elle était trop complète pour être mesurée ; trop une pour être divisible par la pensée et analysable même par la réflexion. Ce n'était ni la beauté de la créature surnaturelle que j'adorais, car l'ombre de la mort était encore répandue entre cette beauté et mes yeux ; ni la vanité satisfaite d'une conquête de femme à étaler, car cette vanité froide n'a jamais approché de mon âme, et je n'avais personne, dans ce désert, devant qui profaner mon amour en le dévoilant pour m'en vanter ; ni l'espoir d'enchaîner cette destinée à la mienne, car je savais qu'elle appartenait à un autre ; ni enfin la certitude d'être aimé, car j'ignorais tout de son cœur, excepté le geste et le mot de reconnaissance qu'elle m'avait adressés !

XXVI

C'était autre chose ; c'était un sentiment désintéressé, calme, immatériel ; le repos d'avoir trouvé enfin l'objet toujours cherché, jamais rencontré, de cette adoration, l'idole de ce culte vague et inquiet, qui tourmente l'âme jusqu'à ce qu'elle ait entrevu l'objet de ce culte, et qu'elle s'y soit attachée comme le fer à l'aimant, ou qu'elle se confonde avec lui comme le souffle de la respiration dans les vagues de l'air respirable.

Et, chose étrange ! je n'étais pas pressé de la revoir, d'entendre sa voix, de me rapprocher d'elle, de m'entretenir en liberté avec celle qui était déjà toute ma pensée et toute ma vie. Je l'avais vue ; je l'emportais partout avec moi : de près, de loin, absente, présente, je la possédais ; tout le reste m'était indifférent. L'amour complet est patient, parce qu'il est absolu et qu'il sent qu'il durera autant que la vie. Je défiais l'univers de m'arracher cette image sans m'arracher mon cœur. Je l'avais vue, mes désirs étaient assouvis ; peu m'importait presque qu'elle m'aimât. Sa splendeur m'avait touché, je restais enveloppé de ses rayons ; c'était assez pour moi. Je sentais qu'il n'y aurait plus ni nuit ni froideur dans mon cœur, dussé-je vivre un millier d'années, car elle y luirait toujours comme elle y luisait dans ce moment.

XXVII

Cette conviction donnait à mon amour la sécurité de l'immuable, le calme de la certitude, la plénitude de l'infini, l'ivresse d'une joie sans terme. Je laissais passer les heures sans les compter. N'avais-je pas devant moi les heures sans fin ? et chacune de ces heures ne me rendrait-elle pas éternellement cette image toujours présente ? J'allais, je venais, je m'asseyais, je me relevais, je marchais d'un pas tantôt lent, tantôt rapide. Je ne sentais plus la terre sous mes pieds ; j'ouvrais les bras à l'air, au lac, à la lumière ; je remerciais toute la nature ; je plongeais dans le firmament des regards perçants et prolongés ; j'aurais voulu y découvrir Dieu lui-même pour lui offrir l'hymne de ma reconnaissance et l'extase de ma félicité. Je n'étais plus un homme, j'étais un hymne vivant. Mon corps n'éprouvait plus sa matérialité. Je ne croyais plus au temps, ni à l'espace, ni à la mort : tant la vie de l'amour qui venait de jaillir en moi me donnait le sentiment de l'immortalité !

XXVIII

Je ne m'aperçus de la fuite des heures qu'au soleil de midi qui atteignait déjà la cime des pans de muraille de l'abbaye. Je redescendis en bondissant, à travers les bois, de rocher en rocher, de tronc d'arbre en tronc d'arbre. Mon cœur battait à fendre ma poitrine. En approchant de la petite auberge, je vis, dans un pré en pente derrière la maison, la jeune malade assise au pied d'un mur au midi ; les habitants de ce désert avaient adossé contre ce mur quelques ruches. Sa robe blanche brillait au soleil sur le vert du pré. L'ombre d'une meule de foin garantissait sa figure.

Elle lisait un petit livre ouvert sur ses genoux. Elle se distrayait par moments de sa lecture pour jouer avec les petits enfants de la montagne qui venaient lui présenter des fleurs et des châtaignes.

En m'apercevant, elle voulut se lever comme pour venir à moi. Ce geste me suffit pour m'encourager à m'approcher. Elle me reçut en rougissant et avec un tremblement de lèvres qui n'échappa pas à mon regard et qui redoubla ma propre timidité. L'étrangeté de notre situation nous embarrassait tellement l'un et l'autre que nous restâmes longtemps sans trouver rien à nous dire. À la fin, elle me fit un geste mal assuré et à peine intelligible pour m'engager à m'asseoir sur les bords de la meule de foin, non loin d'elle. Je crus voir qu'elle m'attendait et qu'elle m'avait gardé ma place. Je m'assis respectueusement un peu loin. Le silence entre nous durait toujours. Il était visible que nous cherchions tous deux, sans pouvoir les trouver, de ces paroles banales qu'on échange, comme une fausse monnaie de conversation, qui servent à cacher les pensées au lieu de les révéler ; craignant également de dire trop ou trop peu, nous retenions notre âme sur nos lèvres.

Nous continuâmes à rester muets, et ce silence augmentait notre rougeur. À la fin, nos regards baissés s'étant relevés au même moment et rencontrés dans le foyer l'un de l'autre, je vis dans ses yeux tant de sensibilité, elle vit sans doute tant d'innocence et tant de profondeur dans les miens, que nous ne pûmes plus les détacher, moi de son visage, elle de ma figure ;

et que des larmes y montant à la fois de nos deux cœurs, nous y portâmes instinctivement nos mains comme pour y voiler nos pensées.

Je ne sais combien de minutes nous demeurâmes ainsi. Enfin, d'une voix tremblante, mais avec un peu de contrainte et d'impatience dans l'accent : « Vous m'avez donné de vos larmes, je vous ai appelé mon frère, vous m'avez adoptée pour sœur, dit-elle, et nous n'osons pas nous parler ?... Une larme ! reprit-elle, une larme désintéressée d'un cœur inconnu, c'est plus que ma vie ne vaut et plus qu'elle ne m'a jamais encore donné ! »

Puis, avec une légère inflexion de reproche : « Vous suis-je donc redevenue étrangère depuis que je n'ai plus besoin de vos soins ? Oh ! quant à moi, poursuivit-elle d'un ton de résolution et de sécurité, je ne sais rien de vous que votre nom et votre visage, mais je sais votre âme. Un siècle ne m'en apprendrait pas plus !

« — Et moi, madame, lui dis-je en balbutiant, je voudrais ne savoir jamais rien de tout ce qui fait de vous un être vivant de notre vie, attaché par les mêmes liens que nous à ce triste monde ; je n'ai besoin de savoir qu'une chose, c'est que vous l'avez traversé, que vous m'avez permis de vous regarder de loin et de me souvenir toujours !

— Oh ! ne vous trompez pas ainsi, reprit-elle ; ne voyez pas en moi une illusion divinisée de votre cœur ; je souffrirais trop le jour où cette chimère viendrait à s'évanouir ! Ne voyez en moi que ce que je suis : une pauvre femme qui se meurt dans le découragement et dans la solitude, et qui n'emportera de la terre rien de plus divin qu'un peu de pitié. Vous le verrez quand je vous dirai qui je suis, ajouta-t-elle ; mais auparavant dites-moi une seule chose qui m'inquiète depuis le jour où je vous ai aperçu dans le jardin. Pourquoi, si jeune et paraissant si bon, êtes-vous si seul et si triste ? Pourquoi vous éloignez-vous toujours de la présence et de l'entretien des hôtes de la maison, pour vous égarer dans les sites infréquentés des montagnes ou du lac, ou pour vous renfermer dans votre chambre ? Votre lumière y brille, dit-on, bien tard dans la nuit ? Avez-vous un secret dans le cœur que vous ne confiez qu'à la solitude ? »

Elle attendait avec une visible anxiété ma réponse. « Ce secret, lui dis-je, c'est de n'en point avoir ; c'est de sentir le poids d'un cœur qu'aucun enthousiasme ne soulevait jusqu'à cette heure dans ma poitrine ; c'est qu'après avoir essayé de le donner plusieurs fois à des sentiments incomplets, j'ai toujours été obligé de le reprendre avec des amertumes ou des dégoûts qui m'ont, si jeune et si sensible, découragé pour jamais d'aimer ! »

Alors je lui racontai, sans en rien déguiser, tout ce qui pouvait l'intéresser dans ma vie[1] : ma naissance dans une condition modeste ; mon père, militaire de trempe antique ; ma mère, femme d'exquise sensibilité, cultivée dans sa jeunesse par l'élégance des lettres ; mes jeunes sœurs, filles d'une pieuse et angélique simplicité ; mon éducation par la nature au milieu des enfants des montagnes de mon pays ; mes études faciles et passionnées ; mon désœuvrement forcé, mes voyages, mon premier frisson sérieux de cœur auprès de la jeune fille du pêcheur de Naples ; mes mauvaises amitiés à mon retour à Paris ; les légèretés, les désordres, les hontes de moi-même dans lesquelles ces liaisons m'avaient entraîné ; mon ardeur pour l'état militaire trompée par la paix, au moment où j'entrais dans l'armée ; ma sortie du régiment, mes courses sans but, mon retour sans espoir dans la maison paternelle ; les mélancolies dont j'étais dévoré ; le désir de mourir, le désenchantement de tout ; enfin la langueur physique, résultat de la lassitude morale, et qui, sous les cheveux, sous les traits de vingt-quatre ans[1], cachait la précoce sénilité de l'âme, et le détachement de la terre d'un homme mûr et fatigué de jours.

XXIX

En insistant sur ces sécheresses, sur ces dégoûts et sur ces découragements de ma vie, je jouissais intérieurement, car je ne les sentais déjà plus. Un seul regard m'avait renouvelé tout entier. Je parlais de moi comme d'un être mort ; un homme nouveau était né en moi.

Quand j'eus fini, je levai les yeux sur elle comme sur mon juge. Elle était toute tremblante et toute pâle d'émotion : « Dieu ! s'écria-t-elle, que vous m'avez fait trembler !

— Et pourquoi ? lui dis-je.

— C'est, dit-elle, que, si vous n'aviez pas été malheureux et isolé ici-bas, il y aurait eu entre nous deux une harmonie de moins. Vous n'auriez pas senti le besoin de plaindre quelqu'un, et j'aurais moi-même quitté la vie sans avoir entrevu l'ombre de mon âme ailleurs que dans la glace où ma froide image m'était retracée !... Seulement, poursuivit-elle, votre vie commence, et la mienne... »

Je l'empêchai d'achever : « Non, non ! m'écriai-je

sourdement en collant mes lèvres sur ses pieds et en les entourant convulsivement de mes bras comme pour la retenir sur la terre ; non, non, elle ne finit pas, ou si elle finit, je le sens, elle finira pour deux !... »

Je tremblai du geste que j'avais fait et du cri qui m'était involontairement échappé ; je n'osais plus relever mon visage du gazon d'où elle avait retiré ses pieds.

« Relevez-vous, me dit-elle avec une voix grave, mais sans colère ; n'adorez pas une poussière mille fois plus poussière que celle où vous souillez vos cheveux, et qui s'envolera au premier souffle d'automne. Ne vous trompez pas sur la pauvre créature qui est devant vos yeux. Elle n'est que l'ombre de la jeunesse, l'ombre de la beauté, l'ombre de l'amour, que vous devez un jour peut-être sentir et inspirer quand cette image sera évanouie depuis longtemps. Gardez votre cœur pour celles qui doivent vivre, et ne me donnez que ce qu'on donne aux mourants : une main douce pour les soutenir au dernier pas de la vie et une larme pour les pleurer !... »

XXX

L'accent grave, réfléchi et résigné avec lequel elle prononça ces paroles me donna le frisson. Cependant, en levant les yeux sur elle, en voyant les teintes colorées du soleil couchant illuminer ce visage où la jeunesse des traits et la sérénité de l'expression resplendissaient d'heure en heure davantage, comme si un soleil nouveau s'était levé en elle, je ne pus croire à la mort cachée sous ces symptômes éclatants de vie. D'ailleurs, que m'importait ? Si cette angélique apparition était la mort, eh bien, c'était la mort que j'adorais ! Peut-être l'amour immense et complet dont j'étais altéré n'était-il que là ? peut-être Dieu ne m'en montrait-il une lueur près de s'éteindre sur la terre que pour me le faire poursuivre, à la trace de ce rayon, jusqu'à la tombe et jusqu'au ciel ?

« Ne rêvez pas ainsi, me dit-elle, mais écoutez-moi ! » Elle dit cela non avec l'accent d'une amante qui joue le sérieux dans la voix, mais du ton d'une mère jeune encore qui s'adresse à un fils[1] ou d'une sœur qui parle raison à un frère moins âgé. « Je ne veux pas que vous vous attachiez à une vaine apparence, à une illusion, à un songe ; je veux que vous sachiez à qui vous engagez si témérairement un cœur que je ne pourrais retenir qu'en le trompant. Le mensonge m'a toujours été si odieux et si impossible, que je ne voudrais pas même de la suprême félicité du ciel s'il fallait tromper le ciel pour y entrer. Un bonheur dérobé ne serait pas pour moi un bonheur, mais un remords. »

Elle avait en parlant ainsi une telle candeur grave sur les lèvres, une telle sincérité dans l'accent, une telle limpidité dans les yeux, que je crus d'avance à tout ce qu'elle allait me dire. Je m'étendis à demi sur les bords de la meule de foin, à ses pieds, accoudé sur la terre, ma tête appuyée sur la paume de ma main, les yeux sur ses lèvres, dont je ne voulais perdre ni une inflexion, ni un mouvement, ni un soupir.

XXXI

« Je suis née, dit-elle, au-delà des mers, comme Virginie, car l'imagination du poète a fait une patrie à sa création, dans une des îles des tropiques[1]. Vous devez le voir à la couleur de mes cheveux, à mon teint plus pâle que celui des femmes d'Europe ; vous devez l'entendre à mon accent, que je n'ai jamais su perdre. J'aime au fond à conserver cet accent, parce que c'est le seul souvenir que j'aie emporté du pays de mon enfance. Il me rappelle ce je ne sais quoi de plaintif qui chante dans les brises de mer, aux heures chaudes, sous les cocotiers. Vous devez le voir surtout à cette indolence incorrigible de mes attitudes et de ma démarche, qui n'a rien de la vivacité des Françaises, et qui révèle dans la nature des femmes créoles un abandon et un naturel un peu sauvage, incapable de rien feindre ou de rien cacher.

Le nom de ma famille est d'***. Julie[2] est le mien. Ma mère périt dans le naufrage d'une chaloupe en voulant fuir de Saint-Domingue, à l'époque du massacre des blancs. J'avais été jetée par la lame sur le rivage. J'y fus retrouvée et allaitée par une négresse, qui me rendit à mon père quelques années après. Dépouillé, proscrit, malade, mon père me ramena en France à l'âge de six ans, avec une sœur plus âgée que moi. Il mourut peu de temps après son retour, chez de pauvres parents en Bretagne où nous avions été reçus. J'y fis mon éducation jusqu'à la mort de la seconde mère que l'exil m'avait donnée. À douze ans, le gouvernement se chargea de pourvoir à mon sort, en qualité d'orpheline[3] d'un créole qui avait rendu des services à la patrie. Je fus élevée dans toute la splendeur du luxe et dans toutes les amitiés d'élite de ces maisons somptueuses[1] où l'État recueille les filles des citoyens morts pour le pays. J'y grandis en âge, en talents précoces, et aussi, disait-on, en ce qu'on appelait alors ma beauté. Grâce sérieuse et triste qui n'était que la fleur d'une plante des tropiques s'épanouissant, pour quelques jours, sous un ciel étranger.

Cependant cette beauté et ces talents inutiles ne réjouissaient aucun œil et aucune affection en dehors de l'enceinte où j'étais enfermée. Mes compagnes, avec lesquelles j'avais noué ces amitiés d'enfance qui deviennent comme des parentés de cœur, me quittaient une à une pour rentrer chez leurs mères ou pour suivre leurs maris. Aucune mère ne me rappelait. Aucune parente ne venait me visiter. Aucun jeune homme n'entendait parler de moi dans le monde et ne me demandait en mariage. J'étais triste de ces départs successifs de toutes mes amies ; triste de cet abandon du monde entier et de ce veuvage éternel du cœur avant d'avoir aimé. Je pleurais souvent en secret. Je reprochais intérieurement à la négresse de ne pas m'avoir laissé ensevelir dans les flots de ma première patrie, moins cruels que ce monde où le sort m'avait jetée.

Un homme célèbre et âgé venait de temps en temps, au nom de l'empereur, visiter la maison d'éducation nationale et s'informer des progrès que les élèves faisaient dans les sciences et dans les arts enseignés par les premiers maîtres de la capitale ; on me produisait sans cesse à lui comme le modèle le plus accompli de l'éducation donnée à ces orphelines. Il me traitait depuis mon enfance avec une prédilection toute particulière. "Que je regrette, disait-il quelquefois assez haut pour que je l'entendisse, de n'avoir pas un fils !"

Un jour, on me fit demander au salon de la supérieure. L'illustre vieillard m'y attendait. Il paraissait aussi intimidé que je l'étais moi-même. "Mademoiselle, me dit-il enfin, les années coulent pour tout le monde, longues pour vous, courtes pour moi. Vous avez aujourd'hui dix-sept ans. Dans quelques mois, vous toucherez à l'âge où cette maison doit vous rendre au monde. Mais le monde, il n'y en a pas pour vous recevoir. Vous êtes sans patrie, sans maison paternelle, sans biens et sans parents en France. La terre où vous êtes née est possédée par les noirs. Ce dénuement de toute existence indépendante et de toute protection me trouble depuis plusieurs années pour vous. La vie gagnée par le travail d'une jeune fille est pleine d'embûches et d'amertume. Les asiles acceptés chez des amies sont précaires et humiliants pour la dignité. L'extrême beauté dont la nature vous a douée est un éclat qui trahit l'obscurité et qui attire le vice comme l'éclat de l'or attire le larcin. Où comptez-vous vous abriter contre ces tristesses ou contre ces dangers de la vie ? — Je n'en sais rien, lui dis-je, et je ne vois depuis quelque temps que Dieu ou la mort qui puissent me sauver de ma destinée. — Oh ! reprit-il avec un sourire triste et indécis, il y aurait un autre salut auquel j'ai pensé, mais que j'ose à peine vous proposer. — Dites, monsieur, lui répondis-je ; vous avez eu depuis si longtemps pour moi le regard et l'accent d'un père, que je croirai obéir au mien en vous obéissant. — Un père ? reprit-il : oh ! heureux mille fois celui qui aurait une fille telle que vous ! Pardonnez-moi si j'ai osé quelquefois concevoir un pareil rêve. Écoutez-moi, me dit-il alors d'une voix plus grave et plus tendre, et répondez-moi dans toute la liberté et dans toute la réflexion de votre esprit. Je touche à mes dernières années ; la tombe ne peut pas tarder beaucoup à s'ouvrir pour moi ; je n'ai point de parents à qui laisser mon seul héritage, la modeste illustration de mon nom et le peu de fortune que mes travaux m'ont permis d'acquérir. J'ai vécu seul jusqu'ici, uniquement absorbé par ces études qui ont usé et illustré mon existence. J'arrive à la fin de la vie et je m'aperçois douloureusement que je n'ai pas commencé à vivre, puisque je n'ai pas pensé à aimer. Il est trop tard pour revenir sur mes pas et reprendre la route du bonheur, au lieu de la route de la gloire que j'ai malheureusement choisie ; et cependant je ne voudrais pas mourir sans chercher à revivre dans une mémoire après moi par un sentiment, seule immortalité à laquelle je croie. Ce sentiment ne peut être qu'un peu de reconnaissance. C'est de vous que je voudrais l'obtenir. Mais pour cela, ajouta-t-il plus timidement, il faudrait que vous eussiez le courage d'accepter aux yeux du monde, et pour le monde seulement, le nom, la main, l'attachement d'un vieillard qui ne serait pour vous qu'un père, et qui ne demanderait à son titre d'époux que le droit de vous recevoir dans sa maison et de vous chérir comme son enfant !"

Il se tut, et se retira en refusant de recevoir, ce jour-là, une réponse ; cette réponse était déjà sur mes lèvres. C'était le seul homme qui eût montré pour moi, parmi les visiteurs de la maison, un autre sentiment que cette admiration banale et presque insolente qui se trahit par des regards et par des exclamations et qui est autant une offense qu'un hommage à l'innocence et à la timidité. Je ne connais-

sais pas l'amour ; je ne sentais en moi que le vide de tous les attachements de famille ; il me semblait doux de les retrouver auprès d'un père dont le cœur m'avait si généreusement adoptée. Je trouvais un asile honorable et sûr contre l'incertitude de l'existence où j'allais être jetée dans quelques mois, un nom qui répandrait un prestige sur la femme dont ce nom devenait le diadème ; des cheveux blanchis, mais blanchis sous la renommée qui rajeunit tous les jours ses élus ; des années qui auraient presque égalé cinq fois[1] le nombre des miennes, mais des traits purs et majestueux qui inspiraient le respect du temps sans les dégoûts de la vieillesse ; un visage enfin où le génie et la bonté, ces deux beautés de l'âge, attireraient même l'œil et l'affection des enfants . . . .
. . . .
. . . .
. . . .
. . . .
. . . .
. . . .
. . . .
. . . .

Le jour où je devais sortir pour toujours de l'établissement des orphelines, j'entrai, non comme sa femme, mais comme sa fille, dans la maison de mon mari. Le monde l'appelait ainsi ; pour lui, il ne voulut jamais que je l'appelasse d'un autre nom que celui de père. Il en eut pour moi tout le respect, tous les soins. Il fit de moi le centre d'une société nombreuse et choisie ; elle était composée de l'élite de ces vieillards célèbres dans les lettres, dans la philosophie et dans la politique, qui avaient été l'éclat du dernier siècle et qui avaient échappé à la hache de la révolution et à la servitude volontaire de l'Empire[1]. Il me choisit des amies et des guides parmi les femmes célèbres de cette époque par leurs mérites et par leurs talents. Il m'encouragea lui-même à ces attachements de cœur ou d'esprit propres à distraire et à diversifier ma vie monotone dans la maison d'un vieillard. Bien loin de se montrer sévère ou jaloux de mes relations, il recherchait avec une attention complaisante toutes les personnes remarquables dont la société pouvait avoir de l'attrait pour moi[2]. J'étais l'idole et le culte de cette maison. Cette idolâtrie générale dont j'étais l'objet fut peut-être ce qui me sauva de tout sentiment de prédilection. J'étais trop heureuse et encensée pour avoir le temps de sentir mon cœur, et puis il y avait une paternité si tendre dans les rapports de mon mari avec moi, bien que sa tendresse se bornât à me presser quelquefois contre son cœur et à me baiser sur le front, en écartant de la main mes cheveux ! J'aurais craint de déranger quelque chose à mon bonheur en y touchant, même pour le compléter. Ma vie était si douce[3] !

Le matin, des études fortes et des lectures attachantes dans la bibliothèque de mon mari ; j'aimais à lui servir de disciple ; le jour, des promenades solitaires dans les grands bois de Saint-Cloud ou de Meudon avec lui ; le soir, un petit nombre d'amis, la plupart graves et âgés, discourant de tout dans la liberté de la confidence. Tous ces cœurs froids mais indulgents semblaient entraînés vers ma jeunesse. Le sentiment redescend du cœur des vieillards comme l'eau des sommets couverts de frimas. Voilà toute ma vie. Jeunesse noyée sous cette neige de cheveux blancs ; atmosphère tiède de ces haleines de vieillards qui me conservait, mais qui finit par m'alanguir. Il y avait trop d'années entre ces âmes et la mienne. Oh ! que n'aurais-je pas donné pour avoir un ami ou une amie de mon âge ? pour réchauffer un peu à ce contact mes pensées qui se congelaient en moi comme la rosée du matin sur une plante trop près des glaciers de ces montagnes !

Mon mari me regardait souvent avec tristesse, il semblait s'alarmer de la langueur de ma voix et de la pâleur de mes traits. Il aurait voulu à tout prix donner de l'air à mon âme et du mouvement à mon cœur. Il ne cessait de me convier à toutes les diversions agréables propres à m'arracher à ma mélancolie. Il me confiait aux femmes de sa société ; il me forçait tendrement à me montrer dans les fêtes, dans les bals et dans les spectacles. Le resplendissement de ma jeunesse et de ma figure pouvait m'y donner à moi-même la joie et l'orgueil de l'enivrement que je répandais autour de moi. Le lendemain il entrait dans ma chambre, à mon réveil. Il me faisait raconter l'impression que j'avais produite, les regards que j'avais attirés, les cœurs même que j'avais paru émouvoir. — "Et vous, me disait-il avec un ton de douce interrogation, vous ne sentez donc rien de tout ce que vous inspirez autour de vous ? Votre cœur de vingt ans est donc né vieux comme le mien[1] ? — Votre amitié me suffit, lui répondais-je ; je ne souffre pas, je ne rêve rien, je suis heureuse. — Oui, reprenait-il, mais vous vieillissez à vingt ans ! Oh ! songez que c'est à vous de me fermer les yeux ! Rajeunissez ! vivez à tout prix, pour que je n'aie pas à vous survivre[2] !"

Il faisait appeler médecin sur médecin ; tous, après

m'avoir fatiguée de questions, s'accordèrent à dire que j'étais menacée de spasmes au cœur. Les premiers développements de cette affection s'étaient révélés. Il me fallait, disaient-ils, un long déplacement de mes habitudes sédentaires, un changement complet d'air et de ciel pour rendre à ma nature tropicale, mais refroidie sous ces brumes de Paris, l'expansion et l'énergie dont elle avait besoin pour revivre. Mon mari n'hésita pas à sacrifier à l'espoir de me conserver la joie de m'avoir sans cesse à côté de lui. Ne pouvant, à cause de son âge et de ses fonctions, m'accompagner, il me confia à une famille étrangère qui conduisait deux filles à peu près de mon âge en Italie et en Suisse. J'ai voyagé deux ans avec cette famille[1] ; j'ai vu ces montagnes et ces mers qui m'ont rappelé celles de mon enfance ; j'ai respiré ces airs tièdes et énergiques des vagues et des glaciers : rien n'a pu me rendre cette jeunesse, flétrie dans mon cœur, bien que sur ma figure elle trompe encore quelquefois mes propres yeux. Les médecins de Genève m'ont envoyée ici pour dernière tentative de leur art. Ils m'ont ordonné d'y prolonger mon séjour tant qu'il y aurait un rayon de soleil dans ce ciel d'automne ; après quoi j'irai rejoindre mon mari. Hélas ! j'aurais tant aimé à lui montrer sa fille guérie, rajeunie, rayonnante d'avenir, à mon retour. Mais, je le sens, je ne reviendrai que pour attrister ses derniers jours et peut-être pour m'éteindre dans ses bras ! »

« C'est égal, reprit-elle avec une résignation qui avait presque l'accent de la joie, je ne quitterai plus désormais la terre sans avoir entrevu ce frère de l'âme qu'un pressentiment m'avait fait rêver en vain jusqu'à ce jour, et dont l'image m'avait désenchantée d'avance de tous les êtres réels ! »

« Oh, dit-elle en finissant et en se voilant les yeux de ses longs doigts roses à travers lesquels je vis filtrer une ou deux larmes ; oh ! s'il n'était pas trop tard pour vivre encore ! Je voudrais vivre maintenant des siècles pour ce frère qui a prié, qui a été ému de pitié pour moi, qui a pleuré, et, ajouta-t-elle en dévoilant tout à coup ses yeux levés vers le ciel, de cette voix qui m'a appelée sa sœur !... Et qui ne me retirera plus ce doux nom, poursuivit-elle avec un accent et un regard de tendre interrogation, ni pendant ma vie, ni après ma mort ?... »

. . . .

XXXII

Ma tête tomba, anéantie de félicité, sur ses pieds ; ma bouche s'y colla sans pouvoir trouver une parole.

J'entendis le pas des bateliers qui venaient nous avertir que le lac était calme et qu'il restait juste assez de jour pour repasser à la rive de Savoie. Nous nous levâmes pour les suivre.

Elle et moi nous marchions d'un pas chancelant comme dans l'ivresse. Oh ! qui pourrait décrire ce que j'éprouvais en sentant le poids de son corps souple, mais affaissé par la souffrance, peser délicieusement sur moi comme si elle se fût involontairement complu à sentir et à me faire sentir à moi-même que j'étais désormais la seule force, le seul appui de sa faiblesse chancelante. J'entends encore, après dix ans[1] écoulés depuis cette heure, le bruit des feuilles sèches qui criaient en se froissant sous nos pas ; je vois encore nos deux longues ombres confondues en une seule ombre que le soleil couchant jetait à gauche, sur l'herbe du verger, comme un linceul mobile qui suivait la jeunesse et l'amour pour les ensevelir avant le temps ! Je sens encore la douce tiédeur de son épaule contre mon cœur et le battement d'une des tresses de ses cheveux que le vent du lac jetait contre ma figure et que mes lèvres s'efforçaient de retenir pour avoir le temps de les baiser ! Ô temps ! que de joies infinies de l'âme tu ensevelis dans une pareille minute ! ou plutôt, que tu es impuissant pour ensevelir, impuissant pour faire oublier !

XXXIII

La soirée était aussi calme et aussi tiède que la veille avait été orageuse et glaciale. Les montagnes nageaient dans une légère teinte violette qui les grandissait en les éloignant ; on ne pouvait dire si c'étaient des montagnes ou de grandes ombres mobiles et vitrées à travers lesquelles on aurait pu entrevoir le ciel chaud de l'Italie. L'azur était tacheté de petites nuées pourpres, semblables aux plumes ensanglantées qui se détachent de l'aile d'un cygne déchiré par des aigles. Le vent était tombé avec le jour.

Les vagues allongées et nacrées ne jetaient plus qu'une petite frange d'écume au pied des rochers, d'où pendaient les feuilles trempées des arbustes. Les légères fumées des chaumières hautes, dispersées sur les flancs du mont du Chat, montaient çà et là ; elles rampaient contre la montagne pour s'élever, tandis que les cascades descendaient dans les ravins comme des fumées d'eau. Les vagues du lac étaient si transparentes, qu'en nous penchant hors de la barque nous y voyions l'ombre des rames et nos visages qui nous regardaient ; si tièdes, qu'en y trempant le bout des doigts pour y entendre le murmure du sillage de nos mains, nous n'y sentions que les caresses de l'eau sous ses frissons voluptueux.

Un petit rideau, comme dans les gondoles de Venise, nous séparait des bateliers. La malade était couchée sur un des bancs du bateau qui lui servait de lit, le coude sur le coussin, le corps enveloppé de châles contre l'humidité du soir, mon manteau replié autour de ses pieds. Son visage était tantôt dans l'ombre, tantôt éclairé et ébloui par les derniers reflets roses du soleil suspendu au sommet des sapins noirs de la Grande Chartreuse. J'étais couché sur un monceau de filets étendus au fond de la barque, le cœur plein, la bouche muette, les yeux sur ses yeux. Qu'avions-nous besoin de parler quand le soleil, le soir, les montagnes, l'air, les eaux, les rames, le balancement voluptueux de la barque, l'écume du sillage qui nous suivait en murmurant, nos regards, nos silences, nos respirations, nos âmes à l'unisson parlaient si divinement pour nous ? Nous paraissions craindre plutôt instinctivement que le moindre bruit de voix ou de paroles ne vînt détruire l'enchantement d'un pareil silence. Nous croyions glisser de l'azur du lac à l'azur du ciel, sans voir les bords que nous venions de quitter ni les rivages où nous allions toucher.

XXXIV

J'entendis une des respirations de Julie plus forte et plus prolongée que les autres s'écouler lentement de ses lèvres, comme si sa poitrine eût été délivrée d'un poids qui l'eût oppressée jusqu'alors. Je fus troublé. « Vous souffrez ? lui dis-je avec tristesse. — Non, dit-elle, ce n'était pas une souffrance, mais une pensée. — À quoi pensez-vous si fortement ? repris-je. — Je pensais, me répondit-elle, que si Dieu[1] frappait, en cet instant, d'immobilité toute la nature ; si ce soleil restait suspendu ainsi, le disque à moitié plongé derrière ces sapins qui obscurcissent le ciel ; si cette lumière et cette ombre restaient ainsi confondues et indécises dans l'atmosphère, ce lac dans la même limpidité, cet air dans la même tiédeur, ces deux bords éternellement à la même distance de ce bateau, ce même rayon de lumière éthérée sur votre front, ce même regard de votre pitié dans mes yeux, cette même possession de joie dans mon cœur, je comprendrais enfin ce que je n'avais pas compris encore depuis que je pense ou que je rêve. — Et quoi donc ? lui demandai-je avec anxiété. — L'éternité dans une minute et l'infini dans une sensation ! » s'écria-t-elle en se renversant à demi sur le bord du bateau, comme pour regarder l'eau et pour m'épargner l'embarras d'une réponse.

À la place des chastes et ineffables sentiments dont mon cœur était inondé, j'eus la gaucherie de répondre par une banalité de vulgaire adoration qui laissait entendre qu'un pareil bonheur ne me suffirait pas s'il n'était pas la promesse et l'avant-goût d'une autre félicité. Elle me comprit trop, elle rougit pour moi plus que pour elle-même. Elle se retourna, le visage empreint de l'émotion d'une sainteté profanée ; et, d'un accent aussi tendre mais plus pénétré et plus solennel que je n'en avais encore entendu sur ses lèvres : « Vous m'avez fait bien mal, me dit-elle à voix basse ; approchez-vous plus près, et écoutez-moi. Je ne sais pas si ce que je sens pour vous et ce que vous paraissez sentir pour moi est ce qu'on appelle amour, dans la langue pauvre et confuse du monde où les mêmes mots servent à exprimer des choses qui ne se ressemblent que dans le son qu'elles rendent sur les lèvres de l'homme ; je ne veux pas le savoir ; et vous ! oh ! je vous en conjure, ne le sachez jamais ! Mais je sais que c'est le plus suprême et le plus complet bonheur que l'âme d'un être vivant puisse aspirer de l'âme, des yeux, de la voix d'un autre être qui lui ressemble, qui lui manquait, et qui se complète en le rencontrant. À côté de ce bonheur sans mesure, à côté de cette union des âmes qui les rend aussi inséparables que le rayon de ce soleil qui se couche et le rayon de cette lune qui se lève quand ils se rencontrent dans le même ciel pour remonter confondus dans ce même éther, y a-t-il un autre bonheur, grossière image de celui-là, aussi loin de l'union immatérielle et éternelle de nos âmes que la poussière est loin de ces étoiles ? Je n'en sais rien ; je n'en veux rien savoir, ajouta-t-elle avec un accent de dédaigneuse tristesse dont je ne compris pas d'abord le sens énigmatique. — Mais, reprit-elle avec un abandon d'attitude, d'accent et de confiance qui semblait la donner tout entière à moi : qu'importent les mots ? Je vous aime ! La nature entière le dirait pour moi si je ne le disais pas[1] ; ou plutôt, laissez-moi le dire tout haut la première, le dire pour deux : nous nous aimons !

— Oh ! dites-le ! dites-le encore ! redites-le mille fois ! » m'écriai-je en me levant comme un insensé et en parcourant à grands pas la barque qui résonnait et qui chancelait sous mes pieds. « Disons-le ensemble, disons-le à Dieu et aux hommes, disons-le au ciel et à la terre ; disons-le aux éléments muets et sourds ! disons-le éternellement, et que toute la nature le redise éternellement avec nous !... »

Je tombai à genoux devant elle, les mains jointes et le visage caché dans mes cheveux.

— « Calmez-vous, me dit-elle en posant son doigt sur ma tête, et laissez-moi vous parler, sans m'interrompre, jusqu'au bout. »

Je me rassis et je me tus.

XXXV

« Je vous l'ai dit, reprit-elle, ou plutôt je ne vous l'ai pas dit, je vous aime ! je vous aime de toute l'attente, de toutes les impatiences d'une vie stérile de vingt-huit ans[1]. Mais, hélas ! je vous ai connu et aimé trop tard, si vous comprenez l'amour comme le reste des hommes le comprend, et comme vous paraissiez le comprendre vous-même tout à l'heure, dans ce mot profane et léger que vous m'avez dit. Écoutez-moi, poursuivit-elle, et comprenez-moi bien : je suis à vous, je vous appartiens, je m'appartiens à moi-même, et je puis le dire sans rien enlever à ce père adoptif qui n'a jamais voulu voir en moi que sa fille[2]. Ne vous étonnez pas de ce langage qui n'est pas celui des femmes d'Europe : elles aiment faiblement, elles se sentent aimées de même, elles craindraient de perdre le sentiment qu'elles inspirent en avouant un secret qu'elles veulent se faire arracher. Je ne leur ressemble ni par la patrie, ni par le cœur, ni par l'éducation. Élevée par un mari philosophe, au sein d'une société d'esprits libres, dégagés des croyances et des pratiques de la religion qu'ils ont sapée, je n'ai aucune des superstitions, aucun des scrupules qui courbent le front des femmes ordinaires devant un autre juge que leur conscience. Leur dieu d'enfance n'est pas le mien. Je ne crois qu'au Dieu invisible qui a écrit son symbole dans la nature, sa loi dans nos instincts, sa morale dans notre raison. La raison, le sentiment et la conscience sont mes seules révélations[1]. Aucun de ces trois oracles de ma vie ne me défendrait d'être à vous ; mon âme tout entière me précipiterait à vos pieds, si vous ne pouviez être heureux qu'à ce prix. Mais ne croirons-nous pas plus à l'immatérialité et à l'éternité de notre attachement quand il restera élevé à la hauteur d'une pensée pure, dans les régions inaccessibles au changement et à la mort, que s'il descendait à l'abjecte nature des sensations vulgaires en se dégradant et en se profanant ? D'ailleurs[2]... » ajouta-t-elle après un court silence. Mais elle rougit, n'acheva pas et se tut.

Nous demeurâmes longtemps sans voix. À la fin, avec un soupir arraché du fond de ma poitrine : « Je vous ai comprise, lui dis-je, et le serment de l'éternelle innocence de mon amour a été juré dans mon cœur avant que vous eussiez achevé de me le demander. »

XXXVI

Cette résignation sembla la combler de bonheur et redoubler le charmant abandon de sa tendresse. La nuit était tombée sur le lac, les étoiles du firmament s'y regardaient, les grands silences de la nature endormaient la terre. Les vents, les arbres, les flots, nous laissaient entendre les fugitives impressions du sentiment ou de la pensée qui parlent à voix basse dans les cœurs heureux. Les bateliers chantaient par moments ces airs traînants et monotones qui ressemblent aux ondulations notées des vagues sur les grèves. Cela me fit penser à sa voix, qui résonnait sans cesse dans mon oreille. « Ah ! si vous marquiez pour moi cette nuit délicieuse par quelques accents jetés à ces vagues et à ces ombres pour qu'elles restassent à jamais pleines de vous ? » lui dis-je.

Je fis signe aux bateliers de se taire et d'assoupir le bruit de leurs rames, dont les gouttes retombaient seulement comme un accompagnement musical en petites notes argentines sur les eaux[1]. Elle chanta une ballade écossaise à la fois maritime et pastorale[2] : une jeune fille que le pauvre matelot, son amant, a quittée pour aller chercher fortune aux Indes y raconte que ses parents se sont lassés d'attendre le retour du jeune homme, et lui ont fait épouser un vieillard, auprès duquel elle serait heureuse, si elle ne rêvait pas à celui qu'elle a aimé le premier. Cette ballade commence ainsi :

Quand les moutons sont dans la bergerie,
Que le sommeil aux humains est si doux,

Je songe, hélas ! aux chagrins de ma vie,
Et près de moi dort mon bon vieil époux.

Après chaque couplet, il y a une longue rêverie chantée en notes vagues et sans paroles, qui berce l'âme sur des flots de tristesse infinie, et qui fait monter les larmes aux yeux ; puis le récit recommence au couplet suivant, avec l'accent sourd et lointain d'un souvenir qui regrette, qui souffre et qui se résigne. Si les strophes grecques de Sapho sont le feu même de l'amour, ces notes écossaises sont les larmes mêmes de la vie sous les coups mortels de la destinée. Je ne sais pas qui a écrit cette musique ; mais qui que ce soit, qu'il soit béni pour avoir exprimé, par quelques notes, cet infini de la tristesse humaine dans le gémissement mélodieux d'une voix ! Depuis ce jour, il ne m'a plus été possible d'entendre les premières mesures de cet air sans m'enfuir comme un homme poursuivi par une ombre, et quand je sens le besoin d'ouvrir mon cœur par une larme, je m'en chante intérieurement moi-même le refrain plaintif, et je me sens prêt à pleurer, moi qui ne pleure plus !

XXXVII

Nous arrivâmes au petit môle du *Pertuis*, qui s'avance dans le lac, et où l'on amarre les bateaux ; c'est le port d'Aix : il est situé à une demi-lieue de la ville. Il était plus de minuit. Il n'y avait plus sur le môle ni voitures ni ânes pour ramener les étrangers à la ville. La route était trop longue pour permettre à une femme souffrante de faire le trajet à pied !

Après avoir vainement frappé aux portes de deux ou trois chaumières voisines, les bateliers proposèrent de porter la dame jusqu'à Aix. Ils enlevèrent gaiement leurs avirons des anneaux qui les attachaient au bordage, ils les lièrent ensemble avec les cordes de leurs filets, ils posèrent un des coussins du bateau sur ces cordes, ils formèrent ainsi un brancard souple et flottant sur lequel ils firent coucher l'étrangère. Puis, quatre d'entre eux élevant chacun sur son épaule une des extrémités des avirons, ils se mirent en route, sans imprimer au palanquin d'autre balancement que celui de leurs pas.

J'avais voulu leur disputer la joie de porter une part de ce doux fardeau, mais ils m'avaient repoussé avec un jaloux empressement. Je marchais à côté du brancard, ma main droite dans les mains de la malade pour qu'elle pût s'appuyer et se retenir à moi dans les inégalités de la marche. Je l'empêchais de glisser de l'étroit coussin sur lequel elle était étendue. Nous marchâmes ainsi en silence et lentement, à la clarté de la pleine lune, sous la longue avenue des peupliers. Oh! qu'elle me parut courte cette avenue! et que j'aurais voulu qu'elle me conduisît ainsi jusqu'au dernier pas de nos deux vies! Elle ne me parlait pas, je ne lui disais rien ; mais je sentais tout le poids de son corps suspendu avec confiance à mon bras, mais je sentais ses deux mains froides entourer la mienne, et de temps en temps une involontaire étreinte, une haleine plus chaude sur mes doigts, me faisaient comprendre qu'elle avait approché ses lèvres de mes mains pour les réchauffer. Non, jamais de pareils silences ne continrent de si intimes épanchements. Quand nous arrivâmes à la maison du vieux médecin et que nous déposâmes la malade sur le seuil de sa chambre, je sentis ma main toute trempée de ses larmes ; je l'essuyai sur mes lèvres et j'allai me jeter tout habillé sur mon lit.

XXXVIII

J'eus beau me tourner et me retourner sur mon oreiller, je ne pus pas dormir. Les mille circonstances de ces deux journées se reproduisaient dans mon esprit avec une telle force, que je ne pouvais croire qu'elles fussent finies ; je revoyais et j'entendais tout ce que j'avais vu et entendu la veille. La fièvre de mon âme s'était communiquée à mes tempes. Je me levai, me recouchai vingt fois sans pouvoir trouver le calme. À la fin, j'y renonçai. Je cherchai par l'agitation de mes pas à tromper l'agitation de mes pensées. J'ouvris la fenêtre, je feuilletai des livres sans les comprendre, je marchai rapidement dans ma chambre, je déplaçai et replaçai ma table et ma chaise pour trouver une bonne place et pour achever la nuit assis ou debout. Tout ce bruit se fit entendre au salon voisin. Mes pas troublèrent la pauvre malade, qui peut-être ne dormait pas plus que moi. J'entendis des pas légers craquer sur le parquet et s'approcher de la porte de chêne fermée à deux verrous qui séparait son salon de ma chambre ; j'appliquai mon oreille contre les panneaux, j'entendis une respiration retenue et le froissement d'une robe de soie contre la muraille. La lueur d'une lampe filtrait à travers les fentes de la porte et au-dessous des battants sur mon plancher. C'était elle, elle était là, l'oreille collée aussi à quelques lignes de mon front, elle pouvait entendre battre mon cœur !

« Êtes-vous malade ? me dit tout bas une voix que j'aurais reconnue à un seul soupir.

— Non répondis-je, mais je suis trop heureux ! l'excès du bonheur est aussi fiévreux que celui de l'angoisse. Cette fièvre est celle de la vie ; je ne la crains pas, je ne la fuis pas, et je veille pour en jouir.

— Enfant, me dit-elle, allez vous endormir pendant que je veille, c'est à moi maintenant de veiller sur vous !

— Mais vous-même, lui criai-je tout bas, pourquoi ne dormez-vous pas ?

— Moi, reprit-elle, je ne veux plus dormir, pour ne pas perdre une minute du sentiment de joie nouvelle dont je suis inondée. J'ai peu de temps à savourer cette joie, je ne veux en rien perdre par l'oubli dans le sommeil. Je suis venue m'asseoir là pour vous entendre peut-être et pour me sentir du moins près de vous ?

— Oh ! murmurai-je entre mes lèvres, pourquoi si loin encore ? Pourquoi ce mur entre nous ?

— Est-ce donc cette porte qui est entre nous, et non notre volonté et notre serment ? me dit-elle[1]. Tenez ! s'il n'y a pas en vous quelque chose de plus fort que votre amour même, qui domine, qui subjugue votre emportement, vous n'êtes pas le frère que j'ai cru trouver. »

Elle continua avec un accent à la fois plus passionné et plus solennel : « Je ne veux rien devoir qu'à vous-même : car si vous trouviez ce que vous appelez un bonheur, ce bonheur serait une faute pour vous ! et pour moi... je descendrais de l'élévation où vous m'avez placée !... »

L'excès de mon émotion, l'impétueux élan de mon cœur vers cette voix, la violence morale qui me repoussait, me firent tomber anéanti, dans l'attitude d'un homme blessé à mort, sur le seuil de cette porte fermée. Je l'entendis, elle, marcher longtemps de l'autre côté de la porte. Nous continuâmes, une partie de la nuit, à causer à voix basse. Paroles intimes, inusitées dans la langue ordinaire des hommes, flottantes entre le ciel et la terre, souvent interrompues de longs silences, pendant lesquels les cœurs se parlent d'autant plus que les mots manquent davantage aux lèvres. À la fin, les silences devinrent plus longs, les voix plus éteintes, et je m'endormis de lassitude, la joue contre le mur et les mains jointes sur mes genoux.

XXXIX

Quand je m'éveillai, le soleil, déjà très-haut dans le ciel, inondait ma chambre de réverbérations lumineuses. Les rouges-gorges d'automne piétinaient et becquetaient en gazouillant les vignes et les groseilliers sous ma fenêtre ; toute la nature semblait s'être parée, illuminée et animée pour fêter le jour de notre naissance à une nouvelle vie. Tous les bruits de la maison me semblaient joyeux comme moi. Je n'entendais que les pas légers de la femme de chambre qui allait et venait dans le corridor, pour porter le déjeuner à sa maîtresse, les voix enfantines des petites filles de la montagne qui apportaient les fleurs des bords du glacier ; les trépignements et les sonnettes des mulets qui l'attendaient dans la cour, pour la conduire au lac ou aux sapins. Je changeai mes vêtements souillés de poussière et d'écume, je lavai mes yeux battus et rouges d'insomnie, je peignai mes cheveux en désordre, je mis mes guêtres de cuir de chasseur de chamois des Alpes, je pris mon fusil, je descendis à la table commune, où le vieux médecin déjeunait avec sa famille et ses hôtes.

XL

On s'entretint à table de la tempête sur le lac, du danger qu'avait couru la jeune étrangère, de son évanouissement à Haute-Combe, de son absence de deux jours, du bonheur que j'avais eu de la rencontrer et de la ramener la veille. Je priai le médecin d'aller lui demander pour moi la permission de m'informer de sa santé et de l'accompagner dans ses courses. Il redescendit avec elle plus belle, plus touchante et plus rajeunie par le bonheur qu'on ne l'avait encore vue. Elle éblouissait tout le monde, elle ne regardait que moi. Moi seul je comprenais ses regards et ses mots à double interprétation. Ses guides l'enlevèrent avec des cris de joie sur le fauteuil à marchepied flottant qui sert de selle aux femmes de Savoie. Je suivis à pied le mulet aux clochettes tintantes qui la portait, ce jour-là, aux chalets les plus élevés de la montagne.

Nous y passâmes la journée tout entière, presque sans nous parler, tant nous nous entendions déjà complètement sans paroles ; occupés tantôt à contempler la lumineuse vallée de Chambéry, qui semblait se creuser et s'élargir à mesure que nous nous élevions davantage ; tantôt à nous arrêter sur le bord des cascades, dont la fumée colorée par le soleil nous enveloppait d'arcs-en-ciel ondoyants, qui nous semblaient l'encadrement surnaturel et l'auréole mystérieuse de notre bonheur ; tantôt à cueillir les dernières fleurs de la terre sur les prés en pente des chalets, à échanger ces fleurs entre nous[1] ; tantôt à ramasser les châtaignes oubliées au pied des châtaigniers, à les écorcer pour les faire cuire le soir, au feu de sa chambre ; tantôt à nous asseoir sous les derniers chalets des montagnes déjà abandonnés par leurs habitants ; nous nous disions combien seraient heureux deux êtres relégués par le hasard dans une de ces masures désertes formées de quelques troncs d'arbres et de quelques planches, à la proximité des étoiles, au murmure des vents dans les sapins, au frisson des glaciers et des neiges, mais séparés des hommes par la solitude et ne remplissant que d'eux-mêmes une vie pleine et débordante d'un seul sentiment[2] !

XLI

Le soir nous redescendîmes à pas lents. Nous nous regardions tristement comme si nous eussions laissé nos domaines et notre bonheur pour jamais derrière nous. Elle remonta dans son appartement. Je restai pour souper avec la famille et les hôtes. Après le souper, je frappai, comme nous en étions convenus, à la porte de sa chambre. Elle me reçut comme un ami d'enfance retrouvé après une longue séparation. J'y passai désormais ainsi toutes les soirées. Je la trouvais ordinairement à demi couchée sur un canapé recouvert de toile blanche, dans un angle entre la fenêtre et le foyer ; une petite table de bois brun sur laquelle brûlait une lampe de cuivre portait des livres, des lettres reçues ou commencées dans la journée ; il y avait aussi une petite boîte à thé en acajou, qu'elle me donna en partant et qui n'a plus quitté ma cheminée depuis ce temps-là, et deux tasses de porcelaine bleue et rose de la Chine dans lesquelles nous prenions le thé, à minuit. Le bon vieux médecin montait ordinairement avec moi pour causer avec sa jeune malade ; mais après quelque demi-heure de conversation, cet excellent homme, s'apercevant bien que ma présence contribuait plus que ses conseils et ses bains au rétablissement visible d'une santé si chère à tous, nous laissait seuls avec nos livres et nos entretiens. À minuit, je baisais sa main, qu'elle me tendait à travers la table, et je me retirais dans ma chambre. Je ne me couchais que quand je n'entendais plus aucun bruit dans la sienne.

XLII

Nous menâmes encore pendant cinq longues et courtes semaines cette intime et délicieuse vie à deux[1] : longues par les palpitations innombrables de nos cœurs ; courtes par la rapidité des heures qui les remplissaient. Il semblait que, par un miracle de la Providence qui ne se reproduit pas une année sur dix, la saison, complice de notre bonheur, était d'accord avec nous pour le prolonger. Le mois d'octobre tout entier et une moitié du mois de novembre ressemblèrent à un printemps ressuscité de l'hiver et qui n'avait oublié que ses feuilles dans le tombeau. Les brises étaient tièdes, les eaux bleues, les sapins verts, les nuées roses, les soleils éclatants. Les jours seulement étaient courts ; mais les longues soirées auprès des cendres chaudes de sa cheminée nous rapprochaient davantage ; elles nous rendaient plus exclusivement présents encore l'un à l'autre ; elles empêchaient nos regards et nos âmes de s'évaporer dans la splendeur de la nature extérieure. Nous les préférions aux longs jours d'été. Notre été était en nous. Nous le sentions mieux en nous confinant dans notre demeure pendant les longues ténèbres des soirs et des nuits de novembre, au tintement de quelques premières rafales de givre ou de neige sur les vitres et aux gémissements du vent d'automne ; ce vent pluvieux semblait nous refouler en nous-mêmes et nous crier : « Hâtez-vous de vous dire tout ce que vous avez renfermé jusqu'à présent dans vos cœurs, car je suis la voix des mauvais jours qui approchent et qui vont vous séparer. »

XLIII

Nous visitâmes ensemble plus de sites sublimes ou gracieux, plus de solitudes, plus de maisonnettes suspendues entre les abîmes et les nuages aux corniches saillantes des montagnes, plus de vergers, plus d'eaux laiteuses écumant sur les prés en pente, plus de forêts de sapins et de châtaigniers ouvrant leurs sombres colonnades aux regards et répercutant le bruit de nos voix sous leurs dômes, qu'il n'en faudrait pour cacher un monde d'amants. Nous laissions à chacun de ces sites un de nos soupirs, un de nos enthousiasmes, une de nos bénédictions. Nous les priions tout bas ou tout haut de conserver le souvenir de l'heure que nous avions passée ensemble, des pensées qu'ils nous avaient données, de l'air qu'ils nous avaient fait respirer, de la goutte d'eau que nous avions bue dans le creux de nos mains, de la feuille ou de la fleur que nous y avions cueillie, de la trace que nos pas y avaient imprimée sur l'herbe humide ; nous leur demandions de nous rendre tout cela un jour avec la parcelle d'existence que nous y laissions, pour ne rien perdre de la félicité qui débordait de nos cœurs, et pour retrouver toutes ces minutes, toutes ces extases, toutes ces émanations de nous-mêmes dans ce dépôt fidèle de l'éternité où tout se retrouve[1], même le souffle qu'on vient de respirer et la minute qu'on croit avoir perdue.

Jamais peut être depuis la création de ces lacs, de ces torrents et de ces granits, des élans de cœur aussi tendres et aussi enflammés ne s'étaient élevés de ces montagnes vers Dieu. Il y avait dans nos âmes assez de vie et assez d'amour pour animer toute cette nature, eaux, ciel, terre, arbres, rochers, et pour leur faire rendre des soupirs, des ardeurs, des étreintes, des voix, des cris, des parfums, des flammes capables de remplir le sanctuaire entier d'une nature plus vaste et plus vide encore que celle où nous nous égarions. Un globe n'eût-il été créé que pour nous seuls, nous seuls aurions suffi à le peupler, à lui donner la vie, la parole, la bénédiction pendant une éternité ! Et qu'on dise que l'âme humaine n'est pas infinie ! Et qui donc a senti les bornes de sa puissance d'exister et d'aimer, auprès d'une femme adorée, en face de la nature et du temps, et sous l'œil des étoiles ? Ô amour ! que les lâches te craignent et que les méchants te proscrivent ! Tu es le grand prêtre de ce monde, le révélateur de l'immortalité, le feu de l'autel ! et sans ta lueur, l'homme ne soupçonnerait pas l'infini !

XLIV

Ces six semaines furent pour moi un baptême de feu qui transfigura mon âme et la purifia[1]. L'amour fut le flambeau qui en m'embrasant m'éclaira à la fois la nature, ce monde, moi-même et le ciel. Je compris le néant de cet univers en voyant combien il disparaissait devant une seule étincelle de la véritable vie. Je rougis de moi-même en me regardant dans le passé et en me comparant à la pureté et à la perfection de celle que j'aimais. J'entrai dans le ciel des intelligences en pénétrant des yeux et du cœur dans cette mer de beauté, de sensibilité, de pureté, de mélancolie et d'amour, qui s'entrouvrait d'heure en heure davantage dans les yeux, dans la voix, dans les entretiens de la femme qui venait de se manifester à moi. Combien de fois je me mis à genoux devant elle dans le sentiment de l'adoration. Combien de fois je la priai, comme on prie un être d'une autre nature, de me laver dans une de ses larmes, de me brûler dans une de ses flammes, de me purifier dans le feu céleste dont elle était consumée, afin que je devinsse elle ou qu'elle devînt moi, et que Dieu lui-même en nous rappelant devant lui ne pût plus reconnaître ni séparer ce que le miracle de l'amour aurait transformé et confondu !... Oh ! si vous avez un frère, un fils ou un ami qui n'ait jamais compris la vertu, priez le ciel qu'il le fasse aimer ainsi. Tant qu'il aimera, il sera capable de tous les dévouements, de tous les héroïsmes, pour s'élever au niveau de son amour. Et quand il n'aimera plus, il lui restera à jamais dans l'âme un arrière-goût de volupté chaste qui le dégoûtera des eaux du vice, et un coup d'œil secrètement levé vers la source où il lui fut permis de boire une fois !

XLV

Je ne puis dire combien de salutaires hontes de moi-même me saisissaient en présence de celle que j'aimais ; mais ses reproches étaient si tendres ; mais ses regards, quoique si pénétrants, étaient si doux ; mais ses pardons étaient si divins, qu'en m'humiliant devant elle je ne me sentais pas abaisser, mais je me sentais relever et grandir. Je croyais presque sentir éclore de ma propre nature en moi-même la pureté, la splendeur que sa lumière réverbérait seulement en moi. Je la comparais sans cesse involontairement aux autres femmes que j'avais entrevues[1]. Excepté ma mère, à qui elle ressemblait dans sa sainteté et dans sa maturité, aucune femme ne supportait, à mes yeux, le moindre rapprochement. Un seul de ses regards rejetait dans l'ombre tout le reste. Ses entretiens me révélaient des profondeurs, des étendues, des délicatesses, des élégances, des divinations de sentiment et de passion qui me transportaient dans des régions inconnues où je croyais respirer pour la première fois l'air natal de mes propres pensées. Tout ce qu'il y avait en moi de légèreté, de vanité, de puérilité, de sécheresse, d'ironie ou d'amertume d'esprit pendant ces mauvaises années de mon adolescence, disparaissait tellement que je ne me reconnaissais plus moi-même. En la quittant, je me sentais bon, je me croyais pur. Je retrouvais le sérieux, l'enthousiasme, la prière, la piété intérieure, les larmes chaudes qui ne coulent pas par les yeux, mais qui montent comme une source cachée du fond de nos aridités apparentes et qui lavent le cœur sans l'amollir. Je me promettais de ne plus jamais redescendre de ces hauteurs sans vertiges, où ses tendres reproches, sa voix, sa seule présence, avaient le don de m'élever[1]. Je ne pouvais dire s'il y avait plus de respect que d'attrait dans l'impression que je recevais d'elle, tant la passion et l'adoration s'y mêlaient par égales parts et changeaient mille fois par minute, dans mes pensées, l'amour en culte et le culte en amour. Oh ! n'est-ce pas là le dernier sommet de l'amour, l'enthousiasme dans la contemplation de la beauté parfaite, et la volupté dans la suprême adoration ?... Tout ce qu'elle avait dit me paraissait éternel, tout ce qu'elle avait regardé me paraissait sacré. J'enviais la terre qu'elle avait foulée en marchant ; les rayons du soleil qui l'enveloppaient dans nos promenades me semblaient heureux de l'avoir touchée. J'aurais voulu recueillir, pour le séparer à jamais des vagues de l'air, l'air qu'elle avait divinisé à mes yeux en le respirant ; j'aurais voulu encadrer jusqu'à la place vide qu'elle venait de quitter dans l'espace, pour qu'aucune créature inférieure ne l'occupât plus jamais. Enfin, je voyais, je sentais, j'adorais tout, et Dieu lui-même, à travers cette divinité de ma contemplation. Si la vie durait dans un pareil état de l'âme, la nature s'arrêterait, le sang cesserait de circuler, le cœur oublierait de battre, ou plutôt il n'y aurait plus ni mouvement, ni ralentissement, ni lassitude, ni précipitation, ni mort, ni vie, dans nos sens ; il n'y aurait plus qu'une éternelle et vivante absorption de tout notre être dans un autre être. Cet état doit ressembler à l'état de l'âme à la fois anéantie et vivante en Dieu.

XLVI

Quel bonheur ! les vils désirs de la passion sensuelle s'étaient anéantis (puisqu'elle l'avait voulu) dans la pleine possession de l'âme seule. Ce bonheur me rendait, comme il fait toujours, meilleur et plus pieux que je l'eusse jamais été. Dieu et elle se confondaient si complètement dans mon esprit, que l'adoration où je vivais d'elle devenait aussi une perpétuelle adoration de l'Être divin qui l'avait créée. Je n'étais qu'un hymne, et il n'y avait que deux noms dans mon hymne, Dieu et elle.

Nos conversations, le jour, quand nous nous arrêtions pour regarder, pour respirer, pour admirer, sur les versants de la montagne, sur les bords du lac ou sur quelque racine de châtaignier, au bord des pelouses inondées de soleil, se portaient souvent, par ce débordement naturel de deux âmes trop pleines, vers l'abîme sans fond de toutes les pensées, c'est-à-dire vers l'infini et vers le mot qui seul remplit l'infini : Dieu.

J'étais étonné, quand je prononçais ce dernier mot avec l'enthousiaste bénédiction de cœur qui contient toute une révélation dans un accent, j'étais étonné de la voir détourner ou abaisser ses regards et cacher dans les plis de ses beaux sourcils ou dans les coins de sa bouche distraite une peine ou une incrédulité triste qui me paraissait en contradiction avec nos élans. Un jour je lui en demandai timidement la raison.

« C'est que ce mot me fait mal, me répondit-elle.
— Et comment, repris-je, le mot qui contient le

nom de toute vie, de tout amour et de tout bien, peut-il faire mal à la plus parfaite de ses créations ?

— Hélas ! répliqua-t-elle avec l'accent d'une âme désespérée, c'est que ce mot contient pour moi l'idée de l'être dont j'ai le plus passionnément désiré que l'existence ne fût pas un rêve, et que cet être, ajouta-t-elle d'une voix plus sourde et plus affaissée, n'est pour moi et pour les sages dont j'ai reçu les leçons que la plus merveilleuse mais la plus vide des illusions de notre pensée !

— Quoi ! lui dis-je, vos maîtres ne croient pas à un Dieu ? Mais vous qui aimez, pouvez-vous ne pas y croire ? Y a-t-il donc une palpitation de nos cœurs qui ne soit une proclamation de l'infini ?

— Oh ! se hâta-t-elle de répondre, n'interprétez pas en démence la sagesse des hommes qui m'ont soulevé les voiles de la philosophie, et qui ont fait briller à mes yeux le grand jour de la raison et de la science, à la place de la lampe fantastique et pâle dont les superstitions humaines éclairent les ténèbres répandues autour de puériles divinités[1]. C'est au Dieu de votre mère et de ma nourrice que je ne crois plus, ce n'est pas au Dieu de la nature et des sages. Je crois avec eux à un Être principe et cause, source, espace et fin de tous les autres êtres, ou plutôt qui n'est lui-même que l'éternité, la forme et la loi de tous ces êtres visibles ou invisibles, intelligents ou inintelligents, animés ou inanimés, vivants ou morts, dont se compose le seul vrai nom de cet Être des êtres, l'infini. Mais l'idée de l'incommensurable grandeur, de la fatalité souveraine, de la nécessité absolue et inflexible des actes de cet Être, que vous appelez *Dieu* et que nous appelons *loi*, exclut de nos pensées toute intelligibilité précise, toute dénomination juste, toute imagination raisonnable, toute manifestation personnelle, toute révélation, toute incarnation, tout rapport possible entre cet Être et nous, et même l'hommage et la prière. La conséquence a-t-elle donc à prier le principe ? Oh ! que c'est cruel, ajouta-t-elle, et que de bénédictions, de prières et de larmes n'aurais-je pas versées à ses pieds depuis que je vous aime !... »

Puis se reprenant : « Je vous étonne et je vous afflige, dit-elle, mais pardonnez-moi : la première des vertus, s'il y a des vertus, n'est-ce pas la vérité ? Sur ce seul point, nous ne pouvons pas nous entendre ; aussi, n'en parlons jamais. Vous avez été élevé par une mère pieuse, au sein d'une famille chrétienne ; vous y avez respiré avec l'air les saintes crédulités du foyer ; on vous a mené par la main dans des temples, on vous a montré des images, des mystères, des autels, on vous a enseigné des prières en vous disant : "Dieu est là qui vous écoute et qui vous répond" ; vous avez cru, car vous n'aviez pas l'âge d'examiner. Plus tard, vous avez écarté ces hochets de votre enfance pour imaginer un Dieu moins puéril et moins féminin que ce Dieu des tabernacles chrétiens. Mais le premier éblouissement est resté encore dans vos yeux ; le jour que vous avez cru voir était mêlé, à votre insu, du faux jour dont on vous a fasciné en entrant dans la vie ; il vous est resté deux faiblesses de l'intelligence : le mystère et la prière. Il n'y a point de mystère, affirma-t-elle d'une voix plus solennelle ; il n'y a que la raison, qui dissipe tout mystère. C'est l'homme fourbe ou crédule qui a inventé le mystère ; c'est Dieu qui a fait la raison. Et il n'y a point de prière, poursuivit-elle plus tristement ; car dans une loi inflexible il n'y a rien à fléchir, et dans une loi nécessaire il n'y a rien à changer. Les anciens, dans leur ignorance populaire, sous laquelle se cachait une profonde sagesse, le savaient bien, ajouta-t-elle encore, car ils priaient tous les dieux de leur invention, mais ils ne priaient pas la loi suprême : le Destin. »

Elle se tut.

« Il me semble, lui dis-je après un long silence, que les maîtres qui vous ont appris cette sagesse ont, dans leurs théories des rapports de l'homme avec Dieu, trop subordonné l'être sensible à l'être pensant ; en un mot, qu'ils ont oublié de l'homme, le cœur, cet organe de tout amour, comme l'intelligence est l'organe de toute pensée. Les imaginations que l'homme s'est faites de Dieu peuvent être puériles et fausses. Ses instincts, toutefois, qui sont sa loi non écrite, doivent être vrais. Sans cela, la nature aurait menti en le créant. Vous ne croyez pas que la nature soit un mensonge, ajoutai-je en souriant, vous qui disiez tout à l'heure que la vérité était peut-être la seule vertu ? Or, quel qu'ait été le but de Dieu en donnant ces deux instincts, le mystère et la prière, au cœur de l'homme ; qu'il ait voulu lui révéler par là que lui, Dieu, est l'incompréhensible, et que le mystère est son vrai nom ; ou qu'il ait voulu que toutes les créatures lui rendissent l'honneur et la bénédiction, et que la prière fût l'encens universel de la nature, toujours est-il que l'homme porte en soi ces deux instincts quand il pense à Dieu, le mystère et l'adoration. Le mystère ? poursuivis-je, c'est l'œuvre de la raison humaine de l'élargir, de l'éclairer, de l'écarter toujours davantage, sans le dissiper complètement jamais. La prière[1] ? c'est le besoin du cœur de répandre sans cesse l'imploration utile ou inutile, entendue ou non, comme les parfums sur les pas de

Dieu. Que ce parfum tombe sur les pieds de Dieu, ou qu'il tombe à terre, n'importe ; il tombe toujours en tribut de faiblesse, d'humiliation et d'adoration !... Mais qui sait s'il est perdu ? ajoutai-je avec le ton d'une espérance qui, dans la voix de celui qui parle, triomphe du doute même ; qui sait si la prière, cette communication avec la toute-puissance invisible, n'est pas, en effet, la plus grande des forces surnaturelles ou naturelles de l'homme ? qui sait si la volonté suprême n'a pas voulu, de toute éternité, l'inspirer et l'exaucer dans celui qui prie, et faire participer ainsi l'homme lui-même par l'invocation au mécanisme de sa propre destinée ? qui sait enfin si Dieu, dans sa sollicitude éternelle pour les êtres émanés de lui, n'a pas voulu leur laisser ce rapport avec lui comme la chaîne invisible qui suspend la pensée des mondes à la sienne ? qui sait si, dans sa solitude majestueuse, peuplée de lui seul, il n'a pas voulu que ce vivant murmure, que cette conversation inextinguible avec sa nature s'élevât et redescendît sans cesse, sur tous les points de l'infini, de lui à tous les êtres qu'il vivifie, qu'il embrasse et qu'il aime, et de tous ces êtres jusqu'à lui ? Dans tous les cas, la prière est le plus sublime des privilèges de l'homme, puisque c'est celui qui permet de parler à Dieu ; et Dieu fût-il sourd, nous le prierions encore ; car si sa grandeur était de ne pas nous entendre, notre grandeur à nous serait de le prier ! »

Je vis que mes raisonnements l'agitaient sans la convaincre ; que son âme, un peu desséchée par son éducation, n'avait pas encore ouvert ses sources du côté de Dieu. Mais l'amour ne devait pas tarder à attendrir sa religion, après avoir attendri son cœur ; les délices et les angoisses de la passion devaient bientôt y faire éclore l'adoration et la prière, ces deux parfums de l'âme qui brûle et qui languit : l'un plein d'ivresse, l'autre plein de larmes ; tous deux divins ! Je n'étais pas grand théologien, mais j'avais la conviction inébranlable de l'existence et de la grandeur de Dieu. Ma foi en lui n'était pas une foi, c'était une évidence. Je souffrais de voir la plus belle de ses créations aveugle, sourde et muette, ne pas sentir ce qu'elle manifestait elle-même mieux qu'un ciel.

XLVII

Cependant le bonheur, la solitude à deux, cet Éden des âmes heureuses, la découverte qu'elle faisait tous les jours en moi de quelque abîme dévoilé de ma pensée correspondant aux mystères de sa propre nature ; cet air d'automne dans les montagnes qui conservent, comme des poêles chauffés pendant l'été, les tiédeurs du soleil jusque près des neiges ; ces courses lointaines dans les chalets et sur les eaux ; le balancement de la barque ou le doux bercement du dos des mulets, qui ressemble à celui des vagues légères et lentes de la mer ; le lait de ces pâturages qu'on lui apportait tout écumant, matin et soir, dans des coupes de bois de hêtre sculptées par les bergers ; et par-dessus tout, cette exaltation calme, ce délire paisible, ce vertige continu d'une âme qu'un premier amour soulève de la terre comme sur des ailes et promène de pensées en pensées à travers un nouveau ciel, dans un perpétuel épanouissement de joie ; tout cela rétablissait visiblement sa santé. Du soir au matin on la voyait rajeunir. C'était comme une convalescence de l'âme qui se communiquait à ses traits. Son visage, un peu meurtri au commencement, autour des yeux, par ces taches ternes ou bleues semblables aux empreintes des doigts de la mort, reprenait la plénitude des joues, la chaleur de sang, la fraîcheur de teint, le duvet cotonneux d'une jeune fille qui a marché longtemps sur la montagne où sa joue a été pincée par les premières brises froides du glacier ; ses paupières avaient perdu leur poids, ses yeux leur ombre, ses lèvres leurs plis. Ses regards nageaient dans un perpétuel brouillard lumineux de l'âme, vapeur d'un cœur brûlant condensée sur le globe des yeux en larmes qui montent toujours, mais que ce feu même dessèche et qui ne coulent jamais. Ses attitudes reprenaient la force, ses mouvements la souplesse, ses pas la légèreté et la vivacité de ceux d'un enfant. Chaque fois qu'elle rentrait de ses courses avec moi dans la cour de la maison, le vieux médecin et sa famille se récriaient sur le prodigieux changement opéré par vingt-quatre heures dans sa santé. C'était un éblouissement de jeunesse et de vie qu'elle répandait dans les yeux.

Le bonheur en effet semblait avoir des rayons et semer autour d'elle une atmosphère dans laquelle elle était enveloppée et enveloppait ceux qui la regardaient. Ce rayonnement de la beauté, cette atmosphère de l'amour, ne sont point tout à fait, comme on le croit, des images de poète. Le poète ne fait que voir mieux ce qui échappe aux regards distraits ou aveugles des autres hommes. On a dit souvent d'une belle jeune fille qu'elle éclairait l'obscurité dans la nuit. On pouvait dire de Julie qu'elle échauffait l'air autour d'elle. Je marchais, je vivais enveloppé de cette émanation de sa beauté[1], les autres la sentaient en passant.

XLVIII

Quand j'étais rentré dans ma chambre, pendant les courts instants où j'étais forcé de la quitter, je me sentais, même à midi, comme dans un cachot sans air et sans jour. Le soleil même le plus éclatant ne m'éclairait plus, à moins qu'il ne fût reflété dans mes yeux par elle. Plus je la voyais, plus je l'admirais, moins je pouvais croire qu'elle fût une créature de la même espèce que moi. La divinité de son amour avait fini par devenir une foi superstitieuse de mon imagination. Je me prosternais sans cesse en esprit devant cet être trop tendre pour être un dieu, trop divin pour être une femme. Je lui cherchais des noms, je n'en trouvais pas. À défaut de nom, je lui rendais un culte qui tenait de la terre par la tendresse, de l'extase par l'enthousiasme, de la réalité par la présence, et du ciel par l'adoration !

Elle avait fini par me faire avouer que j'avais écrit quelquefois des vers, mais je ne lui en avais jamais montré. Elle paraissait aimer peu, au reste, cette forme artificielle et arrangée du langage qui altère, quand elle ne l'idéalise pas, la simplicité du sentiment et de l'impression. Sa nature était trop soudaine, trop profonde et trop sérieuse, pour se prêter à ces formalités, à ces contours et à ces lenteurs de la poésie écrite. Elle était la poésie sans lyre ; nue comme le cœur, simple comme le premier mot, rêveuse comme la nuit, lumineuse comme le jour, rapide comme l'éclair, immense comme l'étendue. Son âme était une gamme infinie qu'aucune prosodie n'aurait suffi à noter. Sa voix même était un chant perpétuel qu'aucune harmonie de vers ne pouvait égaler. Si j'avais vécu longtemps auprès d'elle, je n'aurais jamais ni lu ni écrit de vers. Elle était mon poème vivant de la nature et de moi-même. Mes sentiments résonnaient dans son cœur, mes images dans ses regards, ma mélodie dans sa voix. D'ailleurs la poésie toute matérialiste et toute sonore de la fin du XVIIIe siècle et de l'Empire[1], dont elle avait les principaux volumes dans sa chambre, tels que *Delille* et *Fontanes*, n'était pas faite pour nous. Son âme, qui avait été bercée par les vagues mélodieuses des tropiques, était un foyer de douleur, de langueur, d'amour, que toutes les voix de l'air et des eaux n'auraient pas suffi à exhaler. Elle essayait quelquefois devant moi de lire ces livres et de les admirer sur leur réputation ; elle les rejetait avec un geste d'impatience ; ils restaient sourds sous ses mains, comme des cordes cassées dont on cherche en vain la voix en frappant sur le clavier. La note de son cœur n'était que dans le mien, mais elle n'en sortit pas tant qu'elle vécut. Les vers qu'elle devait m'inspirer ne devaient retentir que sur son tombeau. Elle ne sut jamais qui elle aimait, avant de mourir. J'étais pour elle un frère. Peu lui aurait importé que je fusse un poète pour tout le monde. Il n'y avait rien de moi que moi-même dans son attachement.

XLIX

Une seule fois je lui révélai involontairement un faible don de poésie qu'elle était loin de soupçonner ou de désirer en moi. Mon ami Louis***[2] était venu passer quelques jours avec nous. La soirée avait été remplie jusqu'à minuit de lectures, d'entretiens intimes, de causeries, de tristesses ou de sourires. Nous nous étonnions de ces trois jeunes destinées, inconnues peu de temps auparavant les unes aux autres, et maintenant recueillies et unies sous le même toit, au coin du même foyer, aux murmures des mêmes tempêtes d'automne, dans une maisonnette des montagnes de Savoie ; nous cherchions à prévoir par quel jeu de la Providence ou du hasard ces mêmes vents de la vie nous disperseraient ou nous réuniraient de nouveau. Ces échappées sur l'horizon de nos vies futures avaient fini par nous attrister. Nous restions muets devant la petite table à thé sur laquelle nous étions accoudés. À la fin, Louis, qui était poète[1], se sentit sourdre une note de mélancolie dans l'âme et voulut l'écrire. Elle lui prêta un crayon et du papier. Il crayonna sur le marbre de la cheminée quelques strophes toutes plaintives et toutes trempées de larmes comme les strophes funèbres de *Gilbert*[2]. Louis ressemblait à Gilbert, l'auteur de ces strophes qui vivront autant que le gémissement de Job dans la langue des hommes :

Au banquet de la vie, infortuné convive,
J'apparus un jour, et je meurs ;
Je meurs, et sur ma tombe, où lentement j'arrive,
Nul ne viendra verser des pleurs[3] *! etc.*

Les vers de Louis me remuèrent. Je pris le crayon de ses mains. Je m'éloignai un moment dans le fond de la chambre, et j'écrivis à mon tour ces vers qui mourront avec moi sans avoir été recueillis : premiers vers qui fussent sortis de mon cœur et non de mon imagination. Je les lus sans oser lever les yeux sur celle à laquelle ils étaient adressés. Les voici[4]…

mais non, je les efface ; tout mon génie était dans mon amour, il s'est évanoui avec lui.

En finissant la lecture de ces vers, je vis sur le visage de Julie, éclairé d'un reflet de la lampe, une expression d'étonnement si tendre et de beauté si surhumaine, que je restai aussi incertain que mes vers le disaient entre l'ange et la femme, entre l'attrait et la prosternation. Ce dernier sentiment l'emporta à la fois dans mon âme et dans celle de mon ami. Nous tombâmes à genoux devant son canapé ; nous baisâmes le bout du châle noir qui enveloppait ses pieds. Ces vers lui parurent seulement l'émanation instantanée et isolée du sentiment que j'avais pour elle. Elle les loua, elle ne m'en reparla plus. Elle aimait mieux nos entretiens naturels, et même nos silences rêveurs l'un près de l'autre, que ces jeux de l'esprit qui profanent l'âme plus qu'ils ne l'expriment. Louis nous quitta quelques jours après.

L

À la suite de ces premiers vers de moi, faible strophe du chant continuel de mon cœur, elle me pria de lui composer une ode[1] qu'elle adresserait comme un tribut d'admiration et comme un essai de mon talent à un des hommes de sa société de Paris pour lequel elle professait le plus de respect et d'attachement. C'était M. de Bonald[2]. Je ne connaissais rien de lui que son nom et l'auréole de législateur philosophe et chrétien dont ce nom était alors justement entouré. Je me figurai que j'avais à parler à un Moïse moderne puisant dans les rayons d'un autre Sinaï la lumière divine dont il éclairait les lois humaines. J'écrivis cette ode en une nuit. Je la lus, le matin, sous un châtaignier de la montagne, à celle qui me l'avait inspirée. Elle me la fit relire trois fois. Elle la copia, le soir, de sa main légère, mais ferme. Ses caractères glissaient comme l'ombre des ailes de ses pensées sur le papier blanc, avec la rapidité, l'élégance et la limpidité du vol de l'oiseau dans l'air. Le lendemain elle l'envoya à Paris. M. de Bonald lui répondit des choses de bon augure sur mon talent. Ce fut l'origine de mes relations avec cet excellent homme, dont j'admirai et je chéris toujours depuis le caractère sans partager ses doctrines théocratiques. Mon adhésion à ses symboles que j'ignorais n'avait été qu'une complaisance à l'amour. Elle eût été depuis un hommage à la vertu. Mais M. de Bonald était, comme M. de Maistre, un de ces prophètes du passé, un de ces vieillards d'idées qu'on salue avec vénération. Debout sur le seuil de l'avenir, ils ne veulent pas y entrer, mais ils s'arrêtent un moment pour entendre les beaux gémissements des choses qui meurent dans l'esprit humain !

LI

Ce n'était déjà plus l'automne ; c'était un doux hiver encore éclairé et attiédi par des échappées de soleil entre les nuages. Nous nous faisions encore illusion et nous nous disions que c'était l'automne. Nous avions tant horreur de reconnaître l'hiver qui allait nous séparer.

La neige tombait souvent le matin, par légères taches blanches, sur les roses de Bengale et sur les immortelles du jardin, comme le duvet blanc des cygnes qui auraient mué la nuit, au-dessus des peupliers où nous les voyions traverser l'air. À midi, le soleil fondait cette neige. Il y avait souvent des heures délicieuses sur le lac. Le mouvement et l'haleine des eaux y attiédissaient en les réfléchissant les derniers rayons de l'année. Les figuiers qui pendent des rochers exposés au midi sur les vagues, dans l'abri des anses, avaient encore leurs larges feuilles. Les réverbérations du soleil contre ces rochers leur donnaient encore les couleurs, les splendeurs et les chaleurs des soirées d'été. Seulement ces heures étaient rapides comme la fuite des rames qui nous promenaient entre ces chauds écueils qui forment la côte du lac, au midi.

La lumière rasante du soleil sur les sapins, les mousses vertes, les oiseaux d'hiver plus richement emplumés, plus sautillants et plus familiers que ceux du printemps ; l'abondance et l'écume serpentante des mille cascades, s'étendant sur les prés en pente et venant se rencontrer dans les ravins d'où elles tombaient avec des murmures et des rejaillissements sonores du haut des roches lisses et noires dans le lac ; le bruit cadencé des rames, le sillage plaintif de l'aviron qui semblait répandre, comme une voix amie cachée sous les flots, des gémissements mystérieux sur nous, en nous accompagnant de ses regrets ; enfin le bien-être que nous éprouvions dans cette atmosphère méridionale, l'un près de l'autre, séparés de la terre par ces abîmes d'eau : tout cela nous inondait encore par moments d'un tel sentiment de volupté d'être, d'une telle plénitude de joie intérieure, d'un tel débordement de paix dans l'amour, que nous aurions défié le ciel même d'y rien ajouter.

Mais cette félicité était mêlée en nous du sentiment qu'elle allait finir, chaque coup de rame retentissait dans nos cœurs comme un pas du jour qui nous rapprochait de la séparation. Qui sait si demain ces feuilles qui tremblent ne seront pas tombées dans l'eau ? si ces mousses où nous pourrions nous asseoir encore ne seront pas recouvertes d'un lit épais de neige ? si ces écueils splendides, ce ciel bleu, ces ondes étincelantes, ne seront pas ensevelis par les brouillards de la nuit prochaine dans un océan de pâles et sombres frimas ?

Un long soupir s'échappait de nos poitrines à ces pensées, nous les roulions tous deux en même temps sans oser nous les communiquer, de peur d'éveiller le malheur en le nommant. Oh ! qui n'a pas eu ainsi dans sa vie de ces bonheurs sans sécurité et sans lendemain, où la vie se concentre dans une heure qu'on voudrait rendre éternelle et qu'on sent échapper minute à minute, en écoutant le balancier de la pendule qui bat la seconde, en regardant l'aiguille qui dévore l'heure sur le cadran, en sentant la roue de la voiture dont chaque tour abrège l'espace, ou en écoutant le bruit d'une proue qui laisse le flot en arrière et qui vous approche du bord où il faudra descendre du ciel de vos rêves sur la grève dure et froide de la réalité !

LII

Une après-dînée, que nous étions ainsi délicieusement bercés dans le bateau, au soleil, dans une anse calme et tiède, entre deux bras du mont du *Chat*, au bruit lointain d'une petite cascade qui forme comme un chant perpétuel sous les grottes où elle filtre avant de se perdre dans l'abîme des eaux, nos bateliers voulurent descendre à terre pour relever des filets qu'ils avaient placés la veille.

Nous restâmes seuls dans le bateau mal amarré par une cordelle à une branche de figuier, le roulis fit plier et casser la branche en nous entraînant, sans que nous nous en fussions aperçus ; nous dérivâmes au milieu de l'anse, à trois cents pas des rochers perpendiculaires entre lesquels elle est encadrée. Les eaux du lac avaient, dans cet endroit, cette couleur bronzée, ce miroitement de métal fondu, cette immobilité lourde que leur donnent toujours l'ombre répercutée des hautes falaises, le voisinage des rochers taillés à pic, et qui annoncent la profondeur des vagues dans un lit que l'on n'ose sonder. Je pouvais reprendre la rame et nous rapprocher du bord ; mais cet isolement de toute nature vivante nous donnait un délicieux frisson. Nous aurions voulu nous perdre ainsi, non sur une mer qui a des rivages, mais sur un firmament qui n'en a pas. Nous n'entendions plus les voix des bateliers ; ils étaient remontés à perte de vue le long de la grève de Savoie ; les caps nous les dérobaient ; nous n'entendions que la titillation éloignée et intermittente de la cascade, quelques brises folles qui traversaient de temps en temps l'air immobile, chargées des gémissements harmonieux des pins, et les petits coups sourds des vagues contre les flancs de la barque que le mouvement de nos respirations faisait seul légèrement onduler.

Le soleil et l'ombre de la montagne se partageaient par égale moitié notre bateau, la proue au soleil, la poupe dans le demi-jour. J'étais assis aux pieds de

Julie, dans le fond de l'embarcation, comme le jour où je l'avais ramenée de Haute-Combe. Nous nous plaisions à nous rappeler par toutes les circonstances le premier jour de cette ère intime d'où le monde commençait pour nous, puisque ce jour était la date de notre rencontre.

Elle était couchée à demi sur le banc, un bras passé sur le bordage et pendant sur l'eau, l'autre appuyé sur mon épaule, la main jouant avec une boucle de mes longs cheveux ; ma tête était un peu renversée en arrière, pour que mes yeux ne vissent de tout l'horizon que le firmament et sa figure se détachant sur le fond du ciel. Son visage était incliné sur le mien. Une expression de bonheur calme, profond, ineffable, débordait de tous ses traits et donnait à sa figure une lueur, une transparence digne de ce cadre de ciel dans lequel je la regardais. Tout à coup, je la vis pâlir, retirer ses deux bras, l'un de mon épaule, l'autre des bords du bateau, se relever comme en sursaut sur son séant, porter ses deux mains sur ses yeux, y ensevelir un instant son visage, réfléchir, muette, puis retirer ses mains baignées de quelques gouttes de larmes et s'écrier d'un accent de résolution sereine et calme : « Oh ! mourons !... »

Après ce seul mot elle resta un moment en silence, puis elle reprit : « Oh ! oui, mourons, car la terre n'a rien de plus à nous donner, le ciel rien de plus à nous promettre ! »

Elle regarda longtemps autour d'elle le firmament, les montagnes, le lac, les vagues transparentes et demi-lumineuses sous l'ombre du bateau.

« Vois-tu, me dit-elle (c'était la première fois qu'elle se servait, en me parlant, de cette forme de langage, solennelle ou familière selon qu'on l'adresse à Dieu ou à l'homme), vois-tu comme tout est préparé autour de nous pour un évanouissement de nos deux vies ! Voilà ce soleil de la plus belle de nos années qui se couche pour ne plus se lever peut-être demain ; voilà ces montagnes qui se mirent pour la dernière fois dans le lac ; elles étendent leurs longues ombres jusqu'à nous comme pour nous dire : "Ensevelissez-vous dans ce linceul que je vous tends ;" voilà des vagues pures, limpides, profondes, muettes, qui nous préparent une couche de sable où nul ne viendra nous réveiller pour nous crier : "Partons !" Aucun œil humain ne nous voit. Nul ne saura par quel mystère la barque vide ira demain échouer sur quelque rocher de la côte. Pas une ride de ces flots ne trahira aux curieux ou aux indifférents la place où deux corps auront glissé en s'embrassant sous les ondes, d'où deux âmes auront remonté réunies dans l'éternel éther. Aucun bruit ne restera de nous sur la terre que le bruit du pli de la vague qui se refermera sur nous !... Oh ! mourons dans cette ivresse de l'âme et de la nature, qui ne nous laissera sentir de la mort que sa volupté ! Plus tard, nous voudrons mourir et nous mourrons peut-être moins heureux ! J'ai quelques années de plus que ton âge ; cette différence, insensible aujourd'hui, s'agrandira avec le temps. Les faibles attraits qui t'ont séduit dans mon visage se flétriront de bonne heure. Il ne restera dans tes yeux que le souvenir et l'étonnement de ton enthousiasme évanoui. D'ailleurs je ne puis être qu'une âme pour toi... tu sentiras le besoin d'un autre bonheur... Je mourrai de jalousie si tu le trouves avec une autre femme... Je mourrai de douleur si je te vois malheureux à cause de moi !... Oh ! mourons, mourons ! et étouffons cet avenir douteux ou sinistre dans ce dernier soupir qui n'aura du moins sur nos lèvres que la saveur sans mélange de la complète réunion !... »

Mon âme me disait au même moment et avec la même force ce que sa bouche me disait à l'oreille, ce que son visage me disait aux yeux, ce que la nature solennelle, muette, funèbre dans la splendeur de son heure suprême, me disait à tous les sens. En sorte que les deux voix que j'entendais, l'une au-dehors, l'autre au-dedans, me répétaient les mêmes paroles, comme si un de ces langages n'eût été que l'écho ou la traduction de l'autre.

J'oubliais l'univers, et, dans un moment de délire, je lui répondis : « Mourons ! »

Je la soulevais[1] déjà dans mes bras, quand je sentis sa tête pâle se renverser, comme le poids d'une chose morte, sur mon épaule, et son corps s'affaisser sur ses genoux. L'excès des émotions avait devancé la mort même. Elle s'était évanouie dans mes bras. L'idée d'abuser de son évanouissement pour l'entraîner, à son insu, et peut-être malgré elle, dans mon propre tombeau, me saisit avec une soudaine horreur. Je fléchis sous le fardeau au fond de la barque. Je l'étendis sur le banc. Je secouai longtemps, de mes mains trempées dans le lac, des gouttes d'eau froide sur son front et sur ses lèvres. Je ne sais combien de temps elle resta ainsi sans sentiment, sans couleur et sans voix. Quand je m'aperçus qu'elle rouvrait les yeux et qu'elle revenait à la vie, la nuit tombait et le roulis insensible des vagues nous avait entraînés en plein lac !

« Dieu ne l'a pas permis, lui dis-je ; nous vivrons ; ce qui nous semblait le droit de notre amour, n'était-ce pas un double crime ? N'y a-t-il personne à qui nous appartenions sur la terre ?... personne non plus dans le ciel ? ajoutai-je en lui montrant respectueusement de l'œil et du geste le firmament, comme si j'y avais entrevu le juge et le maître des destinées.

— N'en parlons plus, me dit-elle rapidement et à voix basse ; n'en parlons jamais ! Vous avez voulu que je vive, je vivrai ; mon crime n'était pas de mourir, mais de vous entraîner avec moi ! »

Il y avait une certaine amertume et comme un tendre reproche dans son accent et dans son regard.

« Le ciel même, lui dis-je en répondant à ses pensées, a-t-il des heures comme celles que nous venons de passer ensemble ? La vie en a, cela suffit pour me la faire adorer. »

Elle reprit promptement cette fois ses couleurs et sa sérénité. Je saisis les rames. Je ramenai lentement le bateau vers la petite plage de sable. J'y entendais la voix des bateliers, qui avaient allumé un feu sous la roche creuse. Nous traversâmes le lac en rêvant, et nous rentrâmes silencieux à la maison.

LIII

Le soir, en entrant dans sa chambre, je la trouvai tout en larmes devant sa table ; plusieurs lettres décachetées étaient éparses parmi les tasses à thé.

« Nous aurions mieux fait de mourir tout d'un coup, car voilà la longue mort de la séparation qui va commencer pour moi », dit-elle en me montrant du doigt les lettres au timbre de Genève et de Paris.

Son mari lui écrivait qu'il commençait à s'inquiéter de sa longue absence dans une saison qui pouvait devenir rigoureuse d'un jour à l'autre, qu'il se sentait s'affaiblir lui-même de mois en mois, qu'il désirait l'embrasser et la bénir avant de mourir[1]. L'autre lettre était du médecin de Genève, qui devait venir la prendre pour la ramener à Paris. Il lui écrivait qu'il était obligé de partir précipitamment pour aller soigner un prince souverain d'Allemagne qui réclamait ses soins ; qu'il lui envoyait à sa place un homme respectable et sûr qui l'accompagnerait à Paris, et qui lui servirait de valet de chambre et de courrier pendant la route. Cet homme était arrivé. Le départ était fixé pour le surlendemain.

Ces nouvelles, quoique pressenties tous les jours, nous frappèrent comme si elles n'eussent dû jamais venir. Nous passâmes une longue soirée et presque la moitié de la nuit en silence, les yeux secs, accoudés l'un devant l'autre sur la petite table, n'osant ni nous regarder ni nous parler, de peur de fondre en larmes, et n'interrompant cette longue agonie muette de nos pensées que par quelques paroles décousues et distraites prononcées d'une voix creuse et sourde. Je résolus à l'instant de partir aussi.

LIV

Le lendemain était la veille de notre séparation. Le jour, comme par ironie, se leva plus splendide et plus chaud qu'il ne l'avait été dans les plus sereines matinées d'octobre.

Pendant qu'on faisait les malles et qu'on chargeait la voiture, nous partîmes avec les mulets et les guides. Nous allâmes dans la vallée et dans la montagne faire nos adieux et comme les stations de notre amour à tous les sites où nous nous étions d'abord entrevus, puis rencontrés, puis dirigés ensemble, puis assis, entretenus, aimés, pendant ce long et divin commerce entre cette nature solitaire et nous.

Nous commençâmes d'abord par Tresserves, charmante colline ! Elle s'élève, comme une longue dune de verdure, entre la vallée d'Aix et le lac. Ses flancs taillés à pic sur les eaux sont couverts de châtaigniers comparables aux châtaigniers de la Sicile. Leurs branches étendues sur l'abîme encadrent le ciel ou les morceaux bleus du lac, selon qu'on regarde en haut ou en bas. C'est sur les racines veloutées de mousse de ces beaux arbres que nous avions roulé le plus de mélancolies dans nos heures de contemplation.

De là, nous descendîmes par une pente rapide auprès d'un petit château solitaire qu'on appelle *Bon Port*. Ce donjon est tellement enfoui, du côté de la terre, sous les châtaigniers de Tresserves, du côté du lac, dans les replis profonds d'une anse abritée des flots, qu'on a peine à l'apercevoir, soit en marchant sur la colline, soit en naviguant sur la petite mer du Bourget. Une terrasse couverte de quelques mûriers sépare le château de la plage de sable fin où viennent continuellement lécher et balbutier les petites langues bleues des vagues. Oh ! que nous enviâmes les heureux possesseurs de ce nid ignoré des hommes, caché entre les branches et les eaux, et connu seulement des oiseaux du lac, du vent du midi et du soleil. Nous le bénîmes mille fois dans son repos, et nous lui souhaitâmes des cœurs comme les nôtres à abriter.

LV

De *Bon Port* nous remontâmes, en tournant l'extrémité de la colline de Tresserves, au nord, vers les hautes montagnes qui dominent la vallée de Chambéry à Genève. Nous revîmes les plateaux, les pâturages, les chaumières ensevelies sous les noyers, les croupes gazonnées où mugissent les jeunes génisses. Leur clochette sonne perpétuellement leur marche dans l'herbe, pour avertir les bergers qui les gardent de loin. Nous nous élevâmes jusqu'aux derniers chalets. Le vent glacial de l'hiver y avait déjà brûlé la pointe des herbes. Nous nous rappelâmes les heures délicieuses que nous y avions passées, les paroles que nous y avions dites, les illusions de séparation entière du monde que nous nous y étions faites, les soupirs que nous y avions confiés aux vents et aux rayons des montagnes, pour les porter en haut.

Nous rappelâmes à nous toutes ces heures envolées, toutes ces paroles, tous ces songes, tous ces regards, toutes ces aspirations, comme on démeuble une maison de ce qu'on a de plus précieux, quand on la quitte. Nous ensevelîmes mentalement tous ces trésors, tous ces souvenirs, toutes ces espérances dans les murs de bois de ces chalets fermés jusqu'au printemps, comme dans un dépôt de nos âmes, pour les retrouver intacts au retour, si nous devions y retourner jamais !

LVI

Nous redescendîmes, par de larges plateaux boisés, jusqu'au lit écumant d'une cascade. On y a élevé un petit monument funèbre à une belle jeune femme, madame de Broc : cette victime y tomba, il y a quelques années, emportée par un tourbillon des eaux dans le fond d'une grotte d'où l'écume rapporta longtemps après sa robe blanche et fit ainsi retrouver son corps. Les amants viennent s'asseoir souvent devant cette tombe humide. Leurs cœurs se serrent, leurs bras se rapprochent en songeant à quel faux pas sur une pierre glissante tient leur fragile félicité.

De cette cascade, qui a pris le nom de *madame de Broc*, nous marchâmes en silence vers le lac. On le domine dans toute son étendue du pied du château de *Saint-Innocent*. Là, nous descendîmes de nos mulets sous une haute futaie de chênes épars et entrecoupés de bruyères, solitaire alors. Depuis, un riche colon revenu des Indes a bâti une belle maison des champs et planté des jardins dans son enclos paternel.

Nous laissâmes paître nos mulets débridés dans la forêt, sous la garde des enfants qui nous conduisaient. Nous nous avançâmes seuls d'arbre en arbre et de clairière en clairière jusqu'à l'extrémité de cette langue de terre où nous apercevions briller le lac et où nous entendions frissonner les eaux. Cette futaie de Saint-Innocent est un cap qui s'avance au milieu des flots dans la partie la plus mélancolique et la plus inhabitée de leur rive. Elle se termine à quelques rochers de granit grisâtre lavés par l'écume quand le vent la soulève, secs et luisants quand le flot est retombé.

Nous nous assîmes sur deux de ces pierres contiguës. En face, l'abbaye de Haute-Combe pyramidait en noir. Devant nous, de l'autre côté du lac, nous regardions une petite tache blanche qui brillait au pied des terrasses sombres du monastère. C'était la maison de pêcheur où ces flots nous avaient jetés tous les deux pour nous réunir éternellement par le hasard de cette rencontre ; c'était la chambre où s'était écoulée cette nuit à la fois funèbre et divine qui avait décidé de nos deux vies.

« C'est là ! » me dit-elle en étendant le bras sur le lac et en me montrant du doigt le point lumineux à peine visible dans le lointain et dans l'ombre de la rive opposée. Y aura-t-il un jour, ajouta-t-elle tristement, où la mémoire de ce qui s'est passé en nous, là, dans des heures immortelles, ne vous apparaîtra plus, dans le lointain de votre avenir, que comme cette petite tache sur le fond ténébreux de cette côte ? »

À ces mots je ne pus répondre, tant cet accent, ce doute, cette perspective ouverte sur la mort, sur l'inconstance, sur la fragilité, sur la possibilité de l'oubli, m'avaient brisé le cœur et rempli l'âme de pressentiments. Je fondis en larmes. Je les cachais entre mes doigts en me tournant du côté du vent du soir, pour qu'il les séchât inaperçues sur mes yeux, mais elle les vit :

« Raphaël, reprit-elle plus tendrement, non, vous ne m'oublierez jamais. Je le sais, je le sens. Mais l'amour est court et la vie est lente. Vous vivrez de longues années après moi. Vous épuiserez la nature dans ce qu'elle a de doux, de fort, d'amer, sur les lèvres humaines. Vous serez homme. Je le sens à votre sensibilité à la fois virile et féminine. Vous serez homme, dans toute la misère et dans toute la grandeur de ce nom d'homme dont Dieu a nommé une de ses plus étranges créatures. Vous avez, dans une seule de vos aspirations, du souffle pour des milliers de vies ! Vous vivrez dans toute l'énergie et dans toute l'étendue de ce mot : la vie ! Mais moi... »

Elle s'arrêta un moment et leva les yeux et les bras vers le ciel en baissant la tête comme pour remercier.

« Moi, j'ai vécu !... j'ai assez vécu, reprit-elle avec un accent satisfait, puisqu'il m'a été donné de rencontrer la seule âme que j'attendisse sur la terre. Ce ciel, cette rive, ce lac, ces montagnes, ont été la scène de ma seule vraie vie ici-bas. Jurez-moi de confondre tellement, dans votre mémoire, ce ciel, cette rive, ce lac, ces montagnes, avec mon souvenir, que l'image de ce lieu sacré soit désormais inséparable en vous de ma propre image, que cette nature dans vos yeux, et moi dans votre cœur, nous ne soyons qu'un !... afin, ajouta-t-elle, que quand vous reviendrez, après de longs jours, revoir cette douce et magnifique nature, errer sous ces arbres, vous asseoir au bord de ces vagues, écouter ces brises et ces murmures, vous me revoyiez et vous m'entendiez aussi présente, aussi vivante, aussi aimante qu'ici !... »

Elle ne put achever, elle fondit aussi en larmes. Oh ! que nous pleurâmes ! et que nous pleurâmes longtemps ! Le bruit de nos sanglots étouffés dans nos mains se confondait avec les sanglots de l'eau sur le sable. Après vingt ans, je ne puis le noter sans sangloter encore !

Ô hommes ! ne vous inquiétez pas de vos sentiments, et ne craignez pas que le temps les emporte.

Il n'y a ni *aujourd'hui* ni *demain* dans les retentissements puissants de la mémoire, il n'y a que *toujours*. Celui qui ne sent plus n'a jamais senti ! Il y a deux mémoires : la mémoire des sens, qui s'use avec les sens et qui laisse perdre les choses périssables, et la mémoire de l'âme, pour qui le temps n'existe pas[1], qui revoit à la fois à tous les points du passé et du présent de son existence, et qui a, comme l'âme elle-même, l'ubiquité, l'universalité et l'immortalité de l'esprit. Rassurez-vous, vous qui aimez, le temps n'a de puissance que sur les heures, aucune sur les sentiments.

LVII

J'essayai de parler ; je ne le pus pas. Mes sanglots parlèrent, mes larmes jurèrent. Nous nous levâmes pour rejoindre les muletiers. Nous revînmes, au soleil couchant, par la longue allée de peupliers défeuillés où elle avait tenu si longtemps ma main pendant notre première route ensemble dans le palanquin. En traversant le long faubourg de chaumières qui précède la porte de la ville, et en traversant la place et la rue montante d'Aix, des visages tristes nous saluaient aux fenêtres et sur le seuil des portes, comme les âmes tendres saluent au départ deux hirondelles attardées qui vont quitter les dernières les créneaux des murs d'une ville. Les pauvres femmes se levaient du banc de pierre où elles filaient près de leurs maisons ; les enfants quittaient leurs chèvres et leurs ânes qu'ils ramenaient des prés ; tous venaient adresser, ceux-là un regard, ceux-là un mot, ceux-là une inclination muette à la jeune dame et à celui que tous croyaient être un de ses proches. Elle était si belle, si gracieuse à tous, si aimée ! on eût dit que c'était le dernier rayon de l'année qui se retirait de la vallée.

Quand nous fûmes tout à fait en haut de la ville, nous descendîmes de nos mulets. Nous congédiâmes les enfants. Ne voulant pas perdre une heure de ce dernier jour qui ne s'éteignait pas encore sur les neiges roses des Alpes, nous gravîmes lentement et seuls un chemin creux qui mène à un jardin en terrasse d'une jolie maison qu'on appelle la *maison Chevalier*.

Du bord de cette terrasse, le regard plane en liberté sur la ville, sur le lac, sur les gorges du Rhône, sur les plateaux étagés, sur les cols et sur les cimes du paysage alpestre dont ce lieu est comme la plate-forme élevée au milieu d'un panorama. Nous y restâmes assis sur un tronc d'arbre couché à terre, accoudés sur le mur en parapet de la terrasse, muets, immobiles, regardant tour à tour ou tout à la fois les différents sites que nous avions remplis, depuis six semaines, de nos regards, de nos pas, de nos entretiens, de nos soupirs. Quand ces sites se furent tous successivement éteints dans le crépuscule et dans l'ombre ; quand il ne resta plus qu'un peu de lumière tardive dans un coin de l'horizon, au couchant, nous nous levâmes comme en sursaut tous deux sans nous être concertés ; nous nous enfuîmes en regardant encore en vain derrière nous, comme si une main invisible nous eût chassés de cet Éden, en repliant cruellement sur nos pas toute cette décoration de notre bonheur et de nos amours.

LVIII

Nous rentrâmes. La soirée fut morne. Cependant je devais accompagner Julie sur le siège de sa voiture, jusqu'à Lyon. Quand l'aiguille de sa petite pendule eut marqué minuit, je sortis pour la laisser prendre un peu de repos jusqu'au matin. Elle m'accompagna vers la porte. Je l'ouvris : « À demain ! » lui dis-je en baisant sa main qu'elle me tendit dans le corridor. Elle ne répondit rien ; mais je l'entendis murmurer en sanglotant entre ses lèvres, derrière la porte que je refermais : « Il n'y a plus de demain pour nous. »

Il y en eut encore, mais ils furent courts et amers comme les dernières gouttes d'une coupe vidée. Nous partîmes avant le jour pour Chambéry, afin de ne pas montrer au jour nos joues pâlies par l'insomnie et nos yeux rougis de larmes. Nous passâmes la journée dans une petite auberge du faubourg d'Italie. Cette auberge, dont les galeries en bois donnaient sur un jardin traversé d'une petite rivière, nous faisait encore illusion quelques heures de plus en nous rappelant les galeries, la solitude et le silence de notre demeure à Aix.

LIX

Nous voulions, avant de quitter Chambéry et sa chère vallée, aller visiter ensemble la petite maison de Jean-Jacques Rousseau et de madame de Warens aux Charmettes[1]. Un paysage n'est qu'un homme ou une femme. Qu'est-ce que Vaucluse sans Pétrarque ? qu'est-ce que Sorrente sans le Tasse ? qu'est-ce que la Sicile sans Théocrite ? qu'est-ce que le Paraclet sans Héloïse ? qu'est-ce qu'Annecy sans madame de Warens[1] ? qu'est-ce que Chambéry sans Jean-Jacques Rousseau ? ciel sans rayons, voix sans échos, sites sans âmes. L'homme n'anime pas seulement l'homme, il anime toute une nature. Il emporte une immortalité avec lui dans le ciel, il en laisse une autre dans les lieux qu'il a consacrés. En cherchant sa trace on la retrouve et l'on converse réellement avec lui.

Nous prîmes avec nous le volume des *Confessions* dans lequel le poète des Charmettes décrit cette retraite champêtre[2]. Rousseau y fut jeté par les premiers naufrages de sa destinée, recueilli dans le sein d'une femme jeune, belle, aventureuse, naufragée comme lui. Cette femme semblait avoir été composée exprès par la nature, de vertus et de faiblesses, de sensibilité et d'inconséquence, de dévotion et d'indépendance d'esprit, pour couver l'adolescence de ce génie étrange dont l'âme contenait à la fois un sage, un amant, un philosophe, un législateur et un fou. Une autre femme eût peut-être fait éclore une autre vie. On retrouve tout entière dans un homme la première femme qu'il a aimée. Heureux celui qui eût rencontré madame de Warens avant sa profanation. C'était une idole adorable, mais cette idole avait été souillée. Elle ravalait elle-même le culte qu'une âme neuve et amoureuse lui rendait. Les amours de ce jeune homme et de cette femme sont une page de *Daphnis et Chloé* arrachée du livre et retrouvée tachée et salie sur le lit d'une courtisane.

N'importe, c'était le premier amour ou le premier délire de ce beau jeune homme. Le lieu où cet amour naquit ; la tonnelle où Rousseau fit ses premiers aveux ; la chambre où il rougit de ses premières émotions ; la cour où le disciple se glorifiait de descendre aux plus humbles travaux du corps, pour servir son amante dans sa protectrice ; les châtaigniers épars à l'ombre desquels ils s'asseyaient ensemble, pour parler de Dieu en entrecoupant de fous rires et de caresses enfantines ces théologies enjouées ; leurs deux figures si bien encadrées dans tout ce paysage, si bien confondues dans cette nature sauvage comme eux ; tout cela a pour les poètes, pour les philosophes et pour les amants, un attrait caché mais profond. On ne s'en rend pas raison même en y cédant. Pour les poètes, c'est la première page de cette âme qui fut un poème ; pour les philosophes, c'est le berceau d'une révolution ; pour les amants, c'est le nid d'un premier amour.

LX

Nous montions, en discourant de cet amour, le sentier rocailleux au fond du ravin qui mène aux Charmettes. Nous étions seuls. Les chevriers mêmes avaient quitté les pelouses sèches et les haies sans feuilles. Le soleil brillait à travers quelques nuages rapides. Ses rayons plus concentrés étaient plus chauds dans les flancs abrités du ravin. Les rouges-gorges sautillaient presque sous nos mains dans les buissons. Nous nous arrêtions de temps en temps et nous nous asseyions sur la douve du sentier au midi, pour lire une page ou deux des *Confessions* et pour nous identifier avec le site.

Nous revoyions le jeune vagabond presque en

haillons frappant à la porte d'Annecy et remettant en rougissant sa lettre de recommandation à la belle recluse, dans le sentier désert qui conduisait de sa maison à l'église. Le jeune homme et la jeune femme nous étaient si présents qu'il nous semblait qu'ils nous attendaient et que nous allions les voir à la fenêtre ou dans les allées du jardin aux Charmettes. Nous nous remettions ensuite en chemin pour nous arrêter encore. Ce lieu nous attirait et nous repoussait à la fois comme un lieu où l'amour avait été révélé, et comme un lieu où il avait été profané aussi. Il n'avait pas ce danger pour nous. Nous devions le rapporter éternellement aussi pur et aussi divin que nous le portions dans nos deux âmes.

« Oh ! me disais-je intérieurement, si j'étais Rousseau, que n'eût pas fait de moi cette autre madame de Warens autant supérieure à celle des Charmettes que je suis moi-même inférieur, non en sensibilité, mais en génie, à Rousseau ? »

En réfléchissant ainsi, nous gravissions une pelouse rapidement inclinée, plantée çà et là de quelques vieux noyers. Ces arbres avaient vu jouer les deux amants sur leurs racines. À droite, dans l'endroit où la gorge se resserre comme pour se fermer tout à fait au passant, une terrasse en pierres sauvages et mal jointes porte la maison de madame de Warens. C'est un petit cube de pierres grises percé d'une porte et de deux fenêtres du côté de la terrasse ; autant du côté du jardin ; trois chambres basses au-dessus ; une grande salle au niveau du sol, sans autres meubles qu'un portrait de madame de Warens dans sa jeunesse.

Sa gracieuse figure rayonne à travers la poussière de la toile enfumée, de beauté et d'enjouement. Pauvre charmante femme ! Si elle n'eût pas rencontré cet enfant errant sur les grands chemins, si elle ne lui avait pas ouvert sa maison et son cœur, ce génie sensible et souffrant se serait éteint dans la boue. Cette rencontre ressemble à un hasard, mais elle fut la prédestination de ce grand homme, sous la figure d'une première amante. Cette femme le sauva. Elle le cultiva. Elle l'exalta dans la solitude, dans la liberté et dans l'amour, comme ces houris d'Orient qui préparent de jeunes séides au martyre par la volupté. Elle lui fit son imagination rêveuse, son âme féminine, son accent tendre, sa passion pour la nature. En lui communiquant son âme maladive, elle lui donna l'enthousiasme des femmes, des jeunes gens, des amants, des pauvres, des opprimés, des malheureux de son siècle. Elle lui donna le monde, et il fut ingrat !... Elle lui donna la gloire, et il lui légua l'opprobre[1] !... Mais la postérité doit être reconnaissante pour eux, et pardonner à une faiblesse qui nous valut un si grand poète. Quand Rousseau écrivit ces pages odieuses sur sa bienfaitrice, il n'était déjà plus Rousseau ; il était un pauvre insensé. Qui sait si son imagination malade et troublée, qui lui faisait voir alors l'insulte dans le bienfait, la haine dans l'amitié, ne lui fit pas voir aussi la courtisane dans la femme sensible et le cynisme dans l'amour ? J'ai toujours eu ce soupçon. Je défie un homme raisonnable de recomposer avec vraisemblance le caractère que Rousseau donne à son amante des éléments contradictoires qu'il associe dans cette nature de femme. L'un de ces éléments exclut l'autre. Si elle avait assez d'âme pour adorer Rousseau, elle n'aimait pas en même temps Claude Anet. Si elle pleurait Claude Anet et Rousseau, elle n'aimait pas le garçon perruquier. Si elle était pieuse, elle ne se glorifiait pas de ses faiblesses, elle les déplorait. Si elle était touchante, belle et facile, comme Rousseau nous la dépeint, elle n'était pas réduite à chercher ses adorateurs parmi les vagabonds sur les grands chemins et dans les rues. Si elle affectait la dévotion dans une pareille vie, elle était une femme de calcul et une hypocrite. Si elle était une hypocrite, elle n'était pas la femme ouverte, franche et abandonnée des *Confessions*. Ce portrait n'est pas vrai. C'est une tête et un cœur de fantaisie. Il y a un mystère là-dessous. Ce mystère est peut-être dans la main égarée du peintre plutôt que dans la nature de la femme dont il reproduit les traits. Il ne faut ni accuser le peintre qui ne possédait plus son jugement, ni croire au portrait qui défigure une adorable création, après l'avoir ébauchée.

Quant à moi, je n'ai jamais cru que madame de Warens se reconnût dans les pages suspectes de la démence de Rousseau. Je l'ai toujours restituée dans mon imagination telle qu'elle apparut à Annecy au jeune poète, belle, sensible, tendre, un peu légère, quoique réellement pieuse, prodigue de bontés, altérée d'amour, et brûlant de confondre les doux noms de mère et d'amante dans son attachement pour cet enfant que lui jetait la Providence et qu'adoptait son besoin d'aimer. Voilà le portrait vrai, tel que des vieillards de Chambéry et d'Annecy m'ont dit l'avoir entendu mille fois rétablir par leurs pères. L'âme de Rousseau lui-même porte témoignage contre ses incriminations. Où aurait-il pris cette piété sublime et tendre, cette mélancolie féminine, ces touches fines et délicates du style, si une femme ne les lui eût données avec son cœur ? Non, la femme qui a créé un tel homme n'est pas une courtisane cynique, c'est une Héloïse tombée. Mais c'est une Héloïse tombée dans l'amour et non dans la turpitude et dans la dépravation. J'en appelle à Rousseau jeune et amant de Rousseau vieillard morose calomniant la nature humaine ; et ce que je viens chercher souvent avec rêverie aux Charmettes, c'est madame de Warens plus touchante et plus séduisante dans mes yeux et dans mon cœur que dans le sien !

LXI

Une pauvre femme nous fit du feu dans la chambre de madame de Warens.

Accoutumée aux visites des étrangers et à leurs conversations longues et recueillies sur ce théâtre des premières années d'un homme célèbre, la jardinière continua, sans prendre garde à nous, ses occupations dans la cuisine et dans la cour. Elle nous laissa nous chauffer en paix ou errer librement de la salle au jardin et du jardin dans les chambres.

Le jardin inondé de soleil, entouré d'un petit mur qui le sépare des vignes, mais fauché d'herbes et de légumes et sali de plantes parasites, de mauves et d'orties, ressemblait à ces cimetières de village où les paysans vont les dimanches se réchauffer aux soleils d'hiver contre les murs de l'église, les pieds sur la tombe des morts. Les allées autrefois sablées, maintenant recouvertes de terre humide et de mousse jaune, montraient assez l'abandon où les laissait l'absence des hôtes. Oh ! que nous aurions voulu y découvrir une empreinte du pied de madame de Warens, du temps où elle allait d'arbre en arbre et de cep en cep, des corbeilles à la main, cueillir les poires du verger ou les raisins de la vigne ! folâtrant avec l'élève ou le confesseur ! Mais il ne reste plus d'autre trace d'eux dans leur maison qu'eux-mêmes. Leur nom, leur mémoire, leur image, le soleil qu'ils ont vu, l'air qu'ils ont respiré et qui semble encore rayonnant de leur jeunesse, tiède de leur haleine, sonore de leur voix, vous enveloppent des mêmes lueurs, des mêmes respirations, des mêmes rêves et des mêmes bruits dont ils enchantaient leur printemps !

Je voyais, au recueillement, à la physionomie pensive et aux silences de Julie, que l'impression de ce sanctuaire ne la remuait pas moins profondément que moi. Elle me fuyait même par moments, pour se recueillir seule dans ses pensées, comme si elle eût craint de me les communiquer toutes, rentrant, pour se chauffer, dans la maison, pendant que j'étais au jardin, retournant au jardin et s'asseyant sur le banc de pierre de la tonnelle, quand je venais la rejoindre auprès du feu.

À la fin, j'allai la retrouver sous la tonnelle ; les dernières feuilles jaunies de la treille pendaient, près de se détacher de leur pampre ; elles laissaient le soleil l'inonder et comme la vêtir de ses rayons.

« À quoi voulez-vous donc penser sans moi ? lui dis-je avec un accent de tendre reproche. Est-ce que je pense jamais seul, moi ?

— Hélas ! me dit-elle, vous ne me croirez pas ; mais je pensais que je voudrais être madame de Warens pendant une seule saison pour vous, dussé-je voir le reste de mes jours s'écouler dans l'abandon et ma mémoire dans la honte, comme elle ! dussiez-vous être aussi ingrat et aussi calomniateur que Rousseau !... Qu'elle est heureuse ! poursuivit-elle en perdant son regard dans le ciel, comme si elle y eût cherché et entrevu l'image de la femme étrange qu'elle enviait ; qu'elle est heureuse ! elle a pu se sacrifier elle-même à ce qu'elle aimait ! »

— Oh ! quelle ingratitude et quelle profanation de vous-même et de notre bonheur ! lui répondis-je en la ramenant à pas lents sur les feuilles mortes qui criaient sous ses pieds, vers la maison. Vous ai-je donc par un seul mot, par un seul regard, par un seul soupir, montré qu'il manquait quelque chose à mon bonheur ? Ne concevez-vous donc pas dans votre imagination angélique, pour un autre Rousseau (si la nature en eût fait deux) une autre madame de Warens ? Une madame de Warens jeune, virginale, pure, ange, amante et sœur à la fois, donnant son âme tout entière, son âme inviolable et immortelle, au lieu de ses charmes périssables ? la donnant à un frère perdu et retrouvé, jeune, égaré, errant aussi, comme le fils de l'horloger, en ce monde, ouvrant à ce frère, au lieu de sa maison et de son jardin, le foyer serein de ses tendresses ? le purifiant dans ses rayons ? le lavant de ses premières souillures dans l'eau de ses larmes ? le dégoûtant à jamais de toute autre possession que de la possession intérieure[1] ? lui traçant sa route dans la vie ; l'excitant à la gloire et à la vertu et le récompensant du sacrifice par cette pensée : que gloire, vertu, sacrifices, tout lui est compté dans le cœur d'une femme, tout s'accumule, tout se multiplie dans sa reconnaissance, tout va se joindre à ce trésor de tendresse qui se remplit ici-bas et qui ne s'ouvrira que dans le ciel ?... »

Je tombai néanmoins, en parlant ainsi, anéanti et le visage dans mes mains, sur une chaise loin de la sienne, contre la muraille. J'y restai longtemps sans rien dire.

« Allons-nous-en, me dit-elle, j'ai froid ; ce lieu n'est pas bon pour nous. »

Nous donnâmes quelques pièces de monnaie à la bonne femme, et nous reprîmes lentement le chemin de Chambéry.

LXII

Le lendemain, Julie partait pour Lyon. Le soir, Louis *** vint nous voir à l'auberge. Je le décidai à partir avec moi pour passer quelques semaines dans la maison de mon père. Cette maison était sur la route de Lyon à Paris. Nous sortîmes ensemble. Nous cherchâmes chez les selliers de Chambéry une petite calèche découverte dans laquelle nous suivrions en poste la voiture de mon amie jusqu'à la ville où il faudrait nous séparer. Nous trouvâmes ce que nous cherchions.

Avant le jour, nous étions en route et nous galopions en silence dans les gorges sinueuses de la Savoie qui s'ouvrent au pont de Beauvoisin sur les plaines caillouteuses et monotones du Dauphiné. Nous descendions de voiture à chaque relais, pour aller à la portière de la première voiture nous informer de la santé de la pauvre malade. Hélas ! chaque tour de roue qui l'éloignait de cette source de vie qu'elle avait trouvée en Savoie semblait lui enlever ses couleurs et rendre à ses yeux et à ses traits cette langueur et cette fièvre sourde qui m'avaient frappé, comme la beauté de la mort, la première fois que je l'avais vue. L'approche du moment où nous devions la quitter lui serrait visiblement le cœur. Entre la *Tour-du-Pin* et Lyon, nous entrâmes, pour la distraire pendant quelques lieues, dans sa voiture. Je la priai de chanter à mon ami la romance du *Matelot écossais*[1]. Elle le fit pour m'obéir. Mais, au second couplet, qui raconte les adieux des deux amants, la conformité de notre situation avec la tristesse désespérée des notes de la ballade dans sa voix l'émut tellement qu'elle fondit en larmes avec nous. Elle jeta un châle noir qu'elle portait, ce jour-là, comme un voile, sur sa figure. Je la vis longtemps sangloter sous le châle. Au dernier relais, elle eut un évanouissement qui dura jusqu'à la porte de l'hôtel où nous descendîmes à Lyon. Nous aidâmes sa femme de chambre à la porter sur son lit ; elle se remit dans la soirée. Nous continuâmes, le jour suivant, notre route jusqu'à Mâcon.

LXIII

C'était là que nous devions nous séparer tout à fait. Nous donnâmes, mon ami et moi, nos instructions à son courrier. Nous précipitâmes les adieux, de peur d'aggraver son mal en prolongeant des émotions douloureuses, comme on déchire vite une blessure dont on ne veut pas entendre le cri. Mon ami partit pour la campagne de mon père, je devais le suivre le lendemain.

Cependant à peine Louis était-il parti, que je me sentis hors d'état de tenir la parole que je lui avais donnée.

L'idée de laisser Julie en larmes, et poursuivant une longue route d'hiver, aux soins de deux domestiques, sans savoir si elle ne tomberait pas malade, isolée dans quelque auberge, et si elle ne mourrait pas en m'appelant en vain, m'empêcha de prendre aucun repos. Je n'avais plus d'argent. Je pris ma montre, une chaîne d'or qui m'avait été donnée, trois ans auparavant, par une amie de ma mère, quelques bijoux, mes épaulettes, mon sabre, les galons d'argent de mon uniforme, je pliai le tout dans mon manteau, et j'allai chez le bijoutier de ma mère, il me donna trente-cinq louis de toute ma dépouille. Je courus de là à l'auberge où dormait Julie. Je fis appeler son courrier. Je lui dis que j'accompagnerais de loin la voiture jusqu'aux portes de Paris[1], mais que je ne voulais pas que sa maîtresse s'en aperçût, de peur qu'elle ne s'y opposât par égard pour moi. Je lui demandai le nom des villes et des hôtels où il comptait s'arrêter et descendre, sur la route, afin de m'arrêter dans les mêmes villes, mais de descendre dans d'autres hôtels. Je récompensai d'avance largement sa discrétion. À la poste, je retins des chevaux, je courus, et je partis une demi-heure après avoir vu partir la voiture que je voulais suivre.

LXIV

Aucun obstacle imprévu ne vint contrarier la surveillance inaperçue que je voulais exercer sur la voiture que je suivais. Le courrier avertissait secrètement les postillons de l'approche d'une seconde calèche pour le service de laquelle il commandait deux chevaux. Je trouvais l'attelage préparé aux relais. Je pressais ou je ralentissais le pas, selon que je voulais me tenir éloigné ou me rapprocher davantage de la première voiture. J'interrogeais les postillons sur la santé de la jeune dame qu'ils avaient menée devant moi. Du haut des côtes, au loin dans la plaine, j'apercevais la voiture qui courait dans le brouillard ou dans le soleil, en emportant mon bonheur. Ma pensée devançait la course des chevaux, s'élançait dans la voilure, contemplait Julie endormie dans un songe plein de moi, ou veillant et pleurant dans les images de nos beaux jours écoulés.

Quand je fermais les yeux, pour la mieux voir en moi-même, je croyais entendre sa respiration. J'ai peine à comprendre à présent comment j'eus assez d'empire sur moi-même pour résister, pendant un voyage de cent vingt lieues, à l'élan intérieur qui me précipitait sans relâche vers cette voiture après laquelle je courais sans vouloir l'atteindre, et dans laquelle toute mon âme était renfermée, pendant que mon corps seul, insensible à la neige et à la pluie glacée, suivait, ballotté de cahots en cahots et de frimas en frimas, sans avoir la conscience de ses propres souffrances. Mais la crainte de causer à Julie une émotion inattendue qui lui fût fatale, de renouveler une scène d'adieux déchirants, l'idée de veiller ainsi comme une providence amoureuse, avec un désintéressement angélique, sur sa sûreté, me clouaient à ma résolution.

LXV

La première fois, elle descendit dans le grand hôtel d'Autun ; moi, dans une auberge du faubourg, à côté.

Avant le jour, les deux voitures, en vue l'une de l'autre, couraient de nouveau sur la longue ligne onduleuse et blanche que trace la route, à travers les steppes au sol gris et les forêts de chênes druidiques de la haute Bourgogne. Nous nous arrêtâmes dans la petite ville d'Avallon ; elle au centre, moi à l'extrémité de la ville. Le lendemain, nous roulions vers Sens.

La neige accumulée par les vents du nord autour des hauts et arides plateaux de *Lucy-le-Bois* et de *Vermanton* tombait à larges flocons à moitié liquides sur les montagnes et sur la route, et assoupissait le bruit des roues. On distinguait à peine l'horizon brumeux, à quelques pas devant soi, à travers cette poudre de neige que le vent soulevait en tourbillons. On ne pouvait plus mesurer ni par l'oreille ni par l'œil la distance entre les deux calèches.

Tout à coup j'aperçus devant moi, sous la tête de mes chevaux, la voiture de Julie arrêtée au milieu de la route. Le courrier, descendu de son siège, était debout sur le marchepied, jetant des cris et faisant des gestes de détresse. Je sautai à terre, je volai à la portière d'un premier mouvement plus fort que ma prudence, je m'élançai dans la voiture ; la femme de chambre s'efforçait de rappeler sa maîtresse d'un évanouissement causé par la fatigue et par l'ouragan, peut-être aussi par le tumulte de son cœur. Ce que j'éprouvai en soutenant ainsi entre mes bras cette tête adorée, toute une longue heure, désirant et tremblant à la fois qu'elle entendît et qu'elle ne reconnût pas ma voix ; pendant que le courrier allait chercher du feu et de l'eau chaude dans des chaumières éloignées, et que la femme de chambre, tenant sur ses genoux les pieds glacés de sa maîtresse, les frottait avec ses mains et les pressait contre sa poitrine pour les réchauffer, nul ne peut le concevoir ni le dire, à moins d'avoir senti la mort et la vie se combattre ainsi dans son cœur.

À la fin, ces tendres soins, l'impression de mes mains sur ses mains, de mon souffle sur son front, rappelèrent la chaleur aux extrémités. Les couleurs qui remontaient sur ses joues et un faible et long soupir qui s'échappait de ses lèvres m'annoncèrent qu'elle allait se réveiller de son évanouissement. Je m'élançai de la voiture sur le grand chemin, pour ne pas être reconnu quand elle ouvrirait les yeux.

Je restai là un moment près des roues, un peu en arrière, le visage enveloppé dans mon manteau. Je recommandai aux domestiques le silence sur mon apparition. Ils me firent signe que la voyageuse revenait tout à fait à elle. J'entendis sa voix qui balbutiait, en s'éveillant, ces mots, comme dans un rêve : « Oh ! si Raphaël était là ! J'ai cru que c'était Raphaël ! » Je m'élançai dans ma voiture. Les chevaux repartirent ; une longue distance nous sépara bientôt. J'allai, le soir, à l'auberge où elle était descendue à *Sens*, m'informer de son état. Le courrier m'assura qu'elle était rétablie et qu'elle dormait paisiblement.

LXVI

Je suivis encore sa trace jusqu'à *Fossard*, relais de poste auprès de la petite ville de Montereau. En cet endroit la route de Sens à Paris se bifurque, l'une passant par Fontainebleau, l'autre par Melun. Cette dernière branche de la route étant plus courte de quelques lieues, je la pris, afin de devancer de quelques moments Julie à Paris, et de la voir descendre de voiture à la porte de sa demeure. Je doublai les guides des postillons, et j'arrivai, longtemps avant la nuit, à l'hôtel où j'avais coutume de loger à Paris.

À la nuit tombante, j'allai me poster sur un des quais, en face de cette maison de Julie qu'elle m'avait si souvent décrite ; je la reconnus comme si j'y avais passé ma vie. Je vis dans l'intérieur, à travers les vitres, ce mouvement d'ombres qui vont et viennent dans une maison où l'on attend quelque hôte inaccoutumé. J'aperçus dans sa chambre, au plafond, la réverbération du feu allumé dans le foyer. Une figure de vieillard s'approcha plusieurs fois d'une fenêtre ; il paraissait regarder et écouter les bruits du quai. C'était son mari, son père. Le concierge tenait la porte ouverte ; il s'avançait de temps en temps hors du seuil, pour regarder et pour écouter aussi. Un réverbère, ballotté par le vent orageux de décembre, jetait et retirait tour à tour une lueur rapide et pâle sur le pavé.

À la fin, une voiture de poste déboucha rapidement d'une des rues et vint s'arrêter sous les fenêtres de la maison. J'y courus, je m'abritai à demi de l'ombre d'une colonne, tout près de la voiture. Je vis les domestiques se précipiter à la portière. Je vis Julie descendre dans les bras du vieillard, qui l'embrassa comme un père embrasse son enfant après une longue absence ; il remonta péniblement les marches de l'escalier, soutenu par le bras du concierge. La voiture fut déchargée. Le postillon l'emmena pour la remiser dans une autre rue ; la porte se referma. Je revins prendre ma place près du parapet de la rivière.

LXVII

Je contemplai longtemps de là les fenêtres, éclairées par les lumières, de la maison de Julie[1]. Je cherchais à entrevoir ce qui se passait dans l'intérieur. Je voyais ce mouvement ordinaire de gens affairés qui portent les malles, qui défont les paquets, qui rangent les meubles, à l'arrivée d'un hôte. Lorsque ce mouvement fut apaisé, que les flambeaux ne coururent plus d'une pièce à l'autre, que la chambre du vieillard, au premier étage, s'éclaira seule du demi-jour d'une lampe de nuit, je distinguai, à travers les vitres de l'entresol au-dessous, la taille élancée et fléchissante de Julie qui se dessinait en ombre, un moment immobile, sur les rideaux blancs. Elle resta quelque temps dans cette attitude, puis je la vis ouvrir la fenêtre, malgré le froid, regarder un moment la Seine de mon côté, comme si ses yeux eussent été arrêtés sur moi par une révélation surnaturelle de l'amour ; puis se détourner et regarder longtemps, vers le nord, une étoile que nous avions l'habitude de contempler souvent ensemble et que nous nous étions promis de regarder chacun de notre côté dans l'absence, comme pour donner un rendez-vous à nos âmes dans l'inaccessible solitude du firmament.

Je sentis ce regard, comme s'il était tombé dans mon cœur un charbon de feu. Je compris que nos âmes étaient unies dans la même pensée. Mes résolutions s'évanouirent. Je m'élançai pour traverser le quai, pour m'approcher d'elle et pour lui crier un mot qui lui fît reconnaître son frère à ses pieds. Au même moment elle referma sa fenêtre. Le roulement des voitures étouffa mon cri. La lumière s'éteignit à l'entresol. Je restai immobile au milieu du quai. L'horloge d'un édifice voisin sonna lentement minuit. Je m'approchai de la porte, je la baisai convulsivement sans oser frapper. Je m'agenouillai sur le seuil, je priai la pierre de ces murs de me garder le bien suprême que je venais de reconduire et de lui confier ainsi, et je m'éloignai.

LXVIII

Je repartis le lendemain de Paris, sans avoir vu un seul des amis que j'y avais alors ; intérieurement heureux de n'avoir pas eu un seul regard, une seule parole, un seul pas qui ne fût pour elle. Le reste du monde n'existait déjà plus pour moi. Seulement, avant de repartir, je jetai à la petite poste un billet daté de Paris et adressé à Julie. Elle devait le recevoir à son réveil. Ce billet ne contenait que ces mots : « Je vous ai suivie. J'ai veillé invisible sur vous. Je n'ai pas pu vous quitter avant de vous savoir remise aux soins de ceux qui vous aiment. Hier, à minuit, quand vous avez ouvert la fenêtre et soupiré en regardant l'étoile, j'étais là ! Vous auriez pu entendre ma voix. Quand vous lirez ces lignes, je serai bien loin !... »

LXIX

Je voyageai jour et nuit dans un tel étourdissement de pensées, que je ne sentis ni le froid, ni la faim, ni la distance ; j'arrivai à Milly[1] comme si je sortais d'un rêve, et sans presque me souvenir d'être allé à Paris.

Je trouvai mon ami Louis*** qui m'attendait dans la petite maison de campagne de mon père. Sa présence me fut douce. Je pouvais lui parler du moins de celle qu'il admirait autant que moi. Nous couchions dans la même chambre. Une partie de nos nuits se passait à nous entretenir d'elle. Il n'en était pas moins ébloui que moi. Il la considérait comme un de ces êtres exceptionnels, comme une de ces femmes plus grandes que nature, telles que la Béatrice de Dante, l'Éléonore du Tasse, la Laure de Pétrarque, ou la Vittoria Colonna, poète, amante, héroïne à la fois, figures qui ne font que traverser la terre presque sans la toucher, seulement pour fasciner les regards de quelques privilégiés de l'amour, pour élever leurs âmes à d'immortelles aspirations.

LXX

Quant à Louis, il n'osait pas élever son amour aussi haut que son enthousiasme. Son cœur tendre, maladif et blessé de bonne heure, était rempli alors de la touchante image d'une pauvre et pieuse orpheline de sa famille. Son bonheur aurait été de l'épouser pour vivre en obscurité et en paix dans une maisonnette des coteaux de Chambéry. Le dénuement de fortune des deux pauvres amants les retenait sur les limites d'une triste et tendre amitié, par crainte de traîner le nom de leur famille dans l'indigence et de léguer la misère à des enfants. La jeune fille mourut, quelques années après, de découragement et de solitude. C'est une des plus suaves figures que j'aie vues s'éteindre faute de quelques rayons de fortune. Son visage, où l'on voyait le reste d'une florissante jeunesse également prête à refleurir ou à s'éteindre, était la plus gracieuse et la plus mélancolique empreinte de cette vertu du malheur qu'on appelle la résignation.

Elle devint aveugle à force d'avoir pleuré en secret pendant ses longues années d'attente et d'incertitude. Je la rencontrai une fois, à un de mes retours d'Italie. Elle était conduite par la main d'une de ses petites sœurs, dans les rues de Chambéry. Quand elle entendit ma voix, elle pâlit et chercha à tâtons un appui de sa main aveugle. « Pardon, me dit-elle, c'est que quand j'entendais cette voix autrefois j'en entendais avec elle une autre... » Pauvre fille, elle entend dans le ciel aujourd'hui celle de son ami.

LXXI

Qu'ils furent longs les deux mois à passer loin de Julie, à la campagne ou à la ville, dans la maison de mon père, avant d'atteindre l'époque où je devais la rejoindre à Paris ! J'avais épuisé, pendant les trois ou quatre mois qui venaient de s'écouler, la pension que me faisait mon père, les ressources secrètes de la tendresse de ma mère, la bourse de mes amis, pour payer les dettes que la dissipation, le jeu, les voyages, m'avaient fait contracter. Je n'avais aucun moyen de me procurer la petite somme nécessaire pour aller à Paris et pour y vivre même dans la retraite et dans la gêne. Il me fallait attendre le terme d'un des quartiers de la pension de mon père, époque aussi où un oncle, riche mais sévère, et de vieilles tantes, bonnes mais prudentes, avaient l'habitude de me faire quelques petits présents. J'espérais, à l'aide de toutes ces ressources, réunir une somme de six ou huit cents francs suffisante pour m'entretenir à Paris pendant quelques mois. Cette médiocrité ne coûterait désormais plus rien à ma vanité, car ma vie n'était plus que dans mon attachement. Toutes les richesses du monde ne m'auraient servi qu'à acheter le moment du jour que j'aspirais à passer près d'elle !

LXXII

Ces jours d'attente furent remplis de sa seule pensée. Nous nous étions consacré tous deux toutes les heures de notre journée. Le matin, à son réveil, elle s'enfermait pour m'écrire. Au même moment, je lui écrivais de mon côté[1]. Nos pages et nos pensées se croisaient ; tous les courriers, en route, s'interrogeaient, se répondaient, se confondaient sans interruption d'un seul jour. Il n'y avait véritablement ainsi que quelques heures d'absence entre nous.

Je les remplissais encore de sa contemplation. Je m'entourais de ses lettres. Je les ouvrais sur ma table. Je les semais sur mon lit. Je les apprenais par cœur. Je m'en redisais à moi-même les passages les plus passionnés et les plus pénétrants. J'y mettais sa voix, son accent, son geste, son regard. Je lui répondais. Mon illusion devenait si forte, et je finissais par croire tellement à sa présence, que j'étais triste et impatient quand on venait m'interrompre pour les repas ou pour les visites. Il me semblait qu'on venait me l'arracher ou la chasser de ma chambre.

Dans mes longues courses sur les montagnes ou dans les prairies brumeuses et sans horizon qui bordent la rivière, j'emportais sa lettre du matin. Je m'asseyais plusieurs fois sur les rochers, ou au bord de l'eau, ou sur les glaçons, pour la relire. Il me semblait, chaque fois que je la relisais, y découvrir un mot ou un accent qui m'avait échappé. Je me souviens que je dirigeais toujours machinalement ces courses du côté du nord : chaque pas que je faisais vers Paris me rapprochait d'elle et diminuait d'autant la distance qui nous séparait !

J'allais quelquefois très-loin sur les routes de Paris, dans cette intention. Quand il me fallait revenir sur mes pas, je luttais longtemps avec moi-même. J'étais triste ; je me retournais plusieurs fois vers ce point de l'horizon où elle respirait. Je revenais plus lourd et plus lentement.

Oh ! que j'enviais les ailes des corbeaux chargées de neige, qui volaient vers le nord, à travers la brume ! Oh ! que les voitures que je voyais passer sur la route courant vers Paris me faisaient mal ! Que n'aurais-je pas donné de mes jours de jeunesse inutile pour être à la place d'un de ces vieillards désœuvrés qui regardaient d'un œil distrait par les glaces des portières ce jeune homme solitaire marchant à contre-sens de son cœur sur le bord du chemin ! Oh ! que les jours, cependant si courts, de décembre et de janvier, me semblaient interminablement longs !

Il n'y avait pour moi qu'une bonne heure dans toutes ces heures : c'était celle où j'entendais de ma chambre les pas, la crécelle et la voix du facteur qui distribuait les lettres aux portes du quartier. Dès que je l'entendais, j'ouvrais ma fenêtre. Je l'apercevais montant du fond de la rue, les mains pleines de lettres qu'il remettait aux servantes, et attendant devant chaque maison qu'on lui rapportât le port. Combien je maudissais la lenteur de ces bonnes femmes qui n'avaient jamais fini de compter leur monnaie dans sa main ! Avant que le facteur sonnât à la porte de mon père, j'avais franchi l'escalier, traversé le vestibule ; j'étais tout palpitant sur le seuil. Pendant que ce vieillard maniait son paquet de lettres, je cherchais à découvrir l'enveloppe de fin papier de Hollande et l'adresse de belle écriture anglaise qui me révélaient mon trésor entre tous ces papiers grossiers et ces lourdes suscriptions de lettres de commerce ou de banalités. Je la saisissais tout tremblant. Mes yeux se voilaient d'un nuage, mon cœur battait. Mes jambes fléchissaient. Je cachais la lettre sous mon habit, de peur de rencontrer quelqu'un sur l'escalier, et qu'une correspondance si fréquente ne parût suspecte à ma mère. Je m'enfuyais dans ma chambre. Je m'enfermais au verrou pour dévorer à loisir les pages sans être interrompu. Que de larmes, que de baisers n'imprimais-je pas sur le papier ! hélas ! et quand, après des années, j'ai rouvert ce volume de lettres, combien de mots manquaient au sens des phrases, que mes pleurs ou mes transports avaient lavés ou déchirés !

LXXIII

Après le déjeuner, je remontais dans ma chambre haute pour relire encore ma lettre et pour y répondre. C'étaient là les plus délicieuses et les plus fiévreuses heures de mes journées. Je prenais quatre feuilles du plus grand et du plus mince papier de Hollande. Julie me l'avait envoyé de Paris pour cet usage ; chaque page, commencée très-haut, finissant très-bas, écrite sur les marges, surécrite encore en travers des lignes, contenait des milliers de mots. Je les remplissais, tous les matins, ces feuilles ; je les trouvais trop vite remplies et trop étroites pour ce débordement passionné de mes pensées.

Il n'y avait dans ces lettres ni commencement, ni fin, ni milieu, ni grammaire, ni rien de ce qu'on entend ordinairement par style[1]. C'était mon âme à nu devant l'âme d'une autre, exprimant ou plutôt balbutiant, comme elle pouvait, les tumultueuses sensations dont elle était pleine, à l'aide du langage insuffisant des hommes. Ce langage n'a pas été fait pour exprimer l'inexprimable ; signes imparfaits, mots vides, paroles creuses, langue de glace, que la plénitude, la concentration et le feu de notre âme faisaient fondre, comme un métal réfractaire, pour en former je ne sais quelle langue vague, éthérée, flamboyante, caressante, qui n'avait de sens pour personne et que nous entendions seuls parce qu'elle était nous seuls.

Jamais cette effusion de mon âme ne s'arrêtait ou ne se refroidissait. Si le firmament n'eût été qu'une page, et que Dieu m'eût dit de la remplir de mon amour, cette page n'aurait pas contenu tout ce que je sentais se dire en moi ! Je ne m'arrêtais qu'après que les quatre feuilles étaient remplies, et il me semblait toujours n'avoir rien dit ! C'est qu'en effet je n'avais rien dit, car qu'étaient ces quatre feuilles pour contenir l'infini ?

LXXIV

Ces lettres, dans lesquelles je n'apportais aucune misérable prétention d'esprit et qui n'étaient pas une œuvre, mais une volupté, m'auraient pourtant merveilleusement servi plus tard si Dieu m'avait destiné à parler aux hommes, ou à peindre les nuances, les langueurs ou les fureurs des passions de l'âme dans des ouvrages d'imagination. Je puis dire qu'à mon insu j'y luttais en désespéré et comme Jacob avec l'ange, contre la pauvreté, la rigidité et la résistance de la langue dont j'étais forcé de me servir, faute de savoir celle du ciel. Les efforts surnaturels que je faisais pour vaincre, assouplir, étendre, plier, spiritualiser, colorer, enflammer ou éteindre les expressions ; le besoin de rendre par des mots les plus intimes et les plus insaisissables nuances du sentiment, les aspirations les plus éthérées de la pensée, les élans les plus irrésistibles et les chastetés les plus contenues de la passion, enfin jusqu'aux regards, aux attitudes, aux soupirs, aux silences, aux langueurs, aux anéantissements ; ces efforts, dis-je, qui brisaient ma plume sous mes doigts, comme un instrument rebelle, lui faisaient néanmoins trouver quelquefois, même en se brisant, le mot, le tour, l'organe, le cri, qu'elle cherchait, pour donner une voix à l'impossible. Je n'avais parlé aucune langue, mais j'avais crié le cri de mon cœur et j'avais été entendu. Quand je me levais de ma chaise, après ce rude et délicieux combat contre les mots, la plume, le papier, je me souviens que, malgré le froid de ma chambre en hiver, la sueur glacée coulait de mon front. J'ouvrais la fenêtre pour rafraîchir et pour essuyer mes cheveux.

LXXV

Mais ces lettres n'étaient pas seulement des cris d'amour, elles étaient le plus souvent des invocations, des contemplations, des perspectives sur l'avenir, des perspectives sur le ciel, des consolations, des prières.

Cet amour, privé par sa nature de toutes les présences qui détendent le cœur, avait rouvert en moi les sources de la pitié troublées ou taries par de vils plaisirs. Je m'efforçais d'enlever avec moi jusqu'au ciel, sur les ailes de mon imagination exaltée et presque mystique, cette seconde âme souffrante et desséchée. Je parlais de Dieu, seul assez parfait pour avoir créé cette perfection surhumaine, seul assez grand pour contenir l'immensité de nos aspirations. Je consolais Julie des sacrifices que le devoir nous forçait à faire d'un bonheur plus complet ici-bas. Je lui faisais valoir le mérite de ces sacrifices d'un moment aux yeux de l'éternel rémunérateur de nos actions. Je bénissais la pureté et le désintéressement de notre affection, puisqu'ils devaient nous obtenir un jour une félicité plus angélique dans l'éternelle atmosphère des purs esprits.

J'allais jusqu'à me dire heureux, et à chanter les hymnes de la résignation à laquelle nous étions, par l'amour même, mais par un amour plus grand, condamnés. Je conjurais Julie de ne pas penser à mes peines, de n'en point avoir elle-même. Je lui montrais un courage, un mépris du bonheur terrestre que souvent je n'avais que dans mes paroles. Je lui faisais l'holocauste de tout ce qu'il y avait d'humain en moi. Je m'élevais à l'immatérialité pour qu'elle ne soupçonnât pas une souffrance ou un regret dans mon adoration. Je la suppliais de chercher dans une religion tendre et nourrissante, dans l'ombre des églises, dans la foi mystérieuse de ce Christ, le Dieu des larmes, dans l'agenouillement et dans l'invocation, les espérances plus rapprochées, les consolations et les douceurs que j'y avais goûtées moi-même, dans mon enfance.

Elle m'avait rendu le sentiment de la piété. Je composais pour elle ces prières enflammées et calmes qui montent au ciel comme une flamme, mais comme une flamme qu'aucun vent ne fait vaciller. Je lui disais de prononcer ces prières à certaines heures du jour et de la nuit, que je les prononcerais moi-même, pour que nos deux pensées, unies par les mêmes mots, s'élevassent ensemble, à la même heure, dans une même région !... Et puis je mouillais le tout de larmes ; elles laissaient leurs traces sur les paroles plus éloquentes et plus recueillies sans doute que les paroles elles-mêmes.

J'allais jeter furtivement à la poste cette moelle de mes os. Je me sentais soulagé en revenant, comme si j'y avais jeté une partie du poids de mon propre cœur.

LXXVI

Mais, quels que fussent mes efforts continus et la perpétuelle tension de mon imagination jeune et brûlante pour embraser mes lettres du feu qui me consumait, pour créer une langue à mes soupirs, et pour faire franchir à mon âme versée toute chaude sur le papier la distance qui me séparait de la sienne, dans ce combat contre l'impuissance des expressions, j'étais toujours vaincu par Julie.

Ses lettres avaient plus d'accent dans une phrase que les miennes dans mes huit pages ; on respirait son souffle dans les mots, on voyait son regard dans les lignes, on sentait dans les expressions la chaleur des lèvres qui venaient de les exprimer. Rien ne s'évaporait dans cette lente et lourde transition du sentiment au mot, qui laisse refroidir et pâlir la lave du cœur sous la plume de l'homme. La femme n'a pas de style, voilà pourquoi elle dit tout si bien. Le style est un vêtement. L'âme est nue sur la bouche ou sur la main de la femme. Comme la Vénus de la parole, l'expression sort du sentiment dans sa nudité. Elle naît d'elle-même, elle s'étonne d'être née, et on l'adore déjà qu'elle ne se connaît pas encore.

LXXVII

Quelles lettres ! quelle flamme ! quels demi-jours ! quelles teintes ! quels accents ! quel feu et quelle pureté mêlés ensemble comme la flamme et la limpidité dans le diamant ! comme l'ardeur et la pudeur sur le front de la jeune fille qui aime ! quelle naïveté forte ! quel épanchement intarissable ! quels réveils soudains dans la langueur ! quels chants et quels cris ! Puis quels retours tristes comme des notes inattendues à la fin d'un air ! puis quelles caresses de mots qu'on se sentait passer sur l'âme, comme ces haleines que la mère souffle, en jouant, sur le front de son enfant qui sourit ! Et quels bercements voluptueux de paroles à demi-voix et de phrases rêveuses et balbutiantes qui semblent vous envelopper de rayons, de murmures, de parfums, de calme, et vous conduire insensiblement, par l'assoupissement des syllabes, au repos de l'amour, au sommeil de l'âme, jusqu'au baiser sur la page qui dit : « Adieu ! » adieu et baiser qu'on recueille sans bruit, comme il y a été posé par les lèvres !

LXXVIII

Je les ai retrouvées toutes, ces lettres. Je l'ai feuilletée page à page, cette correspondance, classée et reliée soigneusement après la mort, par la main d'une pieuse amitié, une lettre répondant à l'autre, depuis le premier billet jusqu'au dernier mot écrit d'une main saisie déjà par la mort, mais que l'amour affermissait encore. Je les ai relues, et je les ai brûlées en pleurant, en m'enfermant comme pour un crime, en disputant vingt fois à la flamme la page à demi consumée pour la relire encore une fois !... Je les ai brûlées parce que la cendre même en eût été trop chaude pour la terre, et je l'ai jetée aux vents du ciel ! . . . .
. . . .

LXXIX

Le jour arriva enfin où je pus compter les heures qui me séparaient encore de Julie.

Toutes les petites ressources que je parvins à rassembler ne s'élevaient pas à la somme suffisante pour m'entretenir trois ou quatre mois à Paris. Ma mère, qui voyait mon angoisse, sans en savoir le vrai motif, tira du dernier de ses écrins, déjà vidés par sa tendresse, un gros diamant monté en bague. Le seul, hélas ! qui lui restât des bijoux de sa jeunesse. Elle me le glissa secrètement dans la main en pleurant.

« Je souffre autant que toi, Raphaël, me dit-elle avec un visage triste, de voir ta jeunesse inoccupée se consumer dans l'oisiveté d'une petite ville ou dans les rêveries des champs. J'avais toujours espéré que les dons de Dieu que j'ai bénis en toi, dès ta première enfance, te feraient remarquer du monde et t'ouvriraient quelque carrière de fortune et d'honneur. La pauvreté contre laquelle nous luttons ne nous permet pas de te l'ouvrir nous-mêmes. Dieu ne l'a pas voulu jusqu'ici. Il faut se soumettre avec résignation à ses volontés, qui sont toujours les meilleures. Cependant je te vois avec désespoir dans cette langueur morale qui succède aux efforts infructueux. Tentons encore une fois la destinée. Pars, puisque le sol de ce pays-ci te brûle les pieds. Vis quelque temps à Paris. Frappe avec réserve et avec dignité aux portes des anciens amis de la famille qui sont aujourd'hui en crédit. Fais connaître le peu de talents que la nature et le travail t'ont donnés. Il est impossible que les chefs du gouvernement nouveau ne cherchent pas à se rattacher de jeunes hommes capables, comme tu le deviendrais, de servir, de soutenir et de décorer le règne des princes que Dieu nous a rendus. Ton pauvre père a bien de la peine à élever ses six enfants et à ne pas tomber au-dessous de son rang dans la détresse de notre vie rustique. Tes autres parents sont bons et tendres, mais ils ne veulent pas comprendre qu'il faut de l'air, de l'espace et de l'action à la dévorante activité d'une âme de vingt ans ! Voici mon dernier bijou. J'avais promis à ma mère de ne pas m'en séparer sans une nécessité suprême. Prends-le, vends-le, qu'il te serve à vivre quelques semaines de plus à Paris. C'est le dernier gage de tendresse que je jette pour toi à la loterie de la Providence. Il te portera bonheur, car j'y jette avec cet anneau toutes mes prières, toute ma tendresse et toutes mes sollicitudes pour toi. »

Je pris l'anneau en baisant la main de ma mère et en laissant tomber une larme sur le diamant. Hélas !

il me servit non à chercher ou à attendre la faveur des hommes puissants et des princes, ceux-là se détournaient de mon obscurité ; mais il me servit à vivre trois mois de la vie du cœur dont un seul jour vaut des siècles d'ambition satisfaite. Ce diamant sacré fut pour moi la perle de Cléopâtre[1] fondue dans la coupe de ma vie et qui m'abreuva quelque temps d'amour et de félicité.

LXXX

Je changeai cependant entièrement de nature en ce moment, par respect pour les sacrifices multipliés de ma pauvre mère et aussi parce que toutes mes pensées étaient concentrées en une seule : revoir ce que j'aimais et prolonger le plus possible, par la plus étroite économie, les jours comptés que j'avais à passer près de Julie. Je devins calculateur et avare comme un vieillard du peu d'or que j'emportais. Il me semblait que chaque petite somme que je dépensais était une heure de ma vie qui se perdait. Je résolus de vivre comme Jean-Jacques Rousseau, de rien ou de peu, de retrancher à ma vanité, à mes vêtements, à ma nourriture, tout ce que je voulais donner à la sainte ivresse de mon âme.

Cependant je n'étais pas sans quelque espérance confuse de tirer, pour mon amour, parti de mon talent ; ce talent s'était révélé seulement à des amis, par quelques vers. Pendant les trois mois qui venaient de s'écouler, j'avais écrit, aux heures d'insomnies, un petit volume de poésies amoureuses, méditatives, pieuses, selon que l'imagination chantait en moi ses notes tendres ou ses notes graves. J'avais recopié avec soin et de ma plus belle écriture ce recueil, je l'avais lu en partie à mon père, excellent juge, mais sévère de goût. Quelques amis en retenaient les fragments dans leur mémoire. J'avais relié mon trésor poétique. Je l'avais caché à ma mère, dont la chaste et austère pureté d'esprit aurait été alarmée par la volupté plus antique que chrétienne de quelques-unes de ces élégies. J'espérais que la grâce naïve et l'enthousiasme ailé de ces poésies séduiraient un éditeur intelligent, qu'il achèterait mon volume, qu'il consentirait du moins à l'imprimer à ses frais, que le goût du public, tenté par la nouveauté de ce style né dans les bois et jailli de source, me ferait peut-être à la fois une petite fortune et un nom.

LXXXI

Je n'avais pas à m'inquiéter de trouver un logement à Paris. Un de mes amis, le jeune comte de V***[1], revenu récemment de ses voyages, devait y passer l'hiver et le printemps. Il m'avait offert de partager un petit entresol qu'il occupait au-dessus du concierge dans le magnifique hôtel du maréchal de Richelieu, rue Neuve-Saint-Augustin ; hôtel démoli depuis.

Le comte de V***, avec qui j'étais en correspondance presque quotidienne, était informé de tout. Je l'avais chargé d'une lettre de présentation pour Julie, afin qu'il connût l'âme de mon âme, et qu'il comprît, sinon mon délire, au moins mon adoration pour cette femme.

Au premier aspect, il avait compris en effet et presque partagé mon enthousiasme. Les lettres qu'il m'écrivait étaient attendries de respect et presque de piété pour cette apparition mélancolique suspendue entre la mort et la vie, mais retenue, me disait-il, par l'amour ineffable qu'elle avait pour moi.

Il ne cessait de me parler d'elle comme d'un don céleste que Dieu m'avait fait et qui m'élèverait au-dessus de l'humanité tant que je resterais couvert de son divin rayonnement.

Convaincu de la nature surnaturelle et sainte de notre attachement, V*** considérait notre amour comme une vertu. Il ne rougissait pas d'en être le confident et l'intermédiaire entre nous. Julie, de son côté, me parlait de V*** comme d'un ami digne de moi pour qui elle eût voulu accroître mon amitié au lieu d'en rien retrancher par une étroite jalousie de cœur. L'un et l'autre me pressaient d'arriver.

V*** seul connaissait les motifs secrets et l'impossibilité matérielle qui m'avaient retenu jusque-là. Malgré tout son dévouement pour moi, qu'il m'a tant prouvé depuis jusqu'à sa mort, pendant les difficultés de ma vie, il n'était pas alors en sa puissance de lever ces obstacles. Sa mère s'était épuisée pour lui faire donner une éducation digne de son rang et pour le faire voyager dans toute l'Europe. Il revenait très endetté lui-même. Il n'avait à m'offrir à Paris qu'un coin dans le logement que lui payait sa famille.

LXXXII

Je partis de Milly par ces petites carrioles à un cheval formées d'un banc de planche sur l'essieu et de quatre piquets de bois plantés dans le brancard, surmontées d'une toile goudronnée contre la pluie. Elles étaient conduites par un seul cheval et se relayaient, toutes les quatre ou cinq lieues, de bourgade en bourgade. Elles servaient alors à conduire de Lyon à Paris les ouvriers maçons du Bourbonnais et de l'Auvergne, les piétons fatigués du chemin et les pauvres soldats blessés au pied par la marche, qui gagnaient une étape pour quelques sous.

Je n'éprouvais ni honte ni souffrance de cette triviale manière de voyager. J'aurais fait la route les pieds nus dans la neige, que je ne me serais senti ni moins fier ni moins heureux. J'épargnais ainsi un louis ou deux dont j'achèterais des jours de bonheur.

J'arrivai à la barrière de Paris sans avoir senti un des pavés du chemin. La nuit était sombre, il pleuvait à verse. Je pris mon porte-manteau sur mon épaule, et je vins frapper à la porte du modeste logement du comte de V***.

Il m'attendait. Il m'embrassa ; il me parla d'elle. Je ne pouvais me lasser de l'interroger et de l'entendre. Ce soir même je reverrais Julie !... V*** irait lui annoncer mon arrivée et la préparer à sa joie. Quand tout le monde serait sorti du salon de Julie, V*** sortirait le dernier, il viendrait m'avertir dans un café voisin, où je l'attendrais, du moment où elle serait seule, et j'irais m'élancer à ses pieds.

Ce ne fut qu'après qu'il m'eut donné tous ces renseignements que je songeai à sécher mes habits à son foyer, à prendre un peu de nourriture, à m'installer dans la sombre alcôve de son antichambre. Cette antichambre était éclairée par un œil-de-bœuf et chauffée par un poêle. Je m'habillai avec une propreté décente qui ne fît pas rougir de moi celle qui m'aimait, devant ses amis.

À onze heures nous sortîmes, V*** et moi, à pied. Nous allâmes ensemble jusque sous la fenêtre que je connaissais déjà. Il y avait trois voitures à la porte. V*** monta. J'allai l'attendre à l'endroit convenu. Qu'elle fut longue l'heure pendant laquelle je l'attendis ! Combien je maudissais ces visiteurs indifférents dont l'importunité involontaire, pour dépenser des heures oisives, suspendait sans le savoir l'élan de deux cœurs qui comptaient leur martyre par leurs palpitations ! Enfin, V*** parut. Je m'élançai sur sa trace. Il me quitta à la porte et je montai.

LXXXIII

Je vivrais mille fois mille ans, que je n'oublierais jamais ce moment et cette scène.

Julie était debout, dans la lumière, le coude nonchalamment appuyé sur le marbre blanc de la cheminée ; sa taille élancée, ses épaules et son profil réverbérés et doublés par la glace, le visage tourné vers la porte, les yeux fixés sur un petit corridor obscur qui précédait le salon, la tête un peu tendue et inclinée de côté, dans l'attitude de quelqu'un qui cherche à distinguer par l'oreille un bruit de pas qui s'approchent. Elle était vêtue d'une robe de deuil de soie noire, garnie de dentelles noires aussi autour de la gorge, de la taille et aux pieds. Ces dentelles, froissées par les coussins du fauteuil où la retenaient l'indolence et la langueur de sa vie, ressemblaient à ces grappes noires du sureau égrenées par le vent d'automne.

L'obscurité de ce costume ne laissait dans la lumière que les épaules, le cou, le visage. Ce deuil de la robe était complété par le deuil naturel de ses cheveux noirs noués au-dessus de sa tête. L'uniformité de cette couleur relevait encore la hauteur et la gracieuse flexibilité de sa taille. Les reflets du foyer dans la glace, la lueur d'une lampe posée sur un angle de la cheminée et qui frappait sur sa joue, l'animation de l'attente, de l'impatience, de l'espoir, répandaient sur son visage une clarté de jeunesse, de coloration et de vie qui ressemblait à une transfiguration par l'amour !

LXXXIV

Mon premier cri fut un cri de joie et un saisissement de bonheur en la revoyant ainsi plus vivante, plus belle et plus immortelle à mes yeux que je n'avais jamais osé la voir aux plus doux soleils de Savoie. Un sentiment de sécurité trompeuse et d'éternelle possession entra dans mon cœur avec sa figure dans mes yeux. Elle essaya de balbutier quelques mots en m'apercevant. Elle ne le put pas. L'émotion lui fit trembler les lèvres. Je tombai à ses pieds. Je collai ma bouche sur le tapis que foulaient ses pas. Je relevai mon front pour la regarder encore et pour m'assurer que sa présence n'était point un rêve. Elle posa une de ses mains sur mes cheveux qui frissonnèrent ; elle se soutenait de l'autre à l'angle du marbre, et elle tomba également sur ses genoux devant moi.

Nous nous regardions. Nous ne cherchions pas de paroles, car il n'y en avait plus pour l'excès de notre bonheur. Nous restâmes en silence prosternés l'un devant l'autre. Cette attitude, pleine d'adoration en moi, pleine de bonheur contenu en elle, disait assez : « Ils s'adorent ; mais il y a un fantôme de mort entre eux, ou un devoir ».

LXXXV

Un coup de marteau se fit entendre à la porte. Des pas montèrent l'escalier. Je me relevai. Elle reprit en chancelant sa place sur le canapé. Je m'assis de l'autre côté, dans l'ombre, pour couvrir la rougeur de mes joues et la rosée de mes larmes.

Un homme d'un âge déjà avancé, d'une stature imposante, d'un visage noble, serein et doux, entra dans la chambre à pas lents. Il s'approcha, sans parler, du canapé. Il baisa paternellement la main tremblante de Julie. C'était M. de Bonald. Malgré le déchirement d'extase que l'arrivée d'un inconnu venait de me faire sentir par ce coup de marteau, je bénis intérieurement cet étranger d'être venu interrompre un premier regard où la raison pouvait succomber sous l'ivresse. C'était un de ces moments où l'âme a besoin de cette glace que l'accent d'un sage jette sur l'incendie du cœur pour retremper le ressort d'une énergique résolution.

LXXXVI

Julie me présenta à M. de Bonald, comme le poète dont il avait lu les vers. Il s'étonna de ma jeunesse. Il m'accueillit avec indulgence. Il s'entretint avec Julie, dans cet abandon paternel d'un homme illustre par le génie et imposant par l'âge, qui cherche auprès d'une jeune femme un rayon distrait de beauté pour ses yeux, et les heures causeuses et calmes de la fin du jour. Sa voix était profonde comme une voix qui vient de l'âme. Sa conversation s'épanchait avec cette nonchalance gracieuse et grave d'un esprit qui se détend pour se reposer. L'accent de l'honnête homme était dans sa parole comme le caractère en était répandu sur son front. La conversation se prolongeant et la pendule près de marquer minuit, je crus devoir sortir le premier, pour enlever toute ombre de soupçon d'une familiarité trop intime à cet ami plus respectable et plus ancien que moi dans la maison.

Je n'emportais qu'un regard et un silence pour prix d'une si brûlante attente et d'un si dur voyage. Mais j'emportais son image et la certitude de la revoir désormais tous les jours, c'était assez, c'était trop.

J'errai longtemps sur les quais de Paris, ouvrant mon manteau à l'air et mes lèvres au vent pour rafraîchir ma poitrine et pour apaiser la fièvre de bonheur qui m'agitait. Quand je rentrai, V*** dormait depuis plusieurs heures. Je ne pus m'endormir qu'aux premières clartés du matin et aux cris des revendeurs dans les rues de Paris......................
....

LXXXVII

Ce furent là les jours les plus pleins de ma vie, parce qu'ils n'étaient plus qu'une seule pensée recueillie dans mon âme comme un parfum dont on craint de laisser évaporer une parcelle en exposant le vase à l'air extérieur.

Je me levais aux premières lueurs du jour tardif dans l'alcôve sombre de la petite antichambre où mon ami m'abritait comme un mendiant de l'amour. Je commençais ma journée par une longue lettre à Julie. J'y reprenais avec elle, à tête reposée, l'entretien de la veille. J'épanchais les pensées qui m'étaient venues après l'avoir quittée. Tendres oublis, délicieux remords de l'amour dont il s'accuse, qu'il se reproche, et qui lui ôtent tout repos jusqu'à ce qu'il les ait réparés ; diamants tombés des yeux ou des lèvres de l'objet aimé, qui font revenir la pensée de l'amant sur ses pas pour les ramasser et grossir le trésor de ses sentiments !...

Julie recevait cette lettre à son réveil, comme une suite de la conversation du soir, qui aurait continué à voix basse dans sa chambre pendant son sommeil. Je recevais sa réponse moi-même avant le milieu du jour.

LXXXVIII

Mon cœur ainsi apaisé du trouble de la nuit, je m'efforçais de calmer l'impatience qui commençait à me saisir pour l'entrevue du soir. Je donnais de fortes diversions, non à mon âme, mais à ma pensée et à mes yeux. Je m'étais imposé de longues heures de lecture, d'étude et de travail, pour faire disparaître le temps entre l'heure où je quittais Julie et l'heure où je devais la revoir. Je voulais me perfectionner moi-même, non pour les autres, mais pour elle. Je voulais que celui qu'elle aimait ne la fît pas du moins rougir de sa préférence ; que les hommes supérieurs qui formaient sa société et qui me rencontraient quelquefois dans son salon, debout au coin de sa cheminée, comme une statue de la Contemplation, découvrissent, si par hasard ils m'adressaient la parole, une âme, une intelligence, une espérance, un avenir, sous l'extérieur de ce jeune inconnu timide et silencieux.

Et puis je me faisais je ne sais quels rêves confus de carrière éclatante, de destinée active qui me saisirait peut-être un jour, comme le tourbillon arrachait la feuille à l'arbre de l'humble jardin de mon père, pour l'enlever au plus haut des airs ; je me figurais Julie jouissant de me voir de loin combattre avec la fortune, lutter contre les hommes, m'élever en force, en grandeur, en vertu, et se glorifiant tout bas de m'avoir deviné avant la foule et de m'avoir aimé avant la postérité ! Vains songes qu'emportait le matin et qui ont abouti à l'obscurité dans ce nid dispersé de mes pères !...

LXXXIX

Tout cela, et surtout le loisir forcé auquel l'obsession d'une seule pensée, le dédain de tout le reste, le dénuement d'argent qui m'interdisait d'autres distractions, et la réclusion claustrale dans laquelle j'étais enfermé, me condamnaient à la vie d'étude la plus intense et la plus passionnée que j'eusse menée jamais. Je passais la journée tout entière assis devant une petite table de travail éclairée par une lucarne qui prenait jour sur la cour de l'hôtel de Richelieu. Un poêle de faïence chauffait la chambre ; un paravent enveloppait la table et la chaise. Il m'abritait contre le regard des jeunes gens du grand monde qui venaient fréquemment rendre visite à mon ami. Il y avait dans l'horizon de cette vaste cour des retentissements de voitures, des silences, et quelques beaux rayons de soleil d'hiver luttant contre le brouillard rampant des rues de Paris. Ces bruits et ces silences me rappelaient un peu les jeux de la lumière, les bruits de vent et les brumes transparentes de mes montagnes.

XC

J'y voyais jouer de temps en temps un charmant petit garçon de huit à dix ans. C'était le fils du concierge. Ses beaux cheveux bouclés sur le front, sa physionomie intelligente et sensible, me retraçaient les candides figures d'enfants de mon pays. Sa famille était, en effet, d'un village voisin du village de mon père, tombée dans la misère et transplantée à Paris. Cet enfant avait fini par s'attacher à moi, en me voyant toujours à ma lucarne au-dessus de la loge de sa mère. Il s'était consacré volontairement et gratuitement à mon service. Il faisait toutes mes commissions dans la rue ; il m'apportait mon morceau de pain, un peu de fromage, les fruits pour mon déjeuner ; il allait m'acheter mes provisions tous les matins, chez la fruitière. Je prenais ce frugal repas sur ma table de travail, au milieu des livres ouverts et des pages interrompues.

L'enfant avait un chien noir, oublié par un étranger dans l'hôtel. Le chien et l'enfant ne se quittaient pas. Le chien avait fini par s'attacher à moi, comme l'enfant. Ils ne voulaient plus redescendre le petit escalier de bois, une fois qu'ils l'avaient monté. Pendant la plus grande partie du jour, ils se couchaient et jouaient ensemble sur le paillasson, à mes pieds, sous la table. Plus tard, j'ai emmené le chien de Paris et je l'ai gardé de longues années avec moi, comme un souvenir fidèle et aimant de ce temps de solitude. Je l'ai perdu, non sans larmes, en 1820, en traversant les forêts des marais Pontins, entre Rome et Terracine.

Le pauvre enfant est devenu grand. Il a appris le métier de graveur qu'il exerce avec talent à Lyon. Ayant entendu retentir mon nom depuis, dans son échoppe, il est venu me voir ; il a pleuré de joie en me revoyant et de tristesse en apprenant la perte du chien. Pauvre cœur de l'homme, à qui tout est nécessaire de ce qu'il a aimé une fois, et qui a des larmes de la même eau sur la perte d'un empire ou sur la perte d'un animal !...

XCI

Je relus, pendant ces milliers d'heures, ainsi renfermé entre le poêle, le paravent, la lucarne, l'enfant et le chien, toute l'antiquité écrite ; excepté les poètes dont on nous avait saturés au collège et dans les vers desquels nos yeux fatigués ne distinguaient plus alors que des césures, des longues ou des brèves[1]. Triste effet d'une satiété précoce qui flétrit, pour l'âme de l'enfant, la fleur la plus colorée et la plus parfumée de la pensée humaine.

Mais je relus tous les philosophes, tous les orateurs et tous les historiens dans leur langue[2]. J'adorais surtout ceux qui réunissaient en eux ces trois puissances de l'intelligence : le récit, la parole, la réflexion ; le fait, le discours, la moralité ; Thucydide et Tacite par-dessus les autres. Puis Machiavel, ce sublime praticien des maladies des empires. Puis Cicéron[3], ce vase sonore qui contient tout, depuis les larmes privées de l'homme, du mari, du père, de l'ami, jusqu'aux catastrophes de Rome et du monde, jusqu'aux pressentiments tragiques de sa propre destinée. Cicéron est comme un filtre où toutes ces eaux déposent et se clarifient sur un fond de philosophie et de sérénités presque divines, et qui laisse ensuite s'épancher sa grande âme en flots d'éloquence, de sagesse, de piété pour les dieux, et d'harmonie. Je l'avais cru jusque-là un grand et vide parleur renfermant peu de sens dans de longues périodes ; je m'étais trompé. C'est l'homme-verbe de l'antiquité après Platon ; c'est le plus grand style de toutes les langues. On le croit maigre, parce qu'il est magnifiquement drapé. Mais enlevez cette pourpre, il reste une grande âme qui a tout senti, tout compris et tout dit de ce qu'il y avait à comprendre, à sentir et à dire de son temps à Rome.

XCII

Quant à Tacite[1], je ne tentais pas même de discuter avec ma passion pour lui. Je le préférais même à Thucydide. Thucydide expose plus qu'il ne fait vivre et palpiter. Tacite n'est pas l'historien, mais le résumé du genre humain. Son récit est le contre-coup du fait dans un cœur d'homme libre, vertueux et sensible. Le frisson qu'il imprime au front, quand on le lit, c'est le frisson de l'âme. Sa sensibilité est plus que de l'émotion, c'est de la pitié. Ses jugements sont plus que de la vengeance, c'est de la justice. Son indignation, c'est plus que de la colère, c'est de la vertu. On confond son âme avec celle de Tacite, et on se sent fier de la parenté avec lui. Voulez-vous rendre le crime impossible à vos fils ? voulez-vous passionner la vertu dans leur imagination ? Nourrissez-les de Tacite. S'ils ne deviennent pas des héros à cette école, c'est que la nature en a fait des lâches ou des scélérats. Un peuple qui aurait Tacite pour manuel politique grandirait au-dessus de la stature commune des peuples. Ce peuple jouerait enfin devant Dieu le drame politique du genre humain dans toute sa grandeur et dans toute sa majesté. Quant à moi, je dois à cet écrivain non pas toutes les fibres de chair, mais toutes les fibres métalliques de mon être. C'est lui qui les a trempées. Si jamais nos temps vulgaires prenaient le tour grandiose et tragique de son temps et que je devinsse une digne victime d'une digne cause, je dirais en mourant : « Rendez honneur de ma vie et de ma mort au maître, et non pas au disciple ; car c'est Tacite qui a vécu et qui est mort en moi ! »

XCIII

J'aimais aussi de passion les orateurs. Je les étudiais avec le pressentiment d'un homme qui aurait un jour à parler aux multitudes sourdes, et qui doit connaître d'avance le clavier des auditoires humains. Démosthène, Cicéron, Mirabeau, lord Chatham surtout, plus moderne et plus saisissant, à mes yeux, que tous les autres, parce que son éloquence tout inspirée et toute lyrique est un cri plutôt qu'une voix.

Cette éloquence s'élance par-dessus l'auditoire limité et par-dessus la passion du temps, sur les plus hautes ailes de la poésie, jusqu'aux régions permanentes de l'éternelle vérité et de l'éternel sentiment. Chatham prend la vérité dans la main de Dieu, et il n'en fait pas seulement la lumière, il en fait la foudre de la discussion. Malheureusement il ne reste de lui, comme de Phidias au Parthénon, que des débris, des têtes, des bras, des torses mutilés. Mais en recomposant par la pensée ces débris, on en fait des prodiges et des divinités d'éloquence. Je me figurais des temps, des circonstances, des passions, des ambitions, des *forums* pareils à ceux qui avaient soulevé ces grands hommes, et, comme Démosthène aux flots de la mer, je parlais intérieurement aux fantômes de mon imagination.

XCIV

Je lus pour la première fois, à cette époque, les discours de Fox[1] et de Pitt[2]. Je trouvai Fox déclamateur, quoique prosaïque ; un de ces génies chicaneurs nés pour contredire et non pour dire, avocats sans toge qui n'ont de conscience que dans la voix, et qui plaident avant tout pour leur popularité.

Je sentis dans Pitt l'homme d'État dont les paroles sont des actes, et qui, dans l'écroulement de l'Europe, soutint presque seul son pays sur la base de son bon sens et sur la constance de son caractère. Pitt c'était Mirabeau, avec l'intégrité de plus et l'élan de moins. Mirabeau et Pitt devinrent et sont restés depuis mes deux hommes d'État modernes de prédilection. Montesquieu me parut, à côté d'eux, un dissertateur érudit, ingénieux et systématique ; Fénelon divin, mais chimérique ; Rousseau plus passionné qu'inspiré, grand instinct plus que grande vérité ; Bossuet langue d'or, âme adulatrice, rassemblant en lui, dans sa conduite et dans son langage devant Louis XIV, le despotisme d'un théocrate et les complaisances d'un courtisan.

XCV

De ces études historiques et oratoires, je passai naturellement à la politique. Le sentiment du joug à peine brisé de l'Empire et l'horreur du régime militaire que nous venions de subir[1] m'emportaient vers la liberté. Les souvenirs de famille, l'entraînement des amitiés, le pathétique de la situation de cette maison royale passant du trône à l'échafaud et à l'exil, reportée de l'exil au trône ; cette princesse orpheline dans le palais de ses pères ; ces vieillards couronnés de leur infortune autant que de leurs aïeux ; ces princes dont la jeunesse et les malheurs, maîtres sévères, permettaient de tout espérer : tout cela me faisait désirer que le trône antique et la liberté récente pussent se concilier avec cette royauté de nos pères[2]. Le gouvernement aurait eu ainsi les deux grands prestiges des choses humaines : l'antiquité et la nouveauté ; le souvenir et l'espérance. C'était un beau rêve naturel à mon âge.

Chaque matin en dissipait une partie dans mon esprit. J'entrevoyais bien avec douleur que les vieilles formes contiennent mal les idées nouvelles et que jamais la monarchie et la liberté ne tiendraient ensemble dans le même nœud, sans un éternel tiraillement ; que ce tiraillement épuiserait les forces de l'État ; que la monarchie serait perpétuellement suspecte et la liberté perpétuellement trahie. Sans être fanatique de la république, je l'entrevoyais, dans un lointain, comme une dernière forme des sociétés perfectionnées.

XCVI

De ces études générales je passai, pendant plusieurs mois, à une étude qui m'occupa d'autant plus l'esprit qu'elle était, par sa nature plus aride, plus sèche et plus glaciale, plus loin du cœur d'un jeune homme ivre d'imagination et d'amour : je veux parler de l'économie politique ou de la science de la richesse des nations. V*** s'en occupait en esprit plus curieux que passionné. Les livres italiens, anglais, français, écrits jusque-là sur cette science, jonchaient ses tables et ses rayons. Nous lûmes ensemble ces livres en les discutant et en écrivant les réflexions que nous suggéraient ces lectures. Cette science de l'économie politique, qui posait alors et qui pose encore aujourd'hui plus d'axiomes que de vérités et plus de problèmes qu'elle n'en résout, avait précisément pour nous l'attrait d'un mystère. Elle était, de plus, entre nous, le texte interminable de ces conversations du bout des lèvres qui font travailler l'intelligence sans distraire le fond de l'âme, qui permettent de sentir, tout en causant, la présence de la pensée secrète et continue cachée au dernier fond du cœur. Espèces d'énigmes dont on cherche le mot sans mettre un immense intérêt à le trouver.

Après avoir tout lu, tout discuté et tout noté de ce qui constituait alors cette science, je crus distinguer quelques principes théoriques vrais dans leur généralité, douteux dans leur application, ambitieux dans leur prétention de se classer au rang des vérités absolues, souvent vides ou menteurs dans leurs formules. Je n'avais rien à répondre, mais mon instinct d'évidence n'était pas sincèrement satisfait. Je jetai les livres à mes pieds et j'attendis la lumière. Cette science alors n'était pas faite. Science tout expérimentale, elle n'avait pas assez d'années ni de maturité pour tant affirmer. Elle a vieilli depuis ; elle promet aux hommes d'État quelques dogmes à appliquer avec mesure aux sociétés humaines, quelques sources d'aisance et quelques liens de fraternité de plus à serrer entre les nations.

XCVII

J'entremêlai ces fortes études de celle qui m'avait toujours attiré davantage, dès mon enfance : c'était l'étude de la diplomatie ou des rapports des gouvernements entre eux.

Un hasard m'ouvrit les sources. J'avais écrit, pendant mon application à l'économie politique, une brochure d'une centaine de pages sur une question qui préoccupait vivement les esprits. Le titre de cette brochure était : *Quelle est la place qu'une noblesse peut occuper en France dans un gouvernement constitutionnel ?*

Je traitai cette question, très-délicate dans un pareil moment, avec l'instinct de bon sens assez net que la nature m'avait donné, et avec cette impartialité d'un jeune esprit indépendant qui s'élève sans peine au-dessus des vanités d'en haut, des envies d'en bas et des préjugés de son temps. J'y parlais avec amour du peuple, avec intelligence des institutions, avec respect de cette noblesse historique dont les noms ont été longtemps le nom de la France elle-même sur les champs de bataille, dans nos magistratures et à l'étranger. Je concluais à la suppression de tout privilège de noblesse autre que la mémoire des peuples, qu'on ne supprime pas. Je demandais une pairie élective, et je démontrais que, dans un pays libre, il n'y avait d'autre noblesse que l'élection, stimulant perpétuel au service du pays et récompense temporaire du mérite ou de la vertu des citoyens.

XCVIII

Julie, à qui j'avais prêté ce manuscrit pour la mettre de moitié dans mes travaux comme dans ma vie, l'avait fait lire à un homme distingué de sa société intime, pour le jugement duquel elle avait une extrême déférence. C'était M. Mounier[1], digne fils de l'illustre membre de l'Assemblée constituante, longtemps secrétaire particulier de l'empereur, alors royaliste constitutionnel, un de ces esprits qui n'ont point de jeunesse, qui naissent mûrs et qui meurent jeunes en laissant un grand vide dans leur temps.

M. Mounier, après avoir lu mon travail, demanda à Julie quel était l'homme politique qui avait écrit ces pages. Elle sourit : elle lui avoua que c'était l'œuvre d'un très jeune homme qui n'avait ni nom, ni expérience, ni antécédents dans les affaires. M. Mounier voulut me voir.

Je lui fus présenté. Il me voua une bienveillance qui devint depuis de l'amitié et qui ne s'est pas démentie jusqu'à son lit de mort. Je n'imprimai pas ce travail, mais M. Mounier me présenta à son ami, M. de Rayneval[2], esprit lumineux, cœur ouvert, intelligence attrayante et enjouée, quoique laborieuse et grave. M. de Rayneval était alors l'âme de nos affaires étrangères. Il est mort ambassadeur à Madrid. M. de Rayneval, qui avait lu mon travail, m'accueillit dans sa maison avec cette grâce encourageante et avec ce sourire cordial qui suppriment la distance et qui enlèvent du premier regard le cœur d'un jeune homme. C'était un de ces hommes de qui on aime à apprendre parce qu'ils ont l'air de se répandre en enseignant, et de donner au lieu d'imposer. On apprenait mieux l'Europe dans une conversation de quelques matinées avec cet homme charmant que dans une bibliothèque de diplomatie. Il avait le tact, ce génie inné des négociations. Je lui dois le goût de ces hautes affaires, qu'il remuait en sentant leur importance, mais sans paraître en sentir le poids. Sa force rendait tout léger, sa facilité donnait du cœur et de la grâce aux affaires. Il entretint en moi le désir d'entrer dans la carrière diplomatique. Il m'introduisit lui-même chez M. d'Hauterive, directeur des archives, et l'autorisa à m'ouvrir les recueils de nos négociations. M. d'Hauterive, vieillard blanchi sur les dépêches, était la tradition immuable et le dogme vivant de notre diplomatie. Avec sa taille imposante, sa voix sourde, ses cheveux touffus et poudrés, ses longs sourcils retombant sur un œil profond et vif, il avait l'air d'un siècle qui parlait.

Il me reçut en père, heureux de me transmettre l'héritage de ses vieilles économies de science. Il me fit lire, compulser, travailler et noter sous ses yeux, dans son cabinet. Deux fois par semaine j'allais étudier quelques heures sous sa direction. J'aime le souvenir de cette verte et prodigue vieillesse qui se donnait ainsi à un jeune homme dont il ne savait pas même le nom auparavant. M. d'Hauterive mourut pendant le combat de juillet 1830, et au bruit du canon qui déchirait la politique de la maison de Bourbon à laquelle il avait consacré sa vie.

XCIX

Telles étaient les occupations toutes studieuses et toutes recueillies de mes journées. Je ne désirais rien de plus ; mon ambition même d'entrer dans une carrière n'était, au fond, que l'ambition de ma pauvre mère et la douleur d'avoir dépensé son diamant sans lui rapporter quelque compensation dans un changement heureux de ma destinée. On m'aurait offert en ce moment une ambassade pour m'éloigner de Paris, et un palais pour quitter mon grabat, que j'aurais fermé les yeux pour ne pas voir la fortune, et les oreilles pour ne pas l'écouter. J'étais trop heureux, dans mon obscurité, du rayon invisible aux autres qui éclairait et qui embrasait ma nuit.

C

Mon bonheur se levait quand le jour se couchait. Je dînais ordinairement seul dans ma cellule. Du pain, une tranche de bœuf bouilli assaisonnée de persil et quelque salade de racine formaient habituellement mon repas. Je ne buvais que de l'eau, pour épargner la dépense d'un peu de vin si nécessaire pour corriger l'eau fade et souvent fétide de Paris. Une vingtaine de sous par jour suffisaient ainsi à mon dîner. Ce repas nourrissait encore avec moi le pauvre chien qui m'avait adopté. Après le dîner, je me jetais sur mon lit, accablé de la solitude et du travail du jour : j'abrégeais ainsi par le sommeil les longues heures nocturnes qui me séparaient encore du seul moment où commençait vraiment le temps pour moi, heures que les jeunes gens de mon âge dépensent, comme je l'avais fait moi-même avant ma transformation, dans les théâtres, dans les lieux publics et dans les délassements dispendieux d'une capitale.

À onze heures, je m'éveillais. Je m'habillais avec la simplicité décente d'un jeune homme dont la taille, la figure et les cheveux ondés par le peigne le parent de peu. Une chaussure propre, du linge blanc, un vêtement toujours noir brossé de mes propres mains, boutonné jusqu'au col, comme le costume des jeunes disciples des écoles du moyen âge ; un manteau militaire rejeté à grands plis sur l'épaule gauche et préservant l'habit des éclaboussures de la rue : tel était mon costume uniforme, simple et obscur. Sans trahir ma situation, ce costume n'affectait ni luxe ni misère ; il me permettait de passer de ma solitude dans un salon sans attirer, mais sans choquer les yeux des indifférents.

CI

Je sortais à pied, car le prix d'une course de voiture m'aurait dépensé un jour de ma vie. Je suivais les trottoirs. Je longeais les murailles. J'évitais les roues. Je marchais lentement sur la pointe des pieds pour préserver mon costume de la boue : mes souliers, dans le salon éclairé de bougies, auraient trahi l'humble piéton. Je ne me pressais pas, car je savais que Julie recevait, tous les soirs, les amis de son mari dans sa chambre ou dans son salon. Je voulais attendre que la dernière voiture eût quitté la porte avant d'y frapper. J'avais cette réserve, non pas seulement pour éviter les observations sur l'assiduité d'un jeune inconnu dans la maison d'une si jeune et si belle femme ; je l'avais surtout pour ne pas partager son regard et ses paroles avec les indifférents dont elle était obligée, à cette heure, de soutenir et de relever l'entretien. Il me semblait que chacun d'eux me dérobait une part de sa présence et de son âme. La voir, l'entendre et ne pas la posséder seul, c'était plus cruel quelquefois pour moi que ne pas la voir du tout.

CII

Je perdais mes pas, pour dépenser le temps, d'un bout à l'autre d'un pont qui franchit la Seine presque en face de la maison que Julie habitait[1]. Combien de milliers de fois n'ai-je pas compté les planches de ce pont qui résonnaient sous mes pas ! Combien de pièces de monnaie de cuivre n'ai-je pas jetées, en passant et en repassant, dans la tasse de fer-blanc du pauvre aveugle assis par la neige ou par la pluie contre le parapet de ce pont ! Je priais pour que mon obole, retentissant dans le cœur du misérable et de là à l'oreille de Dieu, m'obtînt en retour le départ d'un importun qui retardait mon bonheur et la sécurité d'une longue soirée !

Julie, qui connaissait ma répugnance à trouver des étrangers chez elle, était convenue avec moi d'un signal qui me dirait de loin l'absence ou la présence des visiteurs dans son petit salon. Quand il y avait foule, les deux volets intérieurs de l'étroite fenêtre étaient fermés ; je ne voyais que la faible lueur des bougies filtrer entre les deux battants. Quand il n'y avait qu'un ou deux familiers prêts à se retirer, un des battants était fermé. Enfin, quand tout le monde était parti, les deux battants s'ouvraient ainsi que les rideaux, et je pouvais voir de l'autre rive la clarté de la lampe posée sur la table devant laquelle elle lisait ou elle écrivait, en m'attendant.

Mes yeux ne perdaient jamais de vue cette lueur lointaine[1], visible et intelligible pour moi seul au milieu de ces milliers de lueurs de fenêtres, de réverbères, de boutiques, de voitures, de cafés, et de ces avenues de feux mobiles ou immobiles qui illuminent, la nuit, les façades et les horizons de Paris. Toutes ces autres illuminations disparaissaient pour moi. Il n'y avait plus d'autres clartés sur la terre, plus d'autre étoile dans le firmament, que cette petite fenêtre ronde semblable à un œil ouvert sur moi pour me chercher dans l'ombre, et vers laquelle mes yeux, ma pensée, mon âme, étaient sans cesse et uniquement tendus. Ô puissance incompréhensible de cette nature infinie de l'homme qui peut remplir les espaces de mille univers et les trouver encore trop étroits pour son universalité ! et qui peut se concentrer dans un seul petit point lumineux brillant à travers la brume d'un fleuve, parmi l'océan de feux d'une ville immense, et trouver son infini de désirs, de sentiments, d'intelligence et d'amour dans cette seule étincelle qui ne rivaliserait qu'à peine avec le ver luisant d'une nuit d'été !

CIII

Que de fois ne me suis-je pas dit cela alors, en marchant, enveloppé jusqu'aux yeux, sur mon pont obscur ! Que de fois ne me suis-je pas écrié en regardant cette petite lueur scintillant dans le lointain : « Mon Dieu, soufflez sur toutes les clartés de la terre, éteignez tous ces globes lumineux du firmament, mais laissez luire éternellement cette petite clarté, étoile mystérieuse de deux vies. Et cette lueur éclairera assez tous les mondes, et suffira, pendant votre éternité, à mes yeux ! »

Hélas ! je l'ai vue depuis s'éteindre, cette étoile de ma jeunesse, ce foyer de mes regards et de mon cœur. J'ai vu les volets de la fenêtre rester de longues années fermés sur la funèbre obscurité de la petite chambre. Puis je les ai vus se rouvrir un jour, une année. Puis j'ai osé regarder pour savoir qui osait vivre où elle avait vécu. Puis j'ai vu paraître, les jours d'été, au bord de cette fenêtre inondée de soleil et parée de vases de fleurs, une jeune femme inconnue jouant et souriant avec un enfant nouveau-né, sans se douter qu'elle jouait sur un sépulcre, que ses sourires devenaient des larmes dans les yeux d'un passant, et que cette vie était une ironie de la mort !... Puis je suis revenu souvent, dans la nuit, et j'y reviens maintenant toutes les années encore, m'approcher à pas craintifs de ce mur, toucher cette porte, m'asseoir sur ce banc de pierre, regarder les lueurs, écouter les bruits qui se font là-haut, et me figurer un moment que je vois le reflet de sa lampe, que j'entends le timbre de sa voix, que je vais frapper à la porte, qu'elle m'attend, et que je

vais monter !... Ô mémoire ! es-tu un bienfait du ciel ou un supplice de l'enfer ?...............
....

Maintenant j'y pense quand je vois un cierge sur un cercueil !..............................
....

CIV

Julie, le lendemain de mon arrivée, m'avait présenté au vieillard qui lui servait de père, et dont elle illuminait les derniers jours comme une fille bien-aimée. Il m'avait reçu comme un second fils. Il connaissait par elle notre rencontre en Savoie, notre attachement fraternel l'un pour l'autre, et cette parenté de nos deux âmes révélée par la conformité de nos instincts, de nos âges et de nos sentiments. Il n'avait d'inquiétude et de jalousie que pour le bonheur, la renommée et la vie de sa pupille. Il craignait seulement qu'elle n'eût été séduite ou trompée par ces premiers regards qui sont quelquefois la révélation, quelquefois l'illusion des jeunes femmes, et qu'elle n'eût donné son cœur à un homme créé par sa seule imagination. Mes lettres, dont elle lui lisait de nombreux passages, l'avaient un peu rassuré cependant. Ma physionomie pouvait seule lui dire si mes sentiments étaient de la nature ou de l'art dans ces lettres, car le style peut mentir, le visage jamais.

Le vieillard m'examina avec cette attention un peu inquiète qu'on dérobe sous un regard un moment replié. Mais à mesure qu'il me contemplait et qu'il m'interrogeait, je voyais ce regard s'ouvrir, s'éclairer de satisfaction intérieure, s'attendrir de confiance et d'accueil, et se poser sur moi avec cette sécurité et cette caresse des yeux qui sont les paroles muettes, mais les meilleures paroles d'un premier entretien. L'ardent désir de plaire au vieillard, la timidité naturelle à un jeune homme qui sent le sort de son cœur dans le jugement qu'on va porter de lui, la crainte que cette impression ne me fût contraire, la présence de Julie qui me troublait en m'encourageant, toutes ces nuances de ma pensée lisibles dans la modestie de mon attitude et dans la rougeur de mes joues, parlèrent sans doute pour moi mieux que je n'aurais parlé moi-même. Le vieillard me prit les mains avec un geste tout à fait paternel et me dit : « Rassurez-vous, monsieur, et comptez deux amitiés, au lieu d'une, dans cette maison. Julie ne pouvait pas mieux choisir un frère, et moi-même je n'aurais pas mieux choisi. » Il me serra la main, et nous causâmes comme s'il m'eût vu depuis mon enfance, jusqu'à l'heure où un vieux serviteur vint, comme il le faisait régulièrement tous les soirs, au coup de dix heures, lui donner le bras pour le soutenir sur l'escalier et le reconduire dans son appartement.

CV

C'était une belle et charmante vieillesse, à qui l'on ne souhaitait rien que la sécurité d'un lendemain. Cette vieillesse toute désintéressée et toute paternelle ne blessait nullement le regard à côté de cette jeune femme. C'était un peu d'ombre du soir sur un épanouissement du matin. Mais on sentait que cette ombre était protectrice, et qu'elle abritait tout, sans rien flétrir de cette jeunesse, de cette innocence et de cette beauté.

Les traits de cet homme illustre étaient réguliers comme ces lignes pures des profils antiques que le temps décharne un peu sans les altérer. Ses yeux bleus avaient le regard adouci mais pénétrant d'une vue usée qui regarde à travers une brume légère. Sa bouche était fine comme un demi-mot, enjouée comme un sourire de père aux petits enfants. Ses cheveux éméchés par l'étude et par l'âge avaient la souplesse et les inflexions d'un duvet de cygne. Ses mains étaient effilées et blanches comme les mains de marbre de la statue de Sénèque mourant faisant ses adieux à Pauline. Son visage amaigri et pâli par les longs travaux de l'esprit n'avait point de rides, parce qu'il n'avait jamais eu de chair. Quelques veines bleues et épuisées de sang serpentaient seulement sur les tempes creusées. Son front, cet organe que les pensées sculptent et polissent comme la dernière beauté de l'homme, réfléchissait les lueurs du foyer. Les joues avaient cette délicatesse de peau, cette transparence de teinte d'un visage qui a vieilli à l'ombre des murs et que le vent ni le soleil n'ont jamais hâlé. Teint de femme qui efférmine, à la fin de la vie, la physionomie des vieillards. Ce teint donne quelque chose d'aérien, de fugitif et d'impalpable, comme une ombre qu'un souffle trop fort risquerait de faire envoler. Ses paroles mûres, réfléchies, enchâssées naturellement dans des phrases brèves, nettes, lumineuses, avaient la précision d'une bouche qui a beaucoup choisi, en dictant ou en écrivant, les formes de ses pensées. Il entrecoupait ces phrases de longs silences, comme pour leur donner le temps de pénétrer dans l'oreille et d'être goûtées par l'esprit de ceux qui l'écoutaient. Il les assaisonnait d'un enjouement toujours gracieux, jamais cynique. C'était comme des ailes légères dont il relevait, de temps en temps et à dessein, la conversation, pour l'empêcher de s'appesantir sous le poids trop continu des idées.

CVI

Après quelques jours, j'adorai ce sage et charmant vieillard. Si je devais vieillir, je souhaiterais de vieillir comme lui.

Une seule chose m'affligeait en le regardant, c'est qu'il s'avançait d'un pas serein vers la mort, sans croire à l'immortalité. Les sciences naturelles, qu'il avait beaucoup étudiées, avaient accoutumé son esprit à se confier exclusivement au jugement de ses sens : ce qui n'était pas palpable n'existait pas pour lui ; ce qui n'était pas calculable n'avait point d'élément de certitude à ses yeux ; la matière et le chiffre composaient pour lui l'univers ; les nombres étaient son Dieu ; les phénomènes étaient sa révélation ; la nature était sa Bible et son Évangile ; sa vertu, c'était l'instinct ; sans voir que les nombres, les phénomènes, la nature et la vertu ne sont que des hiéroglyphes écrits sur le rideau du temple, et dont le sens unanime est : Divinité.

Esprits sublimes, mais rétifs, qui montent merveilleusement de degré en degré l'escalier de la science, sans vouloir jamais franchir le dernier, qui mène à Dieu !

CVII

En peu de jours, il s'attacha à moi, il voulut me donner quelquefois, le matin, dans sa bibliothèque, des leçons des hautes sciences. Après avoir fait son illustration, elles faisaient maintenant ses délassements.

J'y venais de temps en temps. Julie y montait souvent aux mêmes heures. C'était un spectacle rare et touchant que celui de ce vieillard assis au milieu de ses livres, monument des connaissances humaines et de la philosophie dont il avait épuisé toute sa vie les pages, ouvrant les mystères de la nature et de la pensée à un jeune homme debout derrière lui, tandis qu'une femme belle et jeune comme la Béatrice du poète de Florence servait de premier disciple à ce vieillard et de condisciple à ce jeune frère. Elle apportait les livres, feuilletait les pages, marquait de son beau doigt rose les chapitres ; elle circulait à travers les sphères, les globes, les instruments, les monceaux de volumes, dans cette poussière de la science humaine ; elle ressemblait à l'âme de la nature qui se dégageait de cette poussière pour l'allumer et la faire brûler et aimer.

En peu de jours, j'avais plus appris et plus compris que dans des années de sèches et solitaires études. Les infirmités fréquentes de l'âge dans le maître interrompaient trop souvent ces entretiens et ces leçons du matin.

CVIII

Mais je continuais à venir, tous les soirs, consumer une partie de mes nuits dans l'entretien de celle qui était, à elle seule, la nuit et le jour, le temps et l'éternité pour moi. Comme je l'ai déjà dit, j'y venais au moment où les importuns quittaient son salon. Quelquefois je restais de longues heures sur le pont ou sur le quai, marchant ou m'arrêtant tour à tour, et attendant vainement que le volet intérieur s'ouvrît en plein ou à moitié pour me faire l'appel muet dont nous étions convenus.

Que de flots paresseux de la Seine, emportant avec eux sous l'arche des ponts les lueurs flottantes de la lune ou les réverbérations des fenêtres de la ville, n'ai-je pas ainsi suivis dans leur fuite ! Que d'heures et de demi-heures, frappées par le marteau des églises voisines ou lointaines, n'ai-je pas ainsi comptées, en les maudissant de leur lenteur ou en les accusant de leur précipitation ! Je connaissais le timbre de ces voix d'airain de toutes les tours de Paris.

Il y avait des jours heureux et des jours néfastes. Quelquefois je montais sans avoir attendu un seul instant. Je ne trouvais auprès d'elle que son mari, qui dépensait en récits enjoués et en douces causeries les heures qui le préparaient au sommeil. Quelquefois je n'y rencontrais qu'un ou deux amis de la maison. Ils entraient un instant, apportant la nouvelle ou l'émotion du jour. Ils donnaient à l'amitié les prémices de leur soirée, achevée ensuite dans les salons politiques. C'étaient le plus habituellement des hommes parlementaires, des orateurs éminents des deux Chambres, Suard, Bonald, Mounier, Rayneval,

Lally-Tollendal, vieillard à l'âme juvénile ; Lainé, le plus pur calque de la vertu et de l'éloquence antiques que j'aie jamais vénéré dans nos temps modernes : Romain de cœur, de langue et d'extérieur, à qui il ne manquait du Romain que la toge pour être le Caton de son temps. Je m'attachai d'une admiration et d'un respect plus tendre à cette incarnation d'un grand citoyen. M. Lainé me distingua lui-même par quelques regards et par quelques mots de prédilection. Il fut depuis mon maître. Si j'avais un jour une patrie à servir et une tribune à remplir, le souvenir de son patriotisme et de son éloquence poserait devant moi, comme un modèle, non à égaler jamais, mais à imiter de loin.

CIX

Ces hommes éminents se succédaient autour de la petite table à ouvrage. Julie était à demi couchée sur son canapé. Je me tenais respectueux et silencieux dans le coin de la chambre, loin d'elle, écoutant, réfléchissant, admirant ou désapprouvant en moi-même, mais ouvrant rarement les lèvres, à moins d'être interrogé, et ne mêlant que quelques mots timides et réservés, à demi-voix, à ces conversations.

J'ai toujours eu avec des convictions très fortes un extrême embarras à les énoncer devant ces hommes. Ils me semblaient infiniment supérieurs à moi en âge et en autorité. Le respect pour le temps, pour le génie et pour la renommée, fait partie de ma nature. Un rayon de gloire m'éblouit. Les cheveux blancs m'imposent. Un nom illustre m'incline volontairement. J'ai perdu bien souvent de ma valeur réelle à cette timidité, jamais néanmoins je ne l'ai regretté. Ce sentiment de la supériorité des autres est bon dans la jeunesse et dans tous les âges. Il élève le type auquel on veut aspirer. La confiance en soi-même est une insolence envers la nature et envers le temps. Si ce sentiment de la supériorité des autres est une illusion, c'est une illusion du moins qui grandit l'humanité. Elle vaut mieux que l'illusion qui la rapetisse. Hélas ! on la réduit assez tôt à ses justes et tristes proportions !

Ces hommes faisaient, au commencement, peu d'attention à moi. Je les voyais se pencher quelquefois vers Julie et lui demander tout bas quel était ce jeune homme. Ma physionomie pensive et l'immobilité modeste de mon attitude paraissaient les étonner et leur plaire. Insensiblement ils se rapprochaient de moi ; ils dirigeaient avec une bienveillante intention de geste quelques-unes de leurs paroles de mon côté. C'était comme un encouragement indirect à me mêler à l'entretien. Je le faisais en peu de mots pour leur exprimer ma reconnaissance. Mais je rentrais vite dans mon ombre et dans mon silence, de peur de prolonger l'entretien en le relevant. Je ne les considérais que comme le cadre d'un tableau. Le seul intérêt réel pour moi, c'était le visage, la parole et l'âme de celle que leur présence me dérobait.

CX

Aussi quelle joie intime et quels battements de cœur quand ils sortaient, quand j'entendais sous la voûte le roulement de la voiture qui emportait enfin le dernier d'entre eux ! Nous restions seuls. La nuit était avancée. La sécurité de nos heures solitaires augmentait à chaque pas de l'aiguille de la pendule qui s'approchait de minuit. On n'entendait plus que de rares voitures résonner par intervalles sur les pavés du quai, ou le ronflement du vieux concierge qui dormait sur une banquette du vestibule, au pied de l'escalier.

Nous nous regardions sans parler d'abord, comme étonnés de notre bonheur. Je me rapprochais de la table auprès de laquelle Julie travaillait à la lampe, à quelque ouvrage de femme. L'ouvrage s'échappait de ses doigts distraits. Nos regards s'épanouissaient ; nos lèvres s'ouvraient ; nos cœurs débordaient ; nos paroles, pressées comme des flots par une ouverture trop étroite, hésitaient d'abord à couler. Elles n'épanchaient que goutte à goutte le torrent de nos pensées. Nous ne pouvions choisir assez vite, dans la confusion des choses que nous avions à nous dire, celles que nous étions le plus pressés de nous révéler. Quelquefois il se faisait un long silence, par l'embarras même et par l'excès des paroles qui s'accumulaient dans nos cœurs sans pouvoir en sortir. Puis elles commençaient à couler lentement, comme ces premières gouttes qui décident la nue à se fondre et à éclater.

Ces premières paroles en appelaient d'autres qui leur répondaient. L'une entraînait l'autre, comme un enfant qui se précipite entraîne l'autre, en tombant. Elles se confondaient un moment sans ordre, sans réponse et sans suite, aucun des deux ne voulant laisser à l'autre le bonheur de le devancer dans l'expression d'un sentiment commun. Chacun des deux croyait avoir éprouvé le premier ce qu'il révélait de ses pensées, depuis l'entretien de la veille ou depuis la lettre du matin. Ce débordement tumultueux, dont nous finissions par rougir et par rire, s'apaisait enfin. Il faisait place à un calme épanchement de nos lèvres, qui répandaient ensemble ou alternativement la plénitude de leurs expressions. C'était un transvasement continu et murmurant de l'âme de l'un dans celle de l'autre, un échange sans réserve de nos deux natures. Cette innocente nudité de nos âmes restait chaste, quoique dévoilée. Elle était comme la lumière qui montre tout et qui ne souille rien. Nous n'avions à nous révéler que l'amour sans tache, qui nous purifiait en nous embrasant.

Cet amour, par sa pureté même, se renouvelait sans cesse avec les mêmes lueurs dans l'âme, les mêmes rosées sur les yeux, les mêmes saveurs virginales de premier aveu. Tous les jours étaient comme le premier jour. Tous les moments étaient semblables à cet ineffable moment où on le sent éclore en soi et se répéter dans le cœur et dans le regard d'un autre soi-même, toujours fleur, toujours parfum, toujours ivresse, parce que le fruit n'en sera jamais cueilli.

CXI

Cet amour prenait pour se traduire cette infinité de formes par lesquelles Dieu a permis à l'âme de se communiquer à l'âme, à travers la barrière transparente des sens : depuis le regard qui contient le plus de nous-mêmes dans un rayon presque intellectuel jusqu'aux paupières fermées qui semblent recueillir en nous l'image reçue, pour l'empêcher de s'évaporer ; depuis la langueur jusqu'au délire, depuis le soupir jusqu'au cri, depuis le long silence jusqu'à ces paroles intarissables qui coulent des lèvres sans pause et sans fin, paroles qui coupent l'haleine, qui lassent la langue, qu'on prononce sans les entendre soi-même, et qui n'ont au fond d'autre signification que celle d'un effort impuissant pour dire et pour redire ce qui ne peut jamais être assez dit !...

CXII

Nous avions souvent parlé ainsi des heures entières, à demi-voix, le coude sur la petite table, le visage près du visage, les deux regards presque confondus, sans nous apercevoir que l'entretien avait duré plus que la durée d'une respiration. Nous nous relevions tout étonnés que les minutes eussent couru aussi vite que nos paroles, et que l'horloge sonnât l'heure inexorable de nous séparer.

C'étaient tantôt des interrogations et des réponses sur les plus fugitives nuances de nos natures et de nos pensées ; des dialogues à voix à peine entendue ; nos haleines articulées plus que des paroles saisissables ; des confessions rougissantes de nos plus secrets et de nos plus sourds gémissements intérieurs ; des étonnements et des exclamations de bonheur, en nous découvrant des impressions semblables et répercutées l'une dans l'autre, comme la lumière dans la réverbération, comme le coup dans le contre-coup, comme la figure dans l'image. Nous nous écriions en nous levant du même élan simultané : « Nous ne sommes pas deux ! nous sommes un seul être sous deux natures qui nous trompent. Qui dira *vous* à l'autre ? qui dira moi ? Il n'y a pas *moi*, il n'y a pas *vous*, il y a *nous* !... »

Et nous retombions anéantis d'admiration sur cette conformité merveilleuse, pleurant de délices de nous sentir ainsi doubles en n'étant qu'un, ou plutôt de n'être plus qu'une âme en deux corps !

CXIII

Quelquefois, et le plus ordinairement, c'étaient des retours scrupuleusement attentifs sur tous les lieux, sur toutes les circonstances, sur toutes les heures qui avaient amené ou marqué les commencements de notre amour.

Semblables à une jeune fille qui a laissé égrener en marchant les perles précieuses de son collier et qui revient pas à pas, les yeux baissés sur son chemin, pour les retrouver et les ramasser une à une, nous ne voulions pas perdre la mémoire d'un de ces sites, d'une de ces heures, de peur de perdre en même temps la mémoire et la jouissance avare d'une seule de nos félicités. Les montagnes de la Savoie, la vallée de Chambéry ; les cascades, les torrents, le lac, les pelouses moussues, noires d'ombres, ou moirées de lueurs éparses sous les grands bras tendus des châtaigniers ; les rayons à travers les branches, le ciel entrevu par les fissures du dôme de feuillage sur nos têtes, la nappe d'azur et les voiles blanches à nos pieds, nos premières entrevues involontaires de loin, dans les sentiers de la montagne ; nos conjectures alors l'un sur l'autre, nos rencontres en voguant à contre-sens dans nos bateaux, sur le lac, avant de nous connaître ; ses cheveux noirs emportés par le vent, mon attitude indifférente, mes regards détachés de la foule ; la double énigme que nous posions ainsi perpétuellement l'un devant l'autre, et dont le mot, pour tous deux, devait être un éternel amour ; puis le jour fatal de la tempête et de l'évanouissement, la nuit de prières dans la mort et dans les larmes, le réveil dans le ciel, le retour ensemble, sous l'allée de peupliers, au clair de lune, ma main dans sa main, ses larmes chaudes senties et recueillies, les premiers mots par où s'étaient échappées nos deux âmes, le bonheur, la séparation... tout enfin !

Nous ne pouvions nous rassasier de ces détails. C'était comme si nous nous étions raconté une histoire qui n'eût pas été la nôtre. Mais qu'y avait-il donc désormais dans l'univers en dehors de nous ? Ô inépuisable curiosité de l'amour, tu n'es pas une puérile distraction de l'heure, tu es l'amour même, qui ne peut se lasser de regarder ce qu'il admire, qui ne veut pas laisser échapper une impression, un cheveu, un cil, un frisson, une rougeur, une pâleur, un soupir de ce qu'il aime, afin d'avoir une raison d'aimer davantage et de jeter avec chacun de ces souvenirs un aliment de plus dans ce foyer d'enthousiasme où il jouit lui-même de se sentir consumé !...

CXIV

Quelquefois Julie pleurait tout à coup d'une tristesse étrange. C'était de me voir condamné, par cette mort toujours cachée mais toujours présente entre nous, à n'avoir devant les yeux, en elle, qu'un fantôme de bonheur qui s'évanouirait et ne me laisserait qu'un linceul dans les mains !... Elle gémissait, elle s'accusait de m'avoir inspiré une passion qui ne pourrait jamais me rendre heureux.

« Oh ! je voudrais mourir, mourir vite, mourir jeune et encore aimée, me disait-elle. Oui, mourir ! puisque je nc puis être à la fois que l'objet et l'illusion de l'amour pour toi ! ton délire et ton supplice tout ensemble ! Ah ! c'est le plus divin des bonheurs et la plus cruelle des condamnations confondus dans la même destinée ! que l'amour me tue ! et que tu me survives pour aimer, après moi, selon ta nature et selon ton cœur ! Je serai moins malheureuse en mourant que je ne le suis en sentant que je vis de tes peines, et que je te voue à la perpétuelle mort de ta jeunesse et de ton avenir !

— Oh ! blasphème contre la suprême félicité ! lui répondis-je en posant ma main tremblante sur ses yeux pour recueillir ses larmes. Quelle vile idée vous faites-vous donc de celui que Dieu a trouvé digne de vous rencontrer, de vous comprendre et de vous aimer ? N'y a-t-il pas plus d'océans de tendresse et de bonheur dans cette larme qui tombe toute chaude de votre cœur sur ma main et que je bois comme la goutte d'une source céleste, que dans les désirs coupables où se noient les attachements vulgaires ? Dieu m'a donné à aimer en vous plus qu'une femme ; est-ce que le feu céleste dont je brûle délicieusement ne consume pas en moi tout charbon des désirs terrestres ? Ah ! Julie, prenez de vous une idée plus digne de vous-même, et ne pleurez pas sur les peines que vous croyez m'imposer. Ma vie est un continuel débordement de bonheur, une plénitude de vous seule, une paix, un sommeil dont vous êtes le rêve. Vous m'avez transformé en une autre nature ! »

CXV

Elle le croyait. Je le croyais en le disant moi-même. Je joignais les mains devant elle. Nous nous séparions, enfin, après ces entretiens, elle gardant, moi emportant, pour nous en nourrir, séparés jusqu'au lendemain, l'impression du dernier regard et le contrecoup du dernier accent qui devait nous faire vivre et attendre tout un long jour.

Je la voyais ouvrir sa fenêtre, quand j'avais passé le seuil de sa porte, s'accouder entre ses fleurs sur la barre de fer du balcon, me suivre aussi loin que la brume de la Seine laissait se dessiner mon ombre sur le pont. Je me retournais tous les huit ou dix pas, pour lui envoyer mon âme avec mon regard et mon soupir qui ne pouvaient la quitter. Il me semblait que mon être se partageait en deux : ma pensée pour revoler et habiter près d'elle, mon corps s'éloignant seul, comme un être machinal, pour regagner à pas lents, dans l'ombre des rues désertes, la porte de l'hôtel où je revenais me coucher.

CXVI

Ainsi s'écoulèrent, sans autre diversité que celle de mes études et de nos impressions, les mois délicieux de l'hiver.

Ils touchaient à leur fin. Déjà les premières splendeurs du printemps entreluisaient au sommet des toits, sur le dédale humide et obscur des rues de Paris. Mon ami V***, rappelé par sa mère, partit. Il me laissa seul dans la petite chambre où il m'avait reçu. V*** devait revenir en automne. Il avait payé ce logement pour l'année entière. Absent, il me laissait encore sa fraternelle hospitalité. Je le vis partir avec un serrement de cœur. Je n'aurai plus personne à qui parler de Julie. Mes sentiments allaient peser sur mon cœur d'un poids d'autant plus lourd que je ne les déposerais plus dans un autre cœur. Quand c'était un poids de bonheur, je pouvais encore le soulever. Mais bientôt il devint un poids d'angoisses qu'il m'était impossible de confier à personne, et encore moins à celle que j'aimais.

CXVII

Ma mère m'écrivit que les désastres inattendus de fortune et des gênes domestiques avaient frappé notre famille avec une telle âpreté du sort que la maison paternelle, autrefois si large, si ouverte et si hospitalière, était devenue une indigence relative qui forçait mon pauvre père à me retrancher la moitié de ma pension, pour suffire, avec bien de la peine, à l'entretien et à l'éducation des six autres enfants.

Il fallait donc, me disait-elle, ou me presser de trouver des moyens d'honorable existence, par mes propres efforts, à Paris, ou bien revenir sous le toit de famille et vivre, à la campagne, du pain de tous dans la médiocrité et dans la résignation. La tendresse de ma mère me consolait d'avance de cette douloureuse nécessité. Elle me faisait le tableau du bonheur qu'elle aurait à me revoir. Elle m'étalait la perspective gracieusement colorée des travaux des champs et des simples plaisirs de la vie rurale. D'un autre côté, quelques-uns des amis de jeu et de plaisir de mes premières années de désordre, tombés dans la misère, m'ayant rencontré, me rappelèrent de petites obligations que j'avais contractées envers eux et me prièrent de venir à leur secours. Ils me dépouillèrent peu à peu ainsi de la meilleure partie du trésor d'économie que j'avais amassé pour me soutenir plus longtemps à Paris. Je touchais au fond de ma petite bourse. Je songeai à tenter enfin la fortune par la renommée.

Un matin, après une violente lutte entre ma timidité et mon amour, l'amour l'emporta. Je cachai sous mon habit mon petit manuscrit relié ; il contenait les poésies, ma dernière espérance. Je m'acheminai, en hésitant et en chancelant souvent dans mon dessein, vers la maison d'un célèbre éditeur, dont le nom est associé à la gloire des lettres et de la librairie françaises : M. D***[1].

Ce nom m'attira le premier parce que, indépendamment de sa célébrité comme éditeur, M. D*** était un écrivain assez considéré alors. Il avait publié ses propres vers avec tout le luxe et tout le retentissement d'un poète qui possède les voix de sa propre renommée. Arrivé rue Jacob, à la porte de M. D***, porte tapissée de gloires, il me fallut un redoublement d'effort sur moi-même pour franchir le seuil, un autre pour monter l'escalier, un autre enfin plus violent encore pour sonner à la porte de son cabinet ; mais je voyais derrière moi le visage adoré de Julie qui m'encourageait, et sa main qui me poussait : j'osai tout.

M. D***, homme d'un âge mûr, d'une figure précise et commerciale, d'une parole nette et brève comme celle d'un homme qui sait le prix des minutes, me reçut avec politesse. Il me demanda ce que j'avais à lui dire. Je balbutiai assez longtemps ; je m'embarrassai dans ces contours de phrases ambiguës, où se cache une pensée qui veut et qui ne veut pas aboutir au fait. Je croyais gagner du courage en gagnant du temps. À la fin, je déboutonnai mon habit ; j'en tirai le petit volume : je le présentai humblement, d'une main tremblante, à M. D***. Je lui dis que j'avais écrit ces vers, que je désirais les faire imprimer pour m'attirer sinon la gloire, dont je n'avais pas la ridicule illusion, au moins l'attention et la bienveillance des hommes puissants de la littérature ; que ma pauvreté ne me permettait pas de faire les frais de cette impression ; que je venais lui soumettre mon œuvre et lui demander de la publier si, après l'avoir parcourue, il la jugeait digne de quelque indulgence ou de quelque faveur des esprits cultivés.

M. D*** sourit avec une ironie mêlée de bonté, hocha la tête, prit le manuscrit entre deux doigts habitués à froisser dédaigneusement le papier, posa mes vers sur sa table, et m'ajourna à huit jours pour me donner une réponse sur l'objet de ma visite. Je sortis.

Ces huit jours me parurent huit siècles. Mon avenir, ma fortune, ma renommée, la consolation ou le désespoir de ma pauvre mère, mon amour, enfin ma vie et ma mort étaient dans les mains de M. D***. Tantôt je me figurais qu'il lisait ces vers avec la même ivresse qui me les avait dictés sur les montagnes ou au bord des torrents de mon pays ; qu'il y retrouvait la rosée de mon âme, les larmes de mes yeux, le sang de mes jeunes veines ; qu'il réunissait les lettrés ses amis pour juger ces vers ; que j'entendais moi-même, du fond de mon alcôve, le bruit de leurs applaudissements. Tantôt je rougissais en moi-même d'avoir livré aux regards d'un inconnu une œuvre si indigne de la lumière, d'avoir dévoilé ma faiblesse et ma nudité pour un vain espoir de succès qui se changerait en humiliation sur mon front, au lieu de se convertir en joie et en or entre mes mains. Cependant l'espérance, aussi obstinée que mon indigence, reprenait le dessus dans mes rêves, et me conduisait d'heure en heure jusqu'à l'heure assignée par M. D***.

CXVIII

Le cœur me manqua en montant, le huitième jour, son escalier. Je restai longtemps debout sur le palier de la porte, sans oser sonner. Quelqu'un sortit. La porte restait ouverte : il fallut bien entrer. Le visage de M. D*** était inexpressif et ambigu comme l'oracle. Il me fit asseoir, et, cherchant mon volume enfoui sous plusieurs piles de papiers : « J'ai lu vos vers, monsieur, me dit-il ; ils ne sont pas sans talent, mais ils sont sans étude. Ils ne ressemblent à rien de ce qui est reçu et recherché dans nos poètes. On ne sait où vous avez pris la langue, les idées, les images de cette poésie : elle ne se classe dans aucun genre défini. C'est dommage, il y a de l'harmonie. Renoncez à ces nouveautés qui dépayseraient le génie français ; lisez nos maîtres, Delille, Parny, Michaud, Raynouard, Luce de Lancival, Fontanes : voilà des poètes chéris du public ; ressemblez à quelqu'un, si vous voulez qu'on vous reconnaisse et qu'on vous lise ! Je vous donnerais un mauvais conseil en vous engageant à publier ce volume, et je vous rendrais mauvais service en le publiant à mes frais. » En me parlant ainsi, il se leva et me rendit le manuscrit. Je ne cherchai point à contester avec la destinée ; elle parlait pour moi par la bouche de cet oracle. Je remis le volume sous mon habit, je remerciai M. D***, je m'excusai du temps que je lui avais fait perdre, et je descendis, les jambes brisées et les yeux humides, les marches de l'escalier.

Ah ! si M. D***, homme bon, sensible, patron des lettres, avait pu lire au fond de mon cœur et comprendre que ce n'était ni la fortune ni la gloire que venait mendier, son œuvre à la main, ce jeune inconnu, mais que c'était l'amour et la vie que je lui demandais, je suis convaincu qu'il aurait imprimé le volume. Son cœur, au moins, lui en aurait rendu le prix !

CXIX

Je rentrai désespéré dans ma chambre. L'enfant et le chien s'étonnèrent, pour la première fois, des ténèbres de ma physionomie et de l'obstination de mon silence. J'allumai le poêle, j'y jetai feuille à feuille le volume tout entier, sans en sauver une page : « Puisque tu n'es pas bon à m'acheter un jour de vie et d'amour, m'écriai-je sourdement en le voyant brûler, que m'importe que l'immortalité de mon nom se consume avec toi ! Mon immortalité, ce n'est pas la gloire, c'est mon amour ! »

Le même soir, je sortis à la nuit tombante : je vendis le diamant de ma pauvre mère. Je l'avais gardé jusque-là, dans l'espoir d'en racheter le prix par mes vers et de lui rapporter son anneau intact. Je baisai furtivement et je mouillai de larmes ce diamant, en le remettant au lapidaire. Le marchand parut lui-

même attendri ; il comprit bien que je n'avais pas dérobé ce diamant, à la douleur que je ne pouvais dissimuler en le lui remettant. En comptant les trente louis qu'il m'en donna, mes doigts laissèrent tomber cet or, comme s'il eût été le prix d'une profanation. Oh ! combien de diamants d'un prix vingt fois supérieur n'aurais-je pas donnés souvent depuis[1] pour racheter ce même diamant, ce diamant unique pour moi, un morceau du cœur de ma mère !... Cet anneau, à quel doigt aura-t-il passé ?...
....
....

CXX

Mais le printemps était venu. Les Tuileries couvraient, le matin, les oisifs de l'ombre verte des feuilles et de la neige odorante des marronniers. Du haut des ponts, j'apercevais, au-delà de l'horizon de pierre de Chaillot et de Passy, les longues lignes ondulées et verdoyantes des collines de Fleury, de Meudon et de Saint-Cloud. Ces collines semblaient sortir comme des îles de solitude et de fraîcheur de cet océan de craie ; elles me rappelaient les images, les souvenirs et les soifs de la nature que je venais d'oublier six mois. Le soir, la lune flottait avec ses scintillements sur les ondes tièdes de la rivière. L'astre rêveur ouvrait, à l'extrémité du lit de la Seine, des avenues lumineuses et des perspectives fantastiques, ou l'œil allait se perdre dans des paysages de vapeur et d'ombre. L'âme y suivait involontairement les yeux. Les devantures des boutiques, les balcons et les fenêtres des quais étaient couverts de vases de fleurs ;

elles répandaient leurs parfums jusque sur la tête des passants. Aux coins des rues et au bout des ponts, les bouquetières, assises derrière un rideau de plantes épanouies, agitaient des branches de lilas, comme pour embaumer la ville. Dans la chambre de Julie, le foyer de la cheminée, transformé en grotte de mousse, les consoles, les tables, portaient toutes des pots de violettes, de muguets, de roses, de primevères. Pauvres fleurs dépaysées des champs ! semblables aux hirondelles entrées par étourderie dans un appartement, et qui se froissent les ailes contre les murs, en annonçant les beaux jours d'avril aux pauvres habitants des greniers.

Le parfum de ces fleurs nous portait au cœur. Nos pensées nous ramenaient naturellement, par l'impression des odeurs et des images, à cette nature au sein de laquelle nous avions été si seuls et si heureux. Nous l'avions oubliée, cette nature, tant que les jours avaient été sombres, le ciel âpre, l'horizon fermé. Reclus dans l'étroite chambre où nous étions l'un pour l'autre tout notre univers, nous ne pensions plus qu'il existât un autre ciel, un autre soleil, une autre nature en dehors de nous. Ces beaux jours entrevus à travers les toits d'une ville immense vinrent nous le rappeler. Ils nous troublèrent, ils nous attristèrent, ils nous attirèrent par d'invincibles instincts à les contempler, à les savourer de plus près dans les forêts et dans les solitudes des environs de Paris. Il nous semblait, en concevant ces désirs irrésistibles et en faisant ces projets de promenades lointaines ensemble dans les bois de Fontainebleau, de Vincennes, de Saint-Germain, de Versailles, que nous allions retrouver nos bois et nos eaux des vallées des Alpes. Nous y verrions, du moins, les mêmes soleils et les mêmes ombres ; nous y reconnaîtrions dans les branches les gémissements sonores des mêmes vents.

CXXI

Le printemps, qui rendait la limpidité au ciel et la sève aux plantes, rendait aussi une jeunesse plus palpitante et plus pleine au cœur de Julie. Les teintes de ses joues étaient plus vives, les rayons de ses yeux plus bleus et plus pénétrants. Sa parole avait plus d'émotion dans l'accent ; sa langueur avait plus de soupirs ; sa démarche, plus d'élans et d'enfance dans les attitudes. Une fièvre de vie l'agitait jusque dans l'immobilité de sa chambre. Cette douce fièvre pressait les paroles sur ses lèvres ; elle donnait des inquiétudes à ses pieds sur le parquet. Le soir Julie laissait ses rideaux ouverts, elle allait à chaque instant s'accouder à sa fenêtre pour aspirer la fraîcheur de l'eau, les rayons de la lune, les bouffées d'air végétal qui, en suivant la vallée de Meudon, arrivaient attiédies jusque dans les appartements du quai.

« Oh ! donnons, lui dis-je, quelques jours de fête à nos âmes, au milieu de tous nos jours de bonheur ! Nous, les plus sensibles et les plus reconnaissants de tous ces êtres pour lesquels Dieu ranime sa terre et ses cieux, ne soyons pas les seuls pour lesquels il les ranime en vain. Plongeons-nous ensemble dans cet air, dans ces lueurs, dans ces herbes, dans ces rameaux, dans cet océan de végétation et d'animation qui inonde en ce moment la terre ! Allons voir si rien n'a vieilli d'un jour, dans les œuvres de sa création, si rien n'a baissé d'une onde ou d'une note dans cet enthousiasme qui chantait, gémissait, aimait et criait en nous sur les montagnes ou sur les vagues de la Savoie !

— Oh oui ! allons, dit-elle, nous ne sentirons pas plus, nous n'aimerons pas mieux, nous ne bénirons pas autrement ; mais nous aurons rendu un coin de la terre et du ciel de plus témoin du bonheur de deux pauvres êtres. Ce temple de notre amour qui n'était que sur ces montagnes tant aimées sera partout où j'aurai marché et respiré avec vous ! »

CXXII

Le vieillard encouragea ces courses dans les belles forêts autour de Paris. Il avait l'espoir, entretenu par les médecins, que l'air végétal, le contact du soleil qui vivifie tout, et un exercice modéré en pleins champs, raffermiraient la délicatesse maladive des nerfs de Julie, et donneraient de l'élasticité à son cœur.

Tous les jours de soleil, pendant cinq semaines du premier printemps, je venais la prendre à sa porte, au milieu du jour. La voiture dans laquelle nous montions était fermée, afin d'éviter les regards et les observations légères que les passants de sa connaissance ou les inconnus auraient pu faire, en voyant une si ravissante jeune femme seule avec un homme de mon âge. Je ne lui ressemblais pas assez pour passer pour son frère. Nous descendions de voiture à l'entrée des grands bois, au pied des collines, aux portes des parcs des alentours de Paris. Nous cherchions à Fleury, à Meudon, à Sèvres, à Satory, à Vincennes, les plus longues et les plus solitaires allées tapissées d'herbes en fleur que le sabot des chevaux ne foule jamais, excepté les jours de chasse royale.

Nous n'y rencontrions que quelques enfants ou quelques pauvres femmes qui creusaient la terre avec leur couteau pour y cueillir les chicorées. De temps en temps une biche effrayée bruissait dans les feuilles et franchissait l'allée en s'enfonçant, après nous avoir regardés, dans les taillis. Nous marchions en silence, tantôt l'un précédant l'autre, tantôt sa main passée sous mon bras. Nous parlions de l'avenir, du bonheur de posséder à soi seul un de ces milliers d'arpents inhabités, avec une petite maison de garde, sous un de ces vieux chênes. Nous rêvions tout haut. Nous cueillions des violettes ou des pervenches. Nous en faisions des hiéroglyphes échangés entre nous. Conservées dans des feuilles lisses d'ellébore, nous attachions à ces lettres de fleur tel sens, tel souvenir, tel regard, tel soupir, telle prière. Nous nous réservions de les relire, quand nous serions séparés. Elles devaient nous rappeler à jamais ce que nous voulions ne jamais perdre de nos délicieux entretiens.

Nous nous asseyions à l'ombre, au bord de l'allée. Nous ouvrions un livre, nous essayions de lire ; nous ne pouvions jamais aller au bout de la page. Nous aimions mieux lire en nous-mêmes les pages inépuisables de nos propres impressions. J'allais chercher du lait et du pain bis dans quelque ferme voisine. Nous mangions sur l'herbe en jetant le reste de la coupe aux fourmis, les miettes du pain aux petits oiseaux. Nous rentrions, au coucher du soleil, dans l'océan tumultueux de Paris ; le bruit et la foule nous serraient le cœur. Je remettais Julie, ivre du jour, à sa porte. Je rentrais épuisé de bonheur dans ma chambre vide ; j'en frappais les murs pour qu'en s'écroulant ils me rendissent la lumière, la nature et l'amour dont ils me privaient. Je dînais sans goût. Je lisais sans comprendre. J'allumais ma lampe ; j'attendais, en comptant les heures, que la soirée fût assez avancée pour oser retourner à sa porte et redemander à la nuit les entretiens de la matinée.

CXXIII

Nous recommencions les mêmes courses le lendemain. Ah ! combien de troncs d'arbres sont marqués pour moi, dans ces forêts, sur la racine ou sur l'écorce, d'un signe de mon couteau qui me les fera à jamais reconnaître[1] ! Ce sont ceux dont elle goûta l'ombre ; ceux au pied desquels elle respira un flot de vie, un rayon de soleil ou une bouffée de l'odeur des bois. Le passant les voit, ces arbres, sans se douter qu'ils sont pour quelqu'un la colonne d'un temple dont l'adorateur est sur la terre et dont la divinité est au ciel. Je vais encore les visiter une ou deux fois chaque printemps, aux anniversaires de ces promenades. Quand la cognée les abat, il me semble qu'elle me frappe moi-même et qu'elle emporte un morceau de mon cœur !

CXXIV

Il y a au sommet le plus élevé et le plus habituellement isolé du parc de Saint-Cloud, à l'endroit où le dos de la colline s'arrondit pour s'incliner en deux pentes contraires, l'une vers le vallon de Sèvres, l'autre vers le creux du château, un carrefour composé du croisement de trois longues allées. Là, ces allées se rencontrent et forment en se rencontrant une large pelouse vide. L'œil y découvre de loin le rare promeneur qui viendrait en troubler, le matin, la sécurité.

Ce promontoire de colline domine la plaine d'Issy, le cours de la Seine et la route de Versailles. Encaissé par les trois langues de forêts qui s'avancent en triangles entre les allées, noyé sous les longues ombres des arbres qui l'entourent, il ressemble au bassin arrondi d'un lac dont les arbres et les feuillages seraient les flots. Si l'on regarde vers le vallon de Sèvres, on n'a pour perspective qu'une large et longue pelouse en pente. Cette pelouse descend rapidement vers le cours de l'eau, comme une cascade de foin vert ondulé sur sa tige par le vent. La pente va se perdre au fond du vallon dans des masses noires de taillis peuplés de chevreuils. Par-dessus ces taillis on voit, de l'autre côté de la Seine, les grands toits d'ardoise bleuâtre et la cime des parcs majestueux de Meudon qui se découpent sur le ciel d'été. C'est sur ce promontoire, où l'on jouit à la fois de l'élévation d'un cap, du silence et de l'abri d'un vallon, et de la solitude d'un désert, que nous venions souvent nous asseoir. La poitrine y respire mieux. L'oreille y plonge dans plus de recueillement. L'âme y prend de plus haut son vol par dessus les horizons de la vie.

CXXV

Nous y montâmes, une des premières matinées du mois de mai. C'est l'heure où l'immense forêt n'a pour hôtes que les daims ; ils viennent bondir dans ses allées désertes. Quelques rares gardes-chasse les traversent comme un point noir, à l'extrémité des horizons. Nous nous assîmes sous le septième arbre qui forme le demi-cercle concave du carrefour, en face de la pelouse de Sèvres. Il y a des siècles dans la charpente vivante de ce chêne et dans les coudures de ses rameaux. Ses racines, en se gonflant de sève pour nourrir et pour porter son tronc, ont fait éclater la terre à ses pieds et l'entourent d'un talus de mousse ; cette mousse forme un banc naturel dont le chêne lui-même est le dossier, et dont ses feuilles basses sont le dais.

La matinée était aussi transparente que l'eau de la mer au lever du soleil sous un cap verdoyant des îles de l'Archipel. Les rayons d'un printemps déjà chaud tombaient d'un ciel limpide sur la colline boisée. Ces rayons ressortaient des taillis en haleines tièdes comme les vagues dorées de soleil qui viennent mourir dans l'ombre au pied des baigneuses. On n'entendait d'autre bruit que la chute de quelques feuilles sèches de l'hiver précédent. Elles tombaient, aux pulsations de la sève, au pied de l'arbre, pour faire place aux feuilles nouvelles à peine développées. Des vols d'oiseaux se froissaient les ailes contre les branches, autour des nids ; l'oreille percevait un vague, un universel bourdonnement d'insectes ivres de lumière, sortant et rentrant comme une poussière, à la moindre ondulation des foins en fleur.

CXXVI

Il y avait une telle consonance entre notre jeunesse et cette jeunesse de l'année et du jour, une si complète harmonie entre cette lumière, cette chaleur, cette splendeur, ces silences, ces légers bruits, cette ivresse pensive de la nature et nos propres impressions ; nous nous sentions si délicieusement confondus dans cet air, dans ce firmament, dans cette vie, dans cette paix de l'œuvre de Dieu autour de nous ; nous nous possédions si parfaitement l'un l'autre dans cette solitude, que nos pensées et nos sensations surabondantes mais satisfaites se suffisaient. Elles n'avaient pas même la fatigue intérieure de chercher des paroles pour s'exprimer. Nous étions comme le vase plein, où la plénitude même rend la liqueur immobile. Rien de plus ne pouvait tenir dans nos cœurs ; mais nos cœurs étaient assez grands pour tout contenir. Rien ne cherchait à s'en échapper. À peine nous eût-on entendus respirer.

Nous restâmes ainsi muets et immobiles l'un à côté de l'autre, assis sur les racines du chêne, les mains sur nos yeux, la tête dans nos mains, les pieds dans le rayon sur l'herbe, l'ombre sur nos fronts. Mais quand je relevai ma tête, l'ombre avait déjà reculé devant nous, sur le gazon, de toute la largeur du pli de la robe de Julie.

Je la regardai. Elle releva son visage, comme par la même impulsion qui m'avait fait relever le mien. Elle me regarda, et, sans pouvoir me dire une parole, elle fondit tout à coup en pleurs.

« De quoi pleurez-vous ? lui dis-je avec une inquiète émotion, mais à demi-voix, de peur de troubler et de détourner ses muettes pensées.

— De bonheur ! » me répondit-elle.

Elle souriait des lèvres, pendant que de grosses larmes coulaient et brillaient comme une rosée de printemps sur ses joues.

« Oh ! oui, de bonheur, reprit-elle ; ce jour, cette

heure, ce ciel, ce site, cette paix, ce silence, cette solitude avec vous, cette complète fusion de nos deux âmes qui n'ont plus besoin de se parler pour se comprendre, c'est trop ! c'est trop pour une nature mortelle, que l'excès de joie peut étouffer comme l'excès de douleur, et qui, n'ayant plus même un cri dans la poitrine, gémit de ne pouvoir gémir et pleure de ne pouvoir assez remercier !... »

Elle s'arrêta un moment. Ses joues se colorèrent. Je tremblai que la mort ne la cueillît dans son épanouissement. Sa voix me rassura bientôt.

« Raphaël ! Raphaël ! s'écria-t-elle avec une solennité d'accent qui m'étonna, et comme si elle m'eût annoncé une grande nouvelle longtemps et péniblement attendue : Raphaël ! il y a un Dieu !

— Et qui vous l'a enfin révélé mieux aujourd'hui que tout autre jour ? lui dis-je.

— L'amour !... me répondit-elle en levant lentement vers le ciel les globes de ses beaux yeux mouillés ; oui, l'amour dont je viens de sentir les torrents couler dans mon cœur avec des murmures, des jaillissements et des plénitudes que je n'avais pas encore éprouvés avec la même force et avec la même paix. Non, je ne doute plus, continua-t-elle avec un accent où la certitude se mêlait à la joie ; la source d'où peut couler dans l'âme une telle félicité ne peut être sur la terre, cette source ne peut s'y perdre après en avoir jailli ! Il y a un Dieu ! il y a un éternel amour dont le nôtre n'est qu'une goutte. Nous irons la confondre ensemble dans l'océan divin où nous l'avons puisée. Cet océan, c'est Dieu ! Je l'ai vu, je l'ai senti, je l'ai compris en ce moment par mon bonheur ! Raphaël ! ce n'est plus vous que j'aime ! ce n'est plus moi que vous aimez ! c'est Dieu que nous adorons désormais l'un et l'autre ! vous à travers moi ! moi à travers vous ! vous et moi à travers ces larmes de béatitude qui nous révèlent et qui nous cachent à la fois l'immortel foyer de nos cœurs !... Périssent, ajouta-t-elle avec plus d'ardeur de regard et d'accent, périssent les vains noms que nous avons jusqu'ici donnés à nos entraînements l'un vers l'autre ! Il n'y en a plus qu'un qui l'exprime : c'est celui qui vient enfin de se révéler à moi dans vos yeux : Dieu ! »

Nous nous levâmes dans un élan d'enthousiasme. Nous bénîmes l'arbre et les racines sur lesquelles nous nous étions assis et les rameaux pour l'inspiration qui était descendue sur nous. Et nous lui donnâmes un nom, nous l'appelâmes l'arbre de l'adoration !

Nous descendîmes à pas lents la rampe de Saint-Cloud pour rentrer dans le bruit de Paris. Julie y rentrait avec la foi et le sentiment de Dieu trouvés enfin dans sa félicité ; moi avec la joie de lui savoir au cœur cette source intérieure de consolation, d'espérance et de paix !

CXXVII

En peu de temps, les dépenses que j'étais forcé de faire, et dont je cachais la gêne à Julie, pour l'accompagner ainsi presque tous les jours à la campagne, avaient tellement diminué le produit de la vente du dernier diamant de ma mère, qu'il ne me restait plus que dix louis. Je tombais dans des accès de désespoir en comptant, le soir, le petit nombre de jours heureux que me représentait cette faible somme. J'aurais rougi d'avouer l'excès de mon indigence à celle que j'aimais. Peu riche elle-même, elle aurait voulu me donner tout ce qu'elle possédait. Mes rapports avec elle en eussent été dégradés à mes yeux. J'aimais mieux mon amour que la vie, mais j'aurais mieux aimé mourir que d'avilir mon amour.

La vie sédentaire que j'avais menée tout l'hiver, dans l'obscurité de mon alcôve, l'obstination de mes études le jour, la tension d'une seule pensée, l'absence de sommeil la nuit, et par dessus tout l'épuisement moral que le perpétuel débordement des forces de l'âme fait éprouver à un corps trop faible pour suffire à une extase continue de dix mois, avaient miné mon organisation. Je n'étais plus, sous un visage pâle et amaigri, qu'une flamme brûlant sans aliment. Cette flamme menaçait de consumer son propre foyer.

Julie me conjurait d'aller respirer l'air natal et de la quitter aux dépens même de son bonheur. Elle m'envoyait son médecin pour ajouter l'autorité de l'art aux supplications de l'amour.

Ce médecin ou plutôt cet ami, le docteur Alain[1], était un de ces hommes de bénédiction, dont la physionomie semble apporter un reflet du ciel dans la mansarde des pauvres qu'ils viennent visiter. Souffrant lui-même d'une maladie de cœur, suite d'une passion mystérieuse et pure pour une des plus belles femmes de Paris, possesseur d'une petite fortune suffisante à la sobriété de sa vie et à ses charités, homme d'une piété tendre, active, tolérante, il n'exerçait sa profession que pour quelques amis et pour les indigents. Sa médecine n'était que de l'amitié ou de la charité en action. Cette profession est si belle, quand elle n'est pas cupide, elle exerce tant la sensibilité humaine, qu'en commençant comme une profession elle finit souvent comme une vertu. La médecine était devenue pour le pauvre docteur Alain plus qu'une vertu, la passion de soulager les misères de l'âme et du corps. Ces misères se tiennent quelquefois de si près ! Alain portait Dieu là où il portait la vie. Il faisait resplendir la sérénité et l'immortalité jusque dans la mort !

Je l'ai vu mourir lui-même, quelques années après, de cette mort des bons et des justes ; il en avait fait l'apprentissage au chevet de tant de mourants ! Cloué pendant six mois d'agonie sans mouvement sur sa couche, il comptait de l'œil les heures qui le séparaient de l'éternité. Une petite pendule était suspendue au pied de son lit. Il tenait entre ses mains jointes sur sa poitrine un crucifix, modèle de patience. Ses regards ne quittaient plus ce céleste ami, comme si son entretien eût été au pied de la croix. Quand il souffrait au-delà de ses forces, il demandait qu'on approchât un moment le crucifix de sa bouche, et ses plaintes se confondaient avec ses bénédictions. Il s'endormit enfin dans ses espérances et dans le bien qu'il avait fait. Il avait chargé les pauvres et les malades de porter devant lui son trésor accumulé en œuvres au Dieu des miséricordieux. Il mourut, sans laisser d'héritage, dans une mansarde, sur un grabat. Les pauvres portèrent son corps. Ils lui donnèrent à leur tour la sépulture de la charité dans la terre commune. Ô sainte âme ! que je vois encore briller d'ici sur ce visage de bonté et de satisfaction intérieure, tant de vertu n'eût-elle été qu'un mensonge pour toi ? te serais-tu évanouie comme le reflet de ma lampe sur ton portrait, quand ma main retire la lueur qui m'aide à te contempler ? Non, non, Dieu est fidèle ! Il ne t'aurait pas trompé, toi qui n'aurais pas voulu tromper un enfant !

CXXVIII

Le médecin s'attacha à moi du plus tendre intérêt. On eût dit que Julie lui avait communiqué une partie de sa tendresse. Il comprit bien mon mal, sans me laisser voir qu'il le comprenait. Il se connaissait trop en passion morale, pour ne pas en saisir les symptômes en nous. Il m'ordonna de partir sous peine de mort. Il me fit imposer par Julie son propre arrêt. Il lui communiqua ses craintes. Il emprunta la tendre autorité de l'amour pour m'arracher à l'amour. Il adoucit la séparation par l'espérance. Il m'ordonna d'aller d'abord quelque temps dans ma famille, puis de retourner aux bains de Savoie, où Julie me rejoindrait, pour sa santé, au commencement de l'automne. Il dénoua ainsi, pour nous sauver tous deux, une étreinte qui allait nous étouffer dans une même mort. Je consentis enfin à partir le premier. Julie jura qu'elle me suivrait de près. Hélas ! ses larmes, sa pâleur, le tremblement de ses lèvres, le juraient mieux que ses serments. Il fut convenu que je quitterais Paris aussitôt que mes forces me permettraient de voyager. Le 18 mai fut le jour fixé pour mon départ.

Une fois la séparation si rapprochée résolue, nous comptâmes les minutes pour des heures et les heures pour des jours. Nous aurions voulu accumuler et concentrer les années dans une seconde pour disputer et enlever d'avance au temps le bonheur dont nous allions nous sevrer pendant l'absence. Ces jours furent de délices, mais aussi d'angoisse et d'agonie. Nous sentions dans chaque entrevue, dans chaque regard, dans chaque mot, dans chaque serrement de main, le froid du lendemain qui approchait. De tels bonheurs ne sont plus des bonheurs, ce sont des tortures du cœur et les supplices de l'amour.

Nous consacrâmes à nos adieux toute la journée qui précéda le jour de mon départ. Nous voulions nous faire cet adieu, non dans l'ombre des murs qui étouffent l'âme, et sous l'œil des importuns, qui refoule le cœur, mais sous le ciel, dans le grand air, dans la lumière, dans la solitude et dans le silence. La nature s'associe à toutes les sensations de l'homme. Elle les comprend, elle semble les partager comme un confident invisible. Elle y compatit pour les recueillir et pour les diviniser !

CXXIX

Le matin de ce jour, une voiture que j'avais louée jusqu'au soir nous emportait. Les glaces étaient baissées, les rideaux fermés. Nous traversions les rues presque désertes des quartiers élevés de Paris qui aboutissent au parc enceint de hautes murailles de Monceaux. Ce jardin, alors exclusivement réservé aux promenades des princes qui le possédaient, ne s'ouvrait que sur la présentation de cartes d'entrée qu'on ne distribuait qu'avec une parcimonie extrême à quelques étrangers ou à quelques voyageurs curieux de ce chef-d'œuvre de végétation. J'avais obtenu de ces cartes privilégiées par un des amis de la jeunesse de ma mère, attaché à la maison de ces princes. J'avais choisi cette solitude, parce que je savais que les maîtres étaient absents, que les entrées étaient suspendues, et que les jardiniers eux-mêmes en seraient éloignés pour célébrer un jour de fête et de loisir.

Ce magnifique désert planté de bocages, entrecoupé de prairies, arrosé d'eaux courantes, ou d'étangs dormants, poétisé de monuments, de colonnes, de ruines factices, images du temps où l'art a imité la vieillesse des pierres, et dont les lierres rongent les débris, ne devait avoir d'autres hôtes, ce jour-là, que les rayons, les insectes, les oiseaux et nous ! Hélas ! jamais ses gazons et ses feuilles ne devaient être arrosés de plus de larmes !

Plus le ciel était tiède et resplendissant, plus les ombres et la lumière se combattaient délicieusement sur l'herbe, aux haleines du vent d'été, comme l'ombre des ailes d'un oiseau qui en poursuit un autre ; plus les rossignols lançaient de notes ivres et balbutiantes dans l'air sonore ; plus les eaux réfléchissaient nettement dans leur miroir poli les muguets, les marguerites et les pervenches bleues renversées qui tapissaient les talus de leurs lits ; plus cette gaieté nous était triste, et plus cette sérénité lumineuse d'une matinée de printemps contrastait avec le nuage sombre qui pesait sur nos cœurs. En vain nous cherchions à nous tromper un moment nous-mêmes en nous récriant sur la beauté du paysage, sur l'éclat des fleurs, sur les parfums de l'air, sur l'épaisseur de l'ombre, sur le recueillement de ces sites qui auraient suffi à abriter le recueillement d'un monde d'amour. Nous y jetions, par complaisance, un regard distrait ; mais ce regard retombait bien vite sur le sol. Nos voix, en répondant par de vaines formules de joie et d'admiration, trahissaient le vide des mots et l'absence de nos pensées : elles étaient ailleurs !

En vain aussi nous nous assîmes tour à tour au pied des lilas les plus embaumés, sous les bras verts des plus beaux cèdres, sur les tronçons cannelés des colonnes les plus ensevelies dans le lierre, au bord des eaux les plus recueillies dans la pelouse de leurs bassins, pour y passer les longues heures du dernier entretien. À peine avions-nous choisi un de ces sites qu'une vague inquiétude nous forçait à le quitter pour en chercher un autre. Ici l'ombre, là la lumière, plus loin le bruit importun de la cascade, ou l'obstination du rossignol à chanter sur nos têtes, nous rendaient toute cette volupté amère et tout ce spectacle odieux. Quand le cœur est douloureux dans la poitrine, la nature entière nous fait mal. L'Éden lui-même serait un supplice de plus, s'il était la scène de la séparation de deux amants.

Enfin, lassés d'errer sans trouver un abri contre nous-mêmes depuis plusieurs heures, nous finîmes par nous asseoir auprès d'un petit pont sur un ruisseau ; nous étions assis un peu loin l'un de l'autre, comme si le bruit même de nos respirations nous eût été importun, ou comme si nous eussions voulu par instinct nous dérober l'un à l'autre le sourd murmure des sanglots intérieurs que nous sentions prêts à éclater dans nos poitrines.

Nous regardâmes longtemps avec distraction l'eau verdâtre et huileuse. Elle s'engouffrait lentement sous l'arche du petit pont ; elle entraînait tantôt une blanche feuille de muguet tombée du bord, tantôt un nid vide et cotonneux d'oiseau, que le vent avait secoué de l'arbre. Tout à coup, nous vîmes flotter, les ailes immobiles et renversées, le corps d'une pauvre petite hirondelle de printemps. Elle s'était noyée sans doute en buvant dans cette coupe avant que ses ailes fussent assez fortes pour la soutenir. Elle nous rappela une hirondelle qui était tombée un jour morte à nos pieds du haut de la tour démantelée du vieux château, au bord du lac, et qui nous avait attristés comme un présage. L'oiseau mort passa lentement devant nous, et la nappe, sans faire un pli, le roula et l'engouffra peu à peu sous la nuit profonde de l'arche du pont. Quand le corps de l'oiseau eut disparu, nous vîmes une autre hirondelle passer et repasser cent fois sous l'arche en jetant de petits cris de détresse et en froissant ses ailes contre la charpente du cintre. Nous nous regardâmes involontairement. Je ne sais ce que dirent nos deux regards en se rencontrant, mais ce désespoir d'un pauvre oiseau trouva nos paupières si pleines et nos cœurs si prêts à se rompre, que nous détournâmes tous deux au même instant nos visages et que nous éclatâmes en sanglots. Une larme en entraînait une autre, une pensée une autre pensée, un présage un autre présage, un sanglot un autre sanglot. Nous essayâmes quelquefois de nous parler, mais l'accent brisé de la voix de l'un brisait davantage la voix de l'autre ; nous finîmes par céder à la nature et par verser en silence, pendant les heures que l'ombre seule mesurait, tout ce qu'il y avait de larmes dans nos sources intérieures. L'herbe s'en imbiba, le vent les essuya, la terre les but, les rayons du soleil les enlevèrent. Il ne restait plus une goutte d'angoisse dans nos deux âmes, quand nous nous relevâmes l'un devant l'autre, presque sans nous voir, à travers le nuage de nos yeux.

Ce furent nos adieux : une image funèbre, un océan de larmes, un éternel silence. Nous nous séparâmes ainsi, sans nous regarder davantage, de peur de tomber à la renverse sous le contrecoup de ce regard. Ce jardin délaissé de notre amour et de notre adieu ne reverra jamais la trace de mes pas.

CXXX

Le lendemain, je roulais anéanti et silencieux, la tête enveloppée dans mon manteau, entre cinq ou six inconnus qui s'entretenaient gaiement de la qualité du vin et du prix du dîner d'auberge, dans une de ces voitures banales où s'entassent les voyageurs. C'était sur les collines nues de la route du Midi. Je n'ouvris pas les lèvres une seule fois, pendant ce long et morne voyage.

Ma mère me reçut avec cette tendresse sereine et résignée qui rendait le malheur même presque heureux près d'elle. Je ne lui rapportais qu'un corps malade, des espérances consumées, une mélancolie qu'elle attribuait à la jeunesse oisive, à l'imagination sans aliment, mais dont je lui cachai soigneusement la véritable cause, de peur d'ajouter à ses peines une peine irrémédiable de plus.

Je passai l'été seul, au fond d'une vallée déserte, dans d'âpres montagnes où mon père avait une petite métairie cultivée par une famille de laboureurs. Ma mère m'y avait envoyé et confié aux soins de ces braves gens pour y prendre l'air et le lait. Mon unique occupation fut de compter les jours qui me séparaient du moment où je devais aller attendre Julie dans notre chère vallée des Alpes.

Ses lettres que je recevais et auxquelles je répondais tous les jours entretenaient ma sécurité. Elles dissipaient, par l'enjouement et par les caresses de mots, le nuage de pressentiments sinistres que nos adieux avaient laissé sur mon âme. De temps en temps, quelque phrase de découragement et de tristesse jetée ou involontairement oubliée parmi ces perspectives de bonheur, comme une feuille morte au milieu des feuilles vertes du printemps, me paraissait bien un peu en contradiction avec le calme et la fleur de santé dont elle me parlait. Mais j'attribuais ces rares dissonances à quelques ombres de souvenir ou à quelque impatience de la lenteur des jours, ombres qui auraient apparemment traversé la page pendant qu'elle m'écrivait.

L'air élastique des montagnes, le sommeil la nuit, les courses le jour, le travail du corps dans le jardin et dans les prés de la métairie de mon père, par-dessus tout l'approche de l'automne et la certitude de revoir bientôt celle qui portait ma vie dans son regard, m'avaient promptement rétabli. Il ne me restait d'autre trace de souffrances qu'une mélancolie douce et pensive répandue sur mes traits ; c'était comme une brume sur une matinée d'été, un silence qui semblait contenir un mystère, un instinct de solitude qui faisait croire aux paysans superstitieux de la montagne que je m'entretenais avec les génies des bois.

Toute ambition était abattue en moi par mon amour. J'avais accepté ma pauvreté et mon obscurité sans retour pour toute ma vie. La résignation religieuse et sereine de ma mère s'était insinuée dans mon esprit avec ses saintes et douces paroles. Je ne formais plus d'autre rêve que celui de travailler, dix à onze mois de l'année, de la main ou de la plume ; d'amasser ainsi assez d'économies pour aller passer un mois ou deux auprès de Julie tous les ans ; puis, si le vieillard son appui venait à lui manquer, de me consacrer en esclave à son service[1], comme Rousseau à madame de Warens, de nous abriter dans quelque chaumière écartée de ces montagnes, ou dans un des chalets connus de notre Savoie, d'y vivre d'elle, comme elle y vivrait de moi, sans me retourner pour regretter ce monde vide, et sans demander à l'amour même d'autre récompense que le bonheur d'aimer !...

CXXXI

Une seule chose me rappelait quelquefois rudement de cette région de mes rêves, c'était la gêne cruelle dans laquelle la maison paternelle était tombée à la suite des dépenses perdues faites pour moi. Des récoltes avaient manqué plusieurs années de suite, des accidents de fortune avaient changé presque en détresse l'humble médiocrité de mes parents. Chaque fois que j'allais, le dimanche, voir ma mère, elle me découvrait ses embarras et versait devant moi des larmes ; elle les cachait à mon père et à mes sœurs. J'étais tombé moi-même alors dans un extrême dénuement. Je ne vivais, dans la petite métairie, que du pain noir, du laitage et des œufs de la basse-cour. Je vendais secrètement et successivement à la ville tout ce que j'avais rapporté de hardes et de livres de Paris, afin d'avoir de quoi payer les ports des lettres de Julie, pour lesquelles j'aurais vendu des gouttes de mon sang.

Cependant le mois de septembre touchait à sa fin. Julie m'écrivait que des inquiétudes sur la santé de son mari, qui s'affaiblissait de jour en jour (ô pieuse fraude de l'amour pour déguiser ses propres maux et m'enlever mes propres soucis !), la retenaient plus longtemps qu'elle n'avait cru à Paris. Mais elle m'engageait à partir sans délai moi-même et à aller l'attendre en Savoie. Elle m'y rejoindrait, sans faute, vers la fin d'octobre[1].

Cette lettre était pleine de recommandations de la plus tendre sœur pour un frère chéri. Elle me conjurait et m'ordonnait, par l'autorité souveraine de son amour, de prendre garde à un mal qui couvait quelquefois sous les surfaces les plus fleuries de la jeunesse, et qui la desséchait et la tranchait tout à coup au moment où l'on croyait en avoir triomphé. Cette lettre renfermait de plus une consultation et une ordonnance de son médecin et du mien, le compatissant docteur Alain.

Cette ordonnance m'imposait, dans les termes les plus impératifs et sous les menaces les plus alarmantes, une longue saison des bains d'Aix. J'avais montré cette consultation du docteur Alain à ma mère, pour motiver mon départ. Elle en avait conçu un si grand trouble de cœur, qu'elle ne cessait de joindre ses prières aux injonctions des médecins pour me forcer à partir. Mais, hélas ! je ne pouvais trouver la faible somme strictement nécessaire à mon voyage.

Mais ma mère, en une nuit, trouva dans son cœur la ressource qu'un cœur de mère pouvait seul trouver.

CXXXII

Il y avait, à un des angles du petit jardin qui entourait de deux côtés la maison paternelle, un petit bouquet d'arbres composé de deux ou trois tilleuls, d'un chêne vert, de sept ou huit tortueuses charmilles, reste d'un bois planté depuis des siècles, et qu'on avait respecté sans doute comme le *génie du lieu*[2], quand on avait défriché la colline, bâti la maison, muré le jardin. Ces beaux arbres étaient le salon en plein air de la famille les jours d'été. Leurs bourgeons au printemps, leurs nuances en automne, leurs feuilles mortes l'hiver remplacées par le givre qu'ils portaient sur leurs vieilles branches comme des cheveux blancs, nous marquaient les saisons. Leur ombre, qui se repliait sous leur pied, ou qui s'allongeait sur la plate-bande de gazon régnant alentour, nous marquait les heures mieux qu'un cadran. Ma mère nous avait nourris, bercés, nous avait appris à marcher sous leurs feuilles. Mon père s'y asseyait, un livre à la main, au retour de la chasse, son fusil brillant suspendu à une de leurs branches, ses chiens haletants couchés près du banc. Moi-même j'y avais passé mes plus douces heures d'adolescence, avec Homère ou Télémaque ouverts sur l'herbe devant moi. J'aimais à m'y étendre sur le gazon tiède, accoudé devant le volume dont les moucherons ou les lézards me dérobaient quelquefois les lignes sous les yeux. Les rossignols y chantaient pour la maison, sans qu'on pût jamais découvrir leur nid, pas même la branche d'où éclatait leur voix. Ce bosquet était la gloire, le souvenir, l'amour de tous. L'idée de le convertir en un petit sac d'écus, qui ne donnerait ni mémoire au cœur, ni joie ni ombre à la famille, ne serait venue à personne, si ce n'est à une mère mourant d'angoisse sur la vie de son fils unique ; cette idée vint à ma mère. Avec la promptitude d'instinct et la fermeté de résolution qui la caractérisaient, craignant aussi sans doute qu'un remords ne la saisît ou que mes tendres résistances ne l'arrêtassent si elle attendait pour me consulter, elle appela les bûcherons, à son réveil, elle vit mettre la cognée aux racines en pleurant et en se détournant, pour ne pas entendre la chute et le gémissement de ces vieux abris de sa jeunesse sur le sol retentissant et nu du jardin.

CXXXIII

Quand, le dimanche suivant, en revenant à M***, je cherchai de l'œil, du haut de la montagne, le groupe d'arbres qui tachait si agréablement la colline et qui dérobait au soleil une partie du mur grisâtre de la maison, je crus rêver en n'apercevant plus à leur place qu'un monceau de troncs abattus, de branches écorcées et saignantes jonchant la terre, et le chevalet des scieurs de planches, semblable à un instrument de supplice, où la scie grinçait en fendant les arbres de ses dents. J'accourus, les bras tendus, vers le mur extérieur. J'ouvris en tremblant la petite porte du jardin… Hélas ! il ne restait plus debout que le chêne vert, un tilleul et le plus vieux des charmes, sous lesquels on avait rapproché le banc.

« C'est assez, me dit ma mère qui vint à moi en cachant ses larmes et en se jetant dans mes bras ; l'ombre d'un arbre vaut celle d'une forêt. Et puis quelle ombre me vaudrait la tienne ? Ne me reprochez rien. J'ai écrit à votre père que les arbres se couronnaient et portaient dommage au potager. C'était vrai. N'en parlons plus !… »

Puis m'entraînant dans la maison, elle ouvrit son secrétaire, et tirant un sac d'écus à demi rempli :

« Tiens, dit-elle, et pars ! Les arbres me seront assez payés si tu reviens guéri et heureux ! »

Je pris le sac en rougissant et en sanglotant. Il y avait six cents francs. Mais je résolus de le rapporter tout entier à ma pauvre mère.

CXXXIV

Je partis à pied, des guêtres de cuir aux jambes, mon fusil sur mon épaule, comme un chasseur[1]. Je n'avais pris dans le sac que cent francs ajoutés au peu que j'avais et au produit de mes dernières hardes vendues, afin de ne rien coûter à ma mère. Le prix des arbres m'aurait étouffé. Je le laissai en secret dans la métairie pour le rendre, à mon retour, à celle qui se l'était si héroïquement arraché du cœur pour moi.

Je mangeais et je couchais dans les plus humbles cabarets des villages. On me prenait pour un pauvre étudiant suisse qui rentrait de l'université de Strasbourg. On ne me demandait que la stricte valeur du pain que j'avais mangé, de la chandelle que j'avais brûlée, du grabat où j'avais dormi. Je n'avais porté qu'un livre que je lisais, le soir, sur le banc, devant la porte. C'était *Werther*[2] en allemand. Ces caractères inconnus confirmaient mes hôtes dans l'idée que j'étais un voyageur étranger.

Je traversai ainsi les longues et pittoresques gorges du Bugey. Je traversai le Rhône au pied du rocher de *Pierre-Châtel*. Le fleuve encaissé lave éternellement la base de ce roc d'une onde aussi rapide que la meule et aussi tranchante que le couteau, comme pour faire écrouler cette prison d'État qui attriste son lit de son ombre. Je gravis lentement le mont du Chat par des sentiers de chasseur de chamois. Parvenu au sommet, j'aperçus à mes pieds les vallées d'Aix, de Chambéry, celle d'Annecy, dans le lointain, et au-dessous de moi le lac taché de teintes roses par les rayons flottants du soleil du soir. Il me sembla qu'une seule figure remplissait pour moi l'immensité de cet horizon. Elle s'élevait des chalets où nous nous étions rencontrés ; du jardin du vieux médecin, dont je reconnaissais le toit pointu d'ardoises par-dessus les fumées de la ville ; des figuiers du petit donjon de Bon-Port au fond d'une anse opposée ; des châtaigniers de la colline de Tresserves ; des bois de Saint-Innocent ; de l'île de Châtillon ; des barques qui rentraient dans les rades ; de toute cette terre, de tout cet éther, de tous ces flots.

Je tombai à genoux devant cet horizon plein d'une ombre ; j'ouvris les bras et je les refermai comme si j'avais embrassé son âme en embrassant l'air qui avait passé sur toutes ces scènes de notre bonheur, sur toutes ces traces de ses pas. Je m'assis ensuite derrière un rocher couvert de buis, qui empêchait les chevriers mêmes de m'apercevoir en passant dans le sentier.

Je restai là en contemplation et en souvenirs jusqu'à ce que le soleil touchât presque aux cimes de neige de Nivolex. Je ne voulais ni traverser le lac, ni entrer dans la ville de jour. La rusticité de mon costume, l'indigence de ma bourse, la frugalité de vie à laquelle la nécessité me condamnait pour habiter quelques mois auprès d'elle, auraient paru trop étranges aux habitants et aux hôtes de la maison du vieux médecin. Tout cela contrastait trop avec l'élégance de vêtements, d'habitudes et de vie que j'y avais montrée l'année précédente. J'aurais fait rougir celle que j'aurais abordée en paraissant dans les rues comme un jeune homme qui n'avait pas même de quoi se loger dans un hôtel décent de ce séjour de luxe. Ma résolution était prise de me glisser, de nuit, dans le faubourg de chaume qui règne au bord d'un ruisseau parmi les vergers du bas de la ville.

J'y connaissais une pauvre jeune servante nommée Fanchette[1]. Elle s'était mariée l'année précédente avec un batelier. Elle avait réservé un ou deux lits dans le grenier de sa chaumière, pour y loger et pour y nourrir un ou deux pauvres malades indigents, à quelques sous par jour. J'avais fait retenir un de ces lits et une place à cette pauvre table chez la bonne servante, en lui recommandant le secret. Mon ami L***, de Chambéry, à qui j'avais écrit en lui marquant le jour de mon arrivée au bord du lac, était venu lui-même, quelques jours auparavant, prévenir Fanchette et retenir mon logement. Je l'avais prié, de plus, de recevoir à son adresse, à Chambéry, les lettres qui me seraient écrites de Paris. Il devait me les faire passer par le conducteur de carrioles qui vont perpétuellement d'une de ces villes à l'autre. Je devais me tenir renfermé, pendant mon séjour à Aix, dans la petite chambre de la chaumière du faubourg, ou dans les vergers voisins, tant que le jour durerait. Je ne sortirais qu'à la nuit tombée. Je monterais par le dehors de la ville jusqu'à la maison du vieux médecin. J'entrerais par la porte du jardin ouverte sur la campagne. Je passerais les heures solitaires du soir dans de délicieux entretiens. Je serais heureux de souffrir cette gêne et cette humiliation mille fois récompensées par ces heures bénies. Je concilierais ainsi, pensais-je en moi-même, ce que je devais de respect au sacrifice fait par ma pauvre mère et de culte à l'image que je venais adorer.

CXXXV

Par une pieuse superstition de l'amour, j'avais mesuré mes pas sur ma longue route à pied, de manière à arriver de l'autre côté du mont du Chat, à l'abbaye de Haute-Combe, le jour anniversaire de celui où le miracle de notre première rencontre et de la révélation de nos deux cœurs s'était fait dans la pauvre auberge des pêcheurs, au bord du lac. Il me semblait que les jours avaient des destinées comme les autres choses humaines, et qu'en retrouvant le même soleil, le même mois, la même date, dans le même lieu, je retrouvais une partie de celle que je regrettais. Ce serait un augure du moins de notre prochaine et longue réunion.

CXXXVI

Du bord des rampes à pic qui descendent du sommet du mont du Chat vers le lac, j'apercevais déjà, à ma gauche, les vieilles ruines et les longues ombres de l'abbaye qui se répercutent en noir sur une vaste étendue des eaux. En peu de minutes j'y étais parvenu.

Le soleil plongeait derrière les Alpes. Le long crépuscule d'automne enveloppait les montagnes, le bord et les flots. Je ne m'arrêtai pas aux ruines. Je traversai rapidement le verger où nous nous étions assis au pied de la meule de foin auprès des ruches. Les ruches et la meule de foin y étaient encore ; mais on ne voyait ni lueur de feu à travers les vitres de la petite auberge, ni fumée au dessus du toit, ni filets suspendus pour sécher sur les palissades du jardin.

Je frappai, on ne me répondit pas. Je secouai le loquet de bois, la porte s'ouvrit d'elle-même. J'entrai dans la petite salle aux murailles enfumées. Le foyer était balayé jusqu'aux cendres. La table et les meubles étaient enlevés. Les dalles de pierre du pavé étaient couvertes de brins de paille et de plumes tombés de cinq ou six nids vides d'hirondelles suspendus comme une corniche aux poutres noires du plancher. Je montai l'échelle de bois accrochée au mur par un piton de fer, elle servait d'escalier à la chambre haute où Julie s'était réveillée de l'évanouissement, la main sur mon front ; j'y entrai comme on entre dans un sanctuaire ou dans un sépulcre, j'y promenai mes regards. Les lits de bois, les armoires, les escabeaux avaient disparu. Un oiseau de nuit agita pesamment ses ailes au bruit de mes pas, battit les murs de ses plumes et s'échappa, en jetant un cri, par le châssis ouvert sur le verger.

Je pouvais à peine reconnaître la place où je m'étais agenouillé pendant cette terrible et délicieuse nuit, au pied d'un lit ou d'un cercueil. J'y baisai le plancher. Je m'assis longtemps sur le rebord de la fenêtre, essayant de recomposer dans ma mémoire le lieu, les meubles, le lit, la lampe, les heures ; tout cela était resté à sa place en moi quand tout avait déjà été déplacé dans la maison par un an d'absence. Il n'y avait personne dans les environs déserts de la chaumière qui pût me donner un renseignement sur les causes de l'abandon de cette masure. Je crus comprendre, aux tas de fagots qui restaient dans la cour, aux poules et aux pigeons qui revenaient d'eux-mêmes se jucher dans la chambre ou sur le toit, et aux meules de foin et de paille intactes dans le verger, que la famille était allée faire la moisson tardive dans les hauts chalets de la montagne, et qu'elle n'en redescendrait qu'en hiver.

Cette solitude dont je m'étais emparé me sembla triste, moins triste néanmoins que la présence et les pas d'indifférents dans ce lieu sacré pour moi. Il aurait fallu contraindre devant les hommes mes yeux, ma voix, mes gestes et les impressions dont j'étais assailli. Je résolus d'y passer la nuit. Je montai une botte de paille fraîche, je l'étendis sur le plancher, à la place même où Julie avait dormi son sommeil de mort. Je posai mon fusil contre la muraille. Je tirai de mon havre-sac un morceau de pain et un peu de fromage de chèvre que j'avais acheté à Seyssel, pour me soutenir en route. J'allai souper au bord de la fontaine qui coule et qui s'arrête alternativement, comme une respiration intermittente de la montagne, sur un plateau vert, au-dessus des ruines de l'abbaye.

CXXXVII

On a, du bord de ce plateau et des terrasses démantelées du vieux monastère, à ces heures du soir, le plus enivrant horizon dont il soit donné de jouir à l'œil d'un solitaire, d'un contemplatif ou d'un amant ; l'ombre verte et humide de la montagne avec le bruit de sa source et de ses froissements de feuillages derrière soi ; les ruines, les pans de murs festonnés de lierre, les arcades pleines de nuit et de mystère ; le lac et ses vagues mortes roulant lentement une à une leurs franges de petites écumes, comme les plis du drap de sa couche, pour amortir son sommeil sur le sable fin, au pied des rochers. Sur le bord opposé, les montagnes bleues vêtues d'ombres transparentes ; à droite, à l'extrémité, à perte de vue, l'avenue lumineuse que trace et que rougit de pourpre sur l'eau et sur le ciel le soleil, en retirant à lui sa splendeur.

Je me plongeais dans ces ombres et dans cette lumière, dans ces nuages et dans ces flots, je m'incorporais cette nature, et je croyais m'incorporer ainsi l'image de celle qui était toute cette nature pour moi. Je me disais : « Je l'ai vue là ! Voilà la distance où j'étais de son bateau quand je l'aperçus luttant contre la tourmente. Voilà la plage où elle aborda. Voilà le verger où nous eûmes ensemble cette longue entrevue, au soleil, et où elle revint à la vie pour me donner deux vies. Voilà, dans le lointain, les cimes des peupliers de la grande avenue qui se déroule comme un serpent vert sortant des eaux. Voilà les chalets, les pelouses, les futaies de châtaigniers, les chemins creux sur les derniers plans des montagnes où je cueillais les fleurs, les fraises, les châtaignes, dont je remplissais son tablier. Ici elle m'a dit cela. Là je lui ai avoué tel secret de mon âme ; ailleurs nous sommes restés tout un soir en silence, les yeux dans le soleil couchant, le cœur submergé d'enthousiasme, la bouche sans voix. Sur cette vague elle voulait mourir. Sur cette plage elle me jura de vivre. Sous ce groupe de noyers sans feuilles alors, elle me dit adieu et promit que je la reverrais avant que les nouvelles feuilles eussent jauni. Elles vont jaunir. Mais l'amour est aussi fidèle que la nature. Dans quelques jours je la reverrai... Je la vois déjà, car ne suis-je pas déjà là pour l'attendre, et attendre ainsi n'est-ce pas revoir déjà ? »

CXXXVIII

Et puis je me figurais le moment où, en me promenant derrière les vergers ombragés de noyers qui descendent de la montagne derrière le jardin du vieux médecin, j'apercevrais enfin la fenêtre de la chambre où on l'attendait ouverte pour la première fois ; où une figure de femme s'accouderait à cette fenêtre entre les rideaux en cherchant des yeux quelqu'un !... Mon cœur, à cette image, battait avec une telle impétuosité dans ma poitrine que j'étais obligé d'éloigner un moment cette image pour respirer.

CXXXIX

Cependant la nuit était presque entièrement tombée de la montagne sur le lac. On n'apercevait plus les eaux qu'à travers une brume de clair-obscur qui plombait leur nappe assombrie. Dans le silence profond et universel qui précède l'obscurité, le bruit régulier de deux rames qui semblait s'approcher du bord frappa mon oreille. Je vis bientôt une petite tache mobile sur l'eau grossir à l'œil et se glisser, en jetant une légère frange d'écume de chaque côté, dans l'anse voisine de la maisonnette du pêcheur. Pensant que c'était peut-être le pêcheur lui-même qui revenait de la côte de Savoie à sa demeure abandonnée, je descendis précipitamment des ruines sur la plage pour me trouver à l'arrivée du bateau.

J'attendis sur le sable que le pêcheur eût abordé. Dès qu'il m'aperçut : « Monsieur, me cria-t-il, êtes-vous le jeune Français qu'on attend chez Fanchette, et à qui je suis chargé de remettre ce papier ? » En parlant ainsi, il se jeta dans l'eau jusqu'à mi-jambes, et, s'avançant vers moi une grosse lettre à la main, il me la remit.

Je sentis, au poids, que cette lettre en contenait plusieurs. J'ouvris précipitamment la première enveloppe et je lus confusément, à la lueur de la lune, un billet de mon ami L*** daté du matin à Chambéry. L*** me disait que mon logement était retenu et préparé chez la pauvre servante du faubourg ; que personne n'était encore arrivé de Paris chez notre ami le vieux médecin ; que, sachant par moi-même mon arrivée prochaine à Haute-Combe, il profitait du départ d'un homme sûr, qui devait passer sous l'abbaye, pour m'envoyer le paquet de lettres arrivées venues depuis deux jours à mon adresse, lettres dont je devais être affamé ; il viendrait, disait-il, lui-même me chercher le lendemain soir à Haute-Combe ; nous traverserions le lac et nous entrerions dans la ville à l'ombre de la nuit.

CXL

En parcourant ce billet, je tenais le paquet d'une main tremblante. Il me semblait lourd comme ma destinée. Je me hâtai de payer et de congédier le batelier impatient de repartir pour sortir du lac et entrer dans le Rhône avant les dernières ténèbres ; je ne lui demandai qu'un bout de chandelle pour lire mes lettres, il me le donna. J'entendis le bruit de ses rames entamant de nouveau la nappe profonde. Je rentrai bondissant de joie dans la chambre haute où j'avais étendu la paille pour mon sommeil. J'allais revoir les caractères sacrés de cet ange, à la place même où il s'était manifesté à mes yeux. Je ne doutais pas qu'une de ces lettres ne m'annonçât qu'elle était partie de Paris et qu'elle approchait.

Je m'assis sur le monceau de paille ; j'allumai la chandelle en brûlant une amorce de mon fusil ; je décachetai l'enveloppe. Je m'aperçus seulement alors que le cachet de cette première enveloppe était noir, et que l'adresse était de l'écriture du docteur Alain. Ce deuil à la place de la joie que j'attendais me fit frissonner. Les autres lettres contenues dans un pli séparé glissèrent de ma main sur mes genoux. Je n'osais lire un mot de plus, de peur d'y trouver... hélas ! ce que ni la main, ni les yeux, ni le sang, ni les larmes, ni la terre, ni le ciel, ne pouvaient plus en effacer... la mort !... Je lus cependant, à travers un tremblement de mon âme qui faisait danser les syllabes sur le papier, ces seuls mots :

« Soyez homme ! résignez-vous à la volonté de Celui dont les desseins ne sont pas nos desseins ; n'attendez plus personne !... Ne la cherchez plus sur la terre ; elle est remontée au ciel en vous nommant... Jeudi, au lever du soleil... Elle m'a tout dit avant de mourir... Elle m'a chargé de vous envoyer ses dernières pensées ; elle a écrit jusqu'à la minute où sa main s'est glacée sur votre nom... Aimez-la dans ce Christ qui nous a aimés jusqu'à la mort, et vivez pour votre mère !...

Alain. »

CXLI

Je tombai inanimé sur la paille. Je ne revins à moi qu'à la fraîcheur glaciale du vent de minuit sur mon front. La chandelle brûlait encore. La lettre du médecin était serrée convulsivement entre mes doigts. Le paquet intact avait roulé de mon sein sur le plancher. Je l'ouvris avec mes lèvres, comme si j'avais craint de le profaner en brisant avec mes doigts ce cachet d'un message d'en haut. Il en roula sur mes genoux plusieurs longues lettres écrites de la main de Julie. Ces lettres étaient rangées par ordre de date.

Il y avait dans la première :

« Raphaël ! Ô mon Raphaël ! ô mon frère ! pardonnez à votre sœur de vous avoir trompé si longtemps !... Je n'ai jamais espéré vous revoir en Savoie !... Je savais que mes jours étaient comptés et que je ne vivrais pas jusqu'à ce bonheur !...

Quand je vous ai dit : "au revoir", Raphaël, à la porte du jardin de Monceaux, vous ne m'avez pas comprise, mais Dieu me comprenait, lui. Je voulais dire "À revoir ! à bénir ! à aimer éternellement au ciel !..."

Enfant ! j'ai recommandé à Alain de vous tromper aussi et de m'aider à vous faire partir de Paris. Je voulais, je devais vous épargner ce déchirement de si près, qui aurait emporté un morceau de votre cœur et toutes vos forces !... Et puis, tenez... pardonnez-moi encore, je vous dis tout : je ne voulais pas que vous me vissiez mourir... je voulais un voile entre vous et moi quelque temps avant la mort !... Ah ! la mort est si froide !... Je la sens, je la vois, elle me fait horreur de moi-même !... Raphaël ! Je voulais laisser dans vos yeux une image de beauté que vous puissiez toujours contempler et adorer !... Mais maintenant, ne partez pas !... N'allez pas m'attendre en Savoie !... Encore quelques jours... deux ou trois peut-être... et vous n'aurez plus à m'attendre nulle part ! J'y serai, Raphaël ! Je serai partout et toujours où vous serez !... »

Cette lettre était toute trempée de larges gouttes de larmes. Elles avaient dépoli et durci le papier.

Il y avait dans l'autre, datée d'un jour après :

« À minuit, le ...

Raphaël ! vos prières m'ont fait descendre une grâce du ciel. J'ai pensé hier à l'arbre de l'adoration, à Saint-Cloud, au pied duquel j'ai vu Dieu à travers votre âme. Mais il y en a un plus divin, l'arbre de la Croix !... Je l'ai embrassé... je ne m'en séparerai plus[1] ! Oh ! qu'on est bien sous ce sang et sous ces larmes qui vous lavent et qui vous embaument !.... Hier j'ai appelé un saint prêtre dont Alain m'avait parlé. C'est un vieillard qui sait tout, qui pardonne tout !.... Je lui ai découvert mon âme, il y a répandu la lumière et la vue de Dieu !.... Oh ! qu'il est bon ce Dieu ! qu'il est indulgent ! qu'il est plein de mansuétude ! que nous le connaissions peu ! il permet que je vous aime ! que vous soyez mon frère ! que je sois votre sœur ici-bas, si je vis ; là-haut, votre ange, si je meurs !.... Ô Raphaël ! aimons-le, puisqu'il veut que nous nous aimions comme nous nous aimons !... »

Il y avait au bas une petite croix et comme l'impression d'un baiser tout alentour.

CXLII

Une autre lettre, écrite d'une écriture entièrement altérée et en caractères qui se croisaient et se mêlaient sur la page, comme dans les ténèbres[1], disait :

« Raphaël ! je veux vous dire encore une parole. Demain je ne le pourrais peut-être plus ! Quand je serai morte, ne mourez pas vous-même. J'aurai soin de vous là-haut. Je serai bonne et puissante, comme ce Dieu si bon auquel je vais me réunir !... Aimez encore après moi... Dieu vous enverra une autre sœur qui sera, de plus, une sainte compagne de votre vie[2]... Je le lui demanderai moi-même... Ne craignez pas d'affliger mon âme, Raphaël !... Moi, jalouse au ciel de votre bonheur ! Oh ! non !... Je me sens mieux après vous avoir dit cela. Alain vous remettra ces pensées et une mèche de mes cheveux. Je vais dormir !... »

Une autre enfin, presque illisible, ne contenait que ces lignes toutes brisées :

« Raphaël ! Raphaël ! où êtes-vous ? Je me suis senti assez de force pour sortir de mon lit... J'ai dit à la femme qui me veille que je voulais reposer seule. Je me suis traînée, à la lueur de la lampe, de meuble en meuble jusqu'à la table où j'écris... mais je n'y vois plus... mes yeux nagent dans la nuit... Je vois flotter des taches noires sur le papier... Raphaël ! je ne puis plus écrire... Oh ! du moins encore ce mot !... »

Puis il y avait en gros caractères, comme ceux d'un enfant qui essaye pour la première fois la plume, ces deux mots qui tiennent toute la ligne et qui remplissent tout le bas de la page : « Raphaël ! Adieu ! »

CXLIII

C'est une chose étrange et heureuse pour la nature humaine que l'espèce d'impossibilité de croire tout de suite à la disparition complète d'un être qu'on a tant aimé. Entouré des témoignages de sa mort épars autour de moi, je ne pouvais pas encore me croire à jamais séparé d'elle. Sa pensée, son image, ses traits, le son de sa voix, le génie particulier de ses paroles, le charme de son visage, m'étaient si présents, qu'il me semblait qu'elle était là plus que jamais, qu'elle m'enveloppait, qu'elle m'entretenait, qu'elle m'appelait par mon nom, et qu'en me levant j'allais la rejoindre et la revoir. C'est une distance que Dieu met entre la certitude de la perte et le sentiment de la réalité ; comme les sens en mettent une eux-mêmes entre la hache que l'œil voit tomber sur le tronc de l'arbre, et le coup que l'oreille entend retentir longtemps après. Cette distance amortit ainsi l'excès de la douleur en la trompant. Quand on vient de perdre ce qu'on aime, on ne l'a pas encore tout à fait perdu : on vit quelque temps de cette existence qui se prolonge en nous. On éprouve quelque chose de comparable à ce que l'œil éprouve quand il a regardé longtemps le soleil couchant. Bien que l'astre ait disparu de l'horizon, ses rayons ne sont pas couchés dans nos yeux ; ils rayonnent encore dans notre âme. Ce n'est que peu à peu et à mesure que les impressions s'éteignent et se précisent en se refroidissant, qu'on arrive à la séparation sentie et complète, et qu'on peut se dire : « Elle est morte en moi ! »

Car la mort, ce n'est pas la mort : c'est l'oubli !

CXLIV

Je sentis ce phénomène de la douleur en moi, pendant cette nuit, dans toute sa force. Dieu ne voulut pas me faire boire ma douleur d'un seul trait, de peur d'y noyer toute mon âme. Il me donna et il me laissa longtemps l'illusion et la conviction de la présence en moi, autour de moi et devant moi, de l'être qu'il ne m'avait montré qu'une saison, pour tourner sans doute, pendant toute ma vie, mes yeux et ma pensée vers le séjour où il l'avait rappelé.

Quand la chandelle du pauvre batelier fut éteinte, je serrai mes lettres dans mon sein. Je baisai mille fois le plancher de cette chambre qui avait été le berceau de notre amour et qui en était devenue la sépulture ; je pris mon fusil, et je m'élançai machinalement, comme un insensé, à travers les gorges de la montagne. La nuit était sombre. Le vent s'était levé. Les lames du lac, poussées contre les rochers de la base, frappaient des coups si caverneux, jetaient des voix si humaines, que je m'arrêtai plusieurs fois tout essoufflé et que je me retournai, comme si on m'eût appelé par mon nom.

Oh ! oui, on m'appelait, je ne me trompais pas, mais c'était du ciel !

CXLV

Je ne dirai pas par qui je fus rencontré, le matin du jour suivant, errant au fond d'un précipice, au milieu des brouillards du Rhône. Qu'il soit béni ! cela suf-

fit ; je fus relevé, soutenu, ramené dans les bras de ma pauvre mère . . . .
. . . .
. . . .
. . . .
. . . .
. . . .
. . . .
. . . .
. . . .
. . . .

Et maintenant dix ans se sont écoulés sans pouvoir entraîner un seul des souvenirs de cette grande année de ma jeunesse. Selon la promesse de Julie de m'envoyer d'en haut quelqu'un pour me consoler, Dieu m'a changé son don contre un autre, il ne me l'a pas retiré. Je reviens souvent, avec celle qui me rend mon espérance patiente et douce comme la certitude, visiter la vallée de Chambéry et le lac d'Aix. Quand je m'assieds sur les hauteurs de la colline de Tresserves, au pied de ces châtaigniers qui ont senti le cœur de cette femme battre contre leur écorce, quand je regarde ce lac, ces montagnes, ces neiges, ces prairies, ces arbres, ces dents de rocher plongés dans une atmosphère chaude qui semble baigner la terre entière dans un parfum liquide et ambré ; quand j'entends frissonner les feuilles, bourdonner les insectes, soupirer les brises, et les vagues du lac se froisser doucement sur leurs bords avec le bruit d'une étoffe de soie qui se déroule pli à pli ; quand je vois l'ombre de celle dont Dieu a fait ma compagne jusqu'à la fin de mes jours se dessiner à côté de moi, sur le sable ou sur l'herbe ; que je sens dans ma poitrine une plénitude qui ne désire rien avant la mort et une paix que n'agite plus aucun soupir : alors je crois voir l'âme heureuse de celle qui m'apparut un jour dans ces lieux s'élever étincelante et immortelle de tous les points de cet horizon, remplir d'elle seule ce ciel et ces eaux comme une bénédiction débordant sur la vallée.

(Là s'arrêtait le manuscrit de Raphaël.)

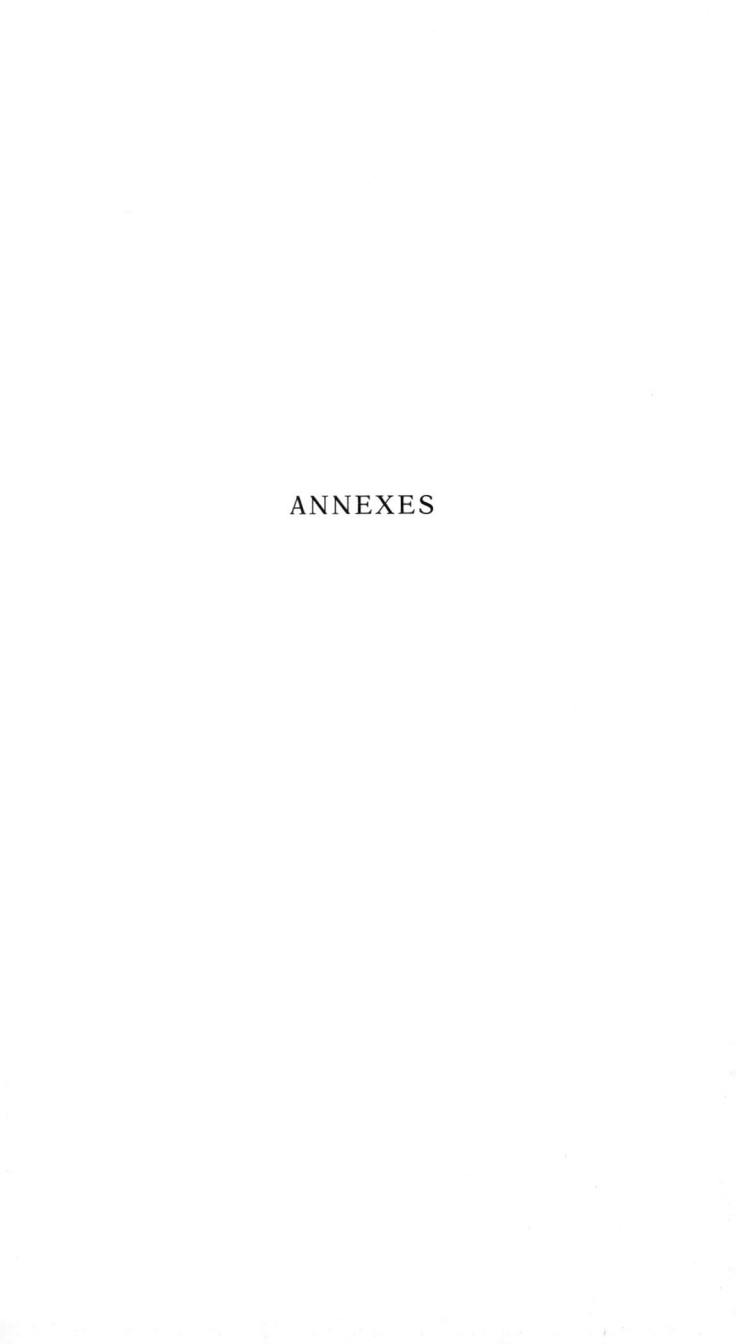

ANNEXES

Invocation

Au chapitre XLIX, Raphaël, Julie et Louis *** s'adonnent à la poésie. Dans le manuscrit, Lamartine avait inséré les vers d'« Invocation », treizième pièce dans l'édition des Méditations poétiques *de 1820 : il les supprima pour éviter d'être assimilé à son héros.*

Ô toi qui m'apparus dans ce désert du monde,
Habitante du ciel, passagère en ces lieux !
Ô toi qui fis briller dans cette nuit profonde
    Un rayon d'amour à mes yeux ;

À mes yeux étonnés montre-toi tout entière,
Dis-moi quel est ton nom, ton pays, ton destin.
    Ton berceau fut-il sur la terre ?
    Ou n'es-tu qu'un souffle divin ?

Vas-tu revoir demain l'éternelle lumière ?
Ou dans ce lieu d'exil, de deuil, et de misère,
Dois-tu poursuivre encor ton pénible chemin ?
Ah ! quel que soit ton nom, ton destin, ta patrie,
Ou fille de la terre, ou du divin séjour,
    Ah ! laisse-moi, toute ma vie,
    T'offrir mon culte ou mon amour.

Si tu dois, comme nous, achever ta carrière,
Sois mon appui, mon guide, et souffre qu'en tous lieux,
De tes pas adorés je baise la poussière.

Mais si tu prends ton vol, et si, loin de nos yeux,
Sœur des anges, bientôt tu remontes près d'eux,
Après m'avoir aimé quelques jours sur la terre,
　　Souviens-toi de moi dans les cieux.

Sur l'« Ode à M. de Bonald »

Il est question, au chapitre L, d'une ode que Raphaël compose en l'honneur de M. de B. sur la demande de Julie. La mise au net de cette ode, sur le carnet de Lamartine, date du 2 septembre 1817. Elle paraîtra dans la deuxième édition des Méditations *sous le titre « Le Génie », avec des modifications mineures. Lamartine tient peu compte des corrections que suggère le destinataire dans la lettre que nous reproduisons ci-après. Dans l'édition des Souscripteurs, en 1849, qui suit de peu la publication de* Raphaël, *le commentaire que Lamartine adjoint au poème revient sur cet éloge dithyrambique du théocrate ultra en prenant soin de faire la part des sentiments, des raisons sociales et des convictions politiques.*

ODE À M. DE BONALD SUR SES DÉTRACTEURS

> Al suon di queste voci arde lo sdegno
> E cresce in lui quasi commossa face[1]
> *Jerusalem,* canto V.

Ainsi, quand parmi les tempêtes,
Au sommet brûlant du Sina,
Jadis le plus grand des prophètes

---

1. « Au son de cette voix son indignation prend feu / Et se propage en lui comme une torche frémissante » (Le Tasse, *La Jérusalem délivrée,* chant V, str. 23).

Gravait les tables de Juda,
Pendant cet entretien sublime,
Un nuage couvrait la cime
Du mont inaccessible aux yeux,
Et, tremblant aux coups du tonnerre,
Juda, couché dans la poussière,
Vit ses lois descendre des cieux.

Ainsi des sophistes célèbres
Dissipant les fausses clartés,
Tu tires du sein des ténèbres
D'éblouissantes vérités.
Ce voile, qui des lois premières
Couvrait les augustes mystères,
Se déchire et tombe à ta voix.
Et tu suis ta route assurée,
Jusqu'à cette source sacrée
Où le monde a puisé ses lois !

Assis sur la base immuable
De l'éternelle vérité,
Tu vois d'un œil inaltérable
Les phases de l'humanité !
Secoués sur leurs gonds antiques,
Les empires, les républiques
S'écroulent en débris épars !
Tu ris des terreurs où nous sommes !
Partout où nous voyons les hommes,
Un Dieu se montre à tes regards !

En vain par quelque faux système
Un système faux est détruit ;
Par le désordre à l'ordre même
L'univers moral est conduit.
Et comme autour d'un astre unique,
La terre, dans sa route oblique,
Tourne dans le cercle des airs ;
Ainsi, par une loi plus belle,
Ainsi la justice éternelle
Est le pivot de l'univers !

Mais quoi ! tandis que le génie
Te ravit si loin de nos yeux,
Les lâches clameurs de l'envie
Te suivent jusques dans les cieux ?
Crois-moi, dédaigne d'en descendre !
Ne t'abaisse pas pour entendre
Ces bourdonnements détracteurs.
Poursuis ta sublime carrière !
Marche et méprise le vulgaire,
C'est là le signe des grands cœurs !

Eh quoi ! dans ses amours frivoles,
Ne l'as-tu pas vu tour à tour
Se forger de lâches idoles
Qu'il adore et brise en un jour ?
N'as-tu pas vu son inconstance
De l'héréditaire croyance
Éteindre les sacrés flambeaux,
Brûler ce qu'adoraient ses pères,
Et donner le nom de lumières
À l'épaisse nuit des tombeaux ?

Secouant ses antiques rênes,
Mais par d'autres tyrans flatté,
Tout meurtri du poids de ses chaînes,
L'entends-tu crier : Liberté ?
Dans ses sacrilèges caprices,
Le vois-tu, donnant à ses vices
Les noms de toutes les vertus,
Traîner Socrate aux gémonies,
Pour faire, en des temples impies,
L'apothéose d'Anitus[1] ?

Si pour caresser sa faiblesse,
Sous tes pinceaux adulateurs
Tu parais du nom de sagesse
Les leçons de ses corrupteurs,
Tu verrais ses mains avilies,

---

1. Détracteur de Socrate.

Arrachant des palmes flétries
À quelque front déshonoré,
Les répandre sur ton passage
Et, changeant la gloire en outrage,
T'offrir un triomphe abhorré !

Mais loin d'abandonner la lice
Où ta jeunesse a combattu,
Tu sais que l'estime du vice
Est un outrage à la vertu !
Tu t'honores de tant de haine,
Tu plains ces faibles cœurs qu'entraîne
Le cours de leur siècle égaré ;
Et seul contre le flot rapide,
Tu marches d'un pas intrépide
Au but que la gloire a montré !

Ainsi, parmi les feux célestes,
Lorsque la comète à nos yeux
Fait briller ses clartés funestes
Dans les champs étonnés des cieux,
Des cieux interrogeant la voûte,
Le pilote, loin de sa route,
S'égare à sa fausse lueur.
Le vulgaire tremble et s'écrie,
L'intrépide enfant d'Uranie
Rejette cet astre trompeur !

Ou tel un torrent que l'orage,
En roulant du sommet des monts,
S'il rencontre sur son passage
Un chêne, l'orgueil des vallons,
Il s'irrite, il écume, il gronde,
Il presse des plis de son onde
L'arbre vainement menacé ;
Mais debout parmi les ruines,
Le chêne aux profondes racines
Demeure !... et le fleuve a passé !

Toi donc, des mépris de ton âge
Sans être jamais rebuté,

Retrempe ton mâle courage
Dans les flots de l'adversité.
Pour cette lutte qui s'achève,
Que la vérité soit ton glaive,
La justice ton bouclier !
Va ! dédaigne d'autres armures ;
Et si tu reçois des blessures,
Nous les couvrirons de lauriers !

Vois-tu dans la carrière antique,
Autour des coursiers et des chars,
Jaillir la poussière olympique
Qui les dérobe à nos regards ?
Dans sa course, ainsi, le génie
Par les nuages de l'envie
Marche longtemps environné ;
Mais au terme de la carrière,
Des flots de l'indigne poussière
Il sort vainqueur et couronné !

Je ne connaissais M. de Bonald que de nom : je n'avais rien lu de lui. On en parlait à Chambéry, où j'étais alors, comme d'un sage proscrit de sa patrie par la révolution, et conduisant ses petits-enfants par la main sur les grandes routes de l'Allemagne. Cette image d'un Solon moderne m'avait frappé ; de plus, j'avais un culte idéal et passionné pour une jeune femme dont j'ai parlé dans *Raphaël*, et qui était une amie de M. de Bonald. En sortant de chez elle un soir d'été, je gravis, au clair de lune, les pentes boisées des montagnes qui s'élèvent derrière la jolie petite ville d'Aix en Savoie, et j'écrivis au crayon les strophes qu'on vient de lire. Peu m'importait que M. de Bonald connût ou non ces vers : ma récompense était dans le sourire que j'obtiendrais, le lendemain, de mon idole. Mon inspiration n'était pas la politique, mais l'amour. Je lus, en effet, cette ode le lendemain à l'amie de ce grand écrivain. Elle ne me soupçonnait pas capable d'un tel coup d'aile : elle vit bien que j'avais été soutenu par un autre enthousiasme que par l'enthousiasme d'une métaphysique inconnue. Elle m'en sut gré, elle fut fière de moi ; elle envoya ces vers à M. de Bonald, qui fut bon, indulgent, comme il était toujours, et qui m'adressa l'édition complète de ses œuvres. Je les lus avec cet élan de la poésie vers le passé, et avec cette piété du cœur pour les ruines, qui se change si facilement en dogme et en système dans l'imagination des enfants. Je m'efforçai de croire pendant quelques mois aux gouvernements révélés, sur la foi de M. de Chateaubriand et de M. de Bonald. Puis le courant du temps et de la raison humaine m'arracha, comme tout le monde, à ces douces illusions ; je compris que Dieu ne révélait à l'homme que ses instincts sociaux, et que les natures diverses des gouvernements étaient la révélation de l'âge, des situations, du siècle, des vices ou des vertus de l'espèce humaine.

LETTRE DE BONALD À MME CHARLES, 24 SEPTEMBRE [1817]

Je sais bien bon gré au bon docteur, ma chère et excellente dame, de la visite amicale qu'il vous a faite. Quelque habile qu'il soit, je sens que les visites de l'ami me feraient plus de bien, si j'étais malade, que celles du membre de la docte faculté ; c'est un plaisir que je lui envie, et dans mes châteaux en Espagne, car mon cœur en a toujours fait plus que mon esprit, je rêve que le Mouna est près de Viroflay, et je me livre volontiers à tout ce que pourrait amener ce charmant rapprochement de lieux. Mais la nature en a disposé autrement et votre beau séjour de Viroflay ne s'accommoderait pas du voisinage d'un lieu aussi horrible que celui où les événements m'ont confiné. Ce serait le plus laid à côté du plus beau et la nature ménage mieux les transitions et ne va pas ainsi par sauts. Je vous sais bien bon gré de m'avoir transmis le témoignage d'amitié de votre excellent jeune homme. Marquez-lui bien que je l'accepte comme gage d'amitié, et non comme élan d'admiration, quelque flatté que je sois de son suffrage. Il est pour moi une preuve de plus que ces vérités germent avec une grande facilité dans les cœurs droits, les esprits justes, les âmes affranchies des viles passions de l'orgueil, de l'ambition, de la cupidité, qu'elles y produisent même un vif sentiment d'adhésion, et j'ai eu plusieurs fois occasion d'en faire la remarque, pas souvent cependant sur des esprits aussi distingués que celui de M. de L. M., parce qu'ils ne sont pas communs, et il me prouve encore ce que j'ai toujours cru qu'il y a bien d'autres semences de bien, de beau, de grand dans l'esprit d'un poète que dans celui d'un géomètre. Je le remercie bien sincèrement d'avoir pensé à moi et d'avoir mis ses pensées en si beaux vers, je crois lui prouver l'intérêt que j'attache à la perfection de son ouvrage, en osant vous envoyer les petits changements que j'y ai faits, et dont vous-même, Madame, qui avez le goût si sûr et si juste, aviez proposé les principaux. Je les lui soumets comme de raison, et à vous aussi, et vous pensez bien que, si je tiens très peu aux critiques que l'on m'a souvent faites sur mes propres ouvrages, je passerai bien plus volontiers condamnation sur celles que je propose aux ouvrages d'autrui. Je propose et vous jugerez. La question de l'impression est délicate. D'abord je crois que vous ne le pourriez pas et qu'aucun journal ne s'en chargerait. Je voudrais et pour lui et pour moi y voir le nom de l'auteur, parce que l'ode lui fait honneur et m'honorerait de ce suffrage public, et cependant je ne voudrais pas faire partager à votre excellent ami l'espèce de réprobation où je suis, et la haine qui s'est déclarée contre moi. Il ne faut ainsi la braver que pour des devoirs et on doit à son propre honneur de ne pas la chercher lorsqu'il n'est pas nécessaire de la combattre. L'impression clandestine et la publication répandue sous le manteau donne un air de libelle à la production qui en est le plus éloignée, et peut me faire soupçonner de mendier des éloges. Quant à moi, cette impression n'est pas sans inconvénients dans ce moment, elle m'ôte un caractère de simplicité dans la conduite à laquelle je tiens beaucoup et peut affaiblir la persuasion où l'on est que je défends la cause que j'ai embrassée par conviction et non par aucun motif de vanité ou par aucun désir de gloire. Je parle aux Chambres ou dans mes écrits, hors de là je cache ma vie, et je désirerais que le public ne prononçât pas même mon nom. C'est une broderie sur l'habit qui ne le rend ni plus chaud ni plus commode. J'ai d'ailleurs assez excité de haines, je suis destiné sans doute à en exciter encore davantage. Ne leur faisons pas dire que je quête des admirations, et attendons que le moment vienne où M. de L. M. en la publiant (car je ne veux pas priver son nom de l'honneur qui doit lui en revenir), pourra dire que je me suis opposé à ce qu'elle parût, lorsqu'elle ne pouvait qu'attirer l'envie sur moi et la haine sur lui. Vous entendrez ces motifs, Madame, et M. de L. M. aussi, mais ce qui me flatte encore plus que ses vers, quelque flatteurs qu'ils soient, c'est la satisfaction de penser que nos âmes s'entendent et j'ai, non pas jeté, mais développé dans son bon esprit les germes qui y étaient de toutes les doctrines bonnes et élevées, et que j'ai pu à de si grandes distances m'entretenir avec lui.

Vous avez peut-être déjà vu notre ami le cher Marignié. Je lui ai écrit à Bordeaux, il m'a répondu de cette ville, il partait pour Paris et sa première sortie devait être pour Viroflay. Tous mes amis sont plus heureux que moi, mais je leur sais bon gré du plaisir qu'ils se donnent et qui vous fait passer quelques instants agréables. Je joins ici mes observations sur chaque strophe.

1re strophe. À la place de *Juda* dans l'avant-dernier vers, je mettrais *l'hébreu* qui est aussi noble et qui évite la répétition du mot Juda, dans la même strophe.

2e strophe. Au lieu *d'éblouissantes*, qui peut se prendre en mauvaise part, je mettrais *radieuses* ou tout autre mot.

3e strophe. Rien à changer.

4e strophe. Au lieu de *justice éternelle*, je mettrais *raison éternelle*. La raison est la théorie et la justice l'application.

5e strophe. Je n'en aime pas les deux derniers vers. Le vulgaire est aujourd'hui moins méprisable que des gens qui ne se croient pas du vulgaire. J'aimerais autant :

« Et que ton âme noble (ou calme) et fière
« Dédaigne ces vaines clameurs. »

Ou tout autre.

6e strophe. Au lieu de *lâches idoles*, je mettrais *viles*, ou *frêles*, etc. La cinquième strophe commence par *mais quoi*, la 6e par *eh quoi*, il faudrait éviter cela.

7e strophe. Rien à changer, sinon à l'avant-dernier vers, *fêtes* au lieu de *temples*. Une fête peut être impie et non pas un temple.

8e strophe. Rien à changer.

9ᵉ strophe. Rien à changer.
10ᵉ strophe. Je pense comme vous qu'elle peut être supprimée.
11ᵉ strophe. En supprimant la précédente, il faut changer, *ou tel* qui commence celle-ci, et mettre semblable. Cependant il faut penser que le poète ne veut pas me comparer au torrent, mais au chêne — et que le mot *semblable* ne serait peut-être pas juste. Alors on fait la comparaison sans l'indiquer, ce qui est même plus conforme à la marche libre et brusque de l'ode. Ainsi on pourrait dire :

« Un fougueux torrent que l'orage
« Fait rouler.

12ᵉ strophe. Rien à changer.
13ᵉ strophe. À supprimer. Je crois que l'ode se termine mieux à la précédente.
Nota. Je reviens à la 4ᵉ strophe :

« En vain par quelque faux système
« Un système faux est détruit.

Quelque n'est pas très poétique, à moins qu'il ne soit employé en terme de mépris. Je préférerais :

« Tandis que par un faux système
« Un système faux est détruit, etc.

Et la strophe marche également.
Voilà mes observations. — Envoyez-moi la traduction de l'épigraphe. Je vous avoue mon ignorance, mais quels aveux ne vous ferais-je pas ?

Le Lac

Ainsi, toujours poussés vers de nouveaux rivages,
Dans la nuit éternelle emportés sans retour,
Ne pourrons-nous jamais sur l'océan des âges
    Jeter l'ancre un seul jour ?

Ô lac ! l'année à peine a fini sa carrière,
Et près des flots chéris qu'elle devait revoir,
Regarde ! je viens seul m'asseoir sur cette pierre
    Où tu la vis s'asseoir !

Tu mugissais ainsi sous ces roches profondes ;
Ainsi tu te brisais sur leurs flancs déchirés ;
Ainsi le vent jetait l'écume de tes ondes
    Sur ses pieds adorés.

Un soir, t'en souvient-il ? nous voguions en silence ;
On n'entendait au loin, sur l'onde et sous les cieux,
Que le bruit des rameurs qui frappaient en cadence
    Tes flots harmonieux.

Tout à coup des accents inconnus à la terre
Du rivage charmé frappèrent les échos ;
Le flot fut attentif, et la voix qui m'est chère
    Laissa tomber ces mots :

« Ô temps, suspends ton vol ! et vous, heures propices !
    Suspendez votre cours :

Laissez-nous savourer les rapides délices
    Des plus beaux de nos jours !

« Assez de malheureux ici-bas vous implorent,
    Coulez, coulez pour eux ;
Prenez avec leurs jours les soins qui les dévorent ;
    Oubliez les heureux.

« Mais je demande en vain quelques moments encore,
    Le temps m'échappe et fuit ;
Je dis à cette nuit : Sois plus lente ; et l'aurore
    Va dissiper la nuit.

« Aimons donc, aimons donc ! de l'heure fugitive,
    Hâtons-nous, jouissons !
L'homme n'a point de port, le temps n'a point de rive ;
    Il coule, et nous passons ! »

Temps jaloux, se peut-il que ces moments d'ivresse,
Où l'amour à longs flots nous verse le bonheur,
S'envolent loin de nous de la même vitesse
    Que les jours de malheur ?

Eh quoi ! n'en pourrons-nous fixer au moins la trace ?
Quoi ! passés pour jamais ? quoi ! tout entiers perdus ?
Ce temps qui les donna, ce temps qui les efface,
    Ne nous les rendra plus !

Éternité, néant, passé, sombres abîmes,
Que faites-vous des jours que vous engloutissez ?
Parlez : nous rendrez-vous ces extases sublimes
    Que vous nous ravissez ?

Ô lac ! rochers muets ! grottes ! forêt obscure !
Vous, que le temps épargne ou qu'il peut rajeunir,
Gardez de cette nuit, gardez, belle nature,
    Au moins le souvenir !

Qu'il soit dans ton repos, qu'il soit dans tes orages,
Beau lac, et dans l'aspect de tes riants coteaux,

Et dans ces noirs sapins, et dans ces rocs sauvages
  Qui pendent sur tes eaux.

Qu'il soit dans le zéphyr qui frémit et qui passe,
Dans les bruits de tes bords par tes bords répétés,
Dans l'astre au front d'argent qui blanchit ta surface
  De ses molles clartés.

Que le vent qui gémit, le roseau qui soupire,
Que les parfums légers de ton air embaumé,
Que tout ce qu'on entend, l'on voit ou l'on respire,
  Tout dise : Ils ont aimé !

Le commentaire de cette méditation[1] se trouve tout entier dans l'histoire de *Raphaël*, publiée par moi.

C'est une des poésies qui a eu le plus de retentissement dans l'âme de mes lecteurs, comme elle en avait eu le plus dans la mienne. La réalité est toujours plus poétique que la fiction ; car le grand poète, c'est la nature.

On a essayé mille fois d'ajouter la mélodie plaintive de la musique au gémissement de ces strophes. On a réussi une seule fois. Niedermeyer a fait de cette ode une touchante traduction en notes. J'ai entendu chanter cette romance et j'ai vu les larmes qu'elle faisait répandre. Néanmoins, j'ai toujours pensé que la musique et la poésie se nuisaient en s'associant. Elles sont l'une et l'autre des arts complets : la musique porte en elle son sentiment, de beaux vers portent en eux leur mélodie.

---

1. Commentaire ajouté par Lamartine pour l'édition dite des Souscripteurs en 1849.

« Littérature légère. Alfred de Musset »

Lamartine avait reçu des vers de Musset (« Lettre à M. de Lamartine[1] », en 1836), et tardé à répondre à cet hommage (« À M. de Musset, en réponse à ses vers[2] »). Dans cet extrait du Cours familier de littérature, *« Littérature légère. Alfred de Musset » (t. 4, entretien XX, 1857), il oppose deux conceptions de l'amour et revient, pour preuve, à la trame de* Raphaël *et ses « félicités de privation ».*

Je me souviens parfaitement aujourd'hui de l'air poétique et tendre que je me proposais de chanter à demi-voix dans cette réponse à Alfred de Musset. Mon intention était de lui montrer, par mon propre exemple, la supériorité, même en jouissance, de l'amour spiritualiste sur l'amour sensuel.

Et moi aussi, voulais-je lui dire, j'ai aimé à l'âge de l'amour, et moi aussi j'ai cherché, dans l'enthousiasme qu'allume la beauté, l'étincelle qui allume tous les autres enthousiasmes

---

1. Alfred de Musset, « Lettre à M. de Lamartine », *Poésies nouvelles*, dans *Poésies complètes*, édition présentée et annotée par Frank Lestringant, Paris, Le Livre de Poche, 2006, p. 438. « Qui de nous, Lamartine, et de notre jeunesse, / Ne sait par cœur ce chant, des amants adoré, / Qu'un soir, au bord d'un lac, tu nous as soupiré ? »
2. Alphonse de Lamartine, « À M. de Musset, en réponse à ses vers », sous-titré « fragment de méditation, 1840 », poème ajouté aux *Méditations poétiques* dans l'édition dite des Souscripteurs (1849). (Voir *Méditations poétiques*, édition établie et présentée par Aurélie Loiseleur, Paris, Le Livre de Poche, 2006, p. 443.)

de l'âme. Cet amour, bien qu'il aspire à la possession de la Béatrice visible à laquelle on a voué un culte pur, n'a pas besoin pour être heureux de ces plaisirs doux et amers dans lesquels tu cherchas jusqu'ici la sensualité plutôt que l'immortelle volupté des *Pétrarques*, des *Tasses*, des *Dantes*, seule aspiration digne de celui qui a une âme à satisfaire dans le plus divin sentiment de sa nature. Je lui racontais ici deux circonstances de ma vie, circonstances bien dégagées de toute sensualité et dans lesquelles cependant j'avais goûté plus de saveur du véritable amour que, ni lui, ni moi, nous ne pourrions en goûter jamais dans les possessions et dans les jouissances où il plaçait si faussement sa félicité de voluptueux.

Dans l'une de ces circonstances, je me rappelais trois longs mois d'hiver passés à Paris dans la première fleur de mes années. J'aimais avec la pure ferveur de l'innocence passionnée une personne angélique d'âme et de forme, qui me semblait descendue du ciel pour m'y faire lever à jamais les yeux quand elle y remonterait avant moi. Sa vie, atteinte par une maladie qui ne pardonne pas aux êtres trop parfaits pour respirer sur la terre, n'était qu'un souffle ; son beau visage n'était qu'un tissu pâle et transparent que le premier coup d'aile de la mort allait déchirer comme le vent d'automne déchire ces fils lumineux qu'on appelle les fils de la Vierge. Sa famille habitait une sombre maison du bord de la Seine, dont l'ombre se réfléchissait au clair de lune dans le courant du fleuve. Les convenances m'empêchaient d'y être admis aussi souvent que mon cœur m'y portait et que le sien m'y appelait par son affection avouée de sœur. Pendant ces trois mois de la saison la plus rigoureuse, je ne manquai pas une seule soirée de sortir de ma chambre très-éloignée de là, à la nuit tombante, et d'aller me placer en contemplation, le front sous les frimas, les pieds dans la neige, sur le quai de la rive droite en face de la noire maison où battait mon cœur plus qu'il ne battait dans ma poitrine.

La rivière large et trouble d'hiver roulait entre nous ; j'entendais pour tout bruit gronder les flots de la Seine ou tinter les réverbères des deux quais aux rafales des nuits. Une petite lueur de lampe nocturne qui filtrait entre deux volets entrouverts m'indiquait seule la place où mon âme cherchait son étoile. Cette petite étoile de ma vie, je la confondais dans ma pensée avec une véritable étoile du firmament ; je passais des heures délicieuses à la regarder poindre et scintiller dans les ténèbres, et ces heures, cruelles sans doute pour mes sens, étaient si enivrantes pour mon âme, qu'aucune des heures sensuelles de ma vie ne m'a jamais fait éprouver des félicités de présence comparables à ces félicités de privation. Voilà, disais-je à Musset, les bonheurs de l'âme qui aime ; préfère-leur, si tu l'oses, les bonheurs des sens qui jouissent !

Cette belle personne, poursuivais-je, mourut au printemps ; je n'étais pas à Paris ; j'y revins deux ans après, je parvins avec bien de la peine à me faire indiquer sa tombe sans nom dans un cimetière de village loin de Paris. J'allais seul à pied, inconnu au pays, m'agenouiller sur le gazon qui avait eu le temps déjà d'épaissir et de verdir sur sa dépouille mortelle. L'église était isolée sur un tertre au-dessus du hameau, le prêtre était absent, le sonneur de cloches était dans ses champs, les villageois fanaient leur foin dans les prairies : il n'y avait dans le cimetière que des chevreaux qui paissaient les ronces et des pigeons bleus qui roucoulaient au soleil comme des âmes découplées par la mort. J'étendis mes bras en croix sur le gazon, pleurant, appelant, rêvant, priant, invoquant, dans le sentiment d'une union surnaturelle qui ne laissait plus à mon âme la crainte de la séparation ou la douleur de l'absence. L'éternité me semblait avoir commencé pour nous deux, et quoique mes yeux fussent en larmes, la plénitude de mon amour, désormais éternel comme son repos, était tellement sensible en moi pendant cette demi-journée de prosternation sur une tombe qu'aucune heure de mon existence n'a coulé dans plus d'extase et dans plus de piété.

Voilà, lui disais-je, encore une fois ce que c'est que l'amour de l'âme en comparaison de tes amours des yeux ; celui-là trouve plus de véritables délices sur un cercueil qui ne se rouvrira pas, que tes amours à toi n'en trouvent sur les roses et sur les myrtes d'Horace, d'Anacréon ou d'Hafiz.

La Ballade du « Vieux Robin Gray »

Au chapitre XXXVI, Julie chante sur le lac « une ballade écossaise à la fois maritime et pastorale », reprise au moment des adieux (LXII), qui met en abyme la situation des héros, comme le souligne le roman. Il s'agit de la romance anglaise Auld Robin Gray *parue sans nom d'auteur en 1772. Cette ballade des plus populaires était une supercherie littéraire : présentée comme un texte ancien retrouvé, elle fut écrite par Lady Lindsay (1750-1825), qui avoua être à l'origine de la mystification dans une lettre à Walter Scott, en 1823. Ci-dessous, sa traduction en français par Florian (on la chantait sur un air adapté de Martini).*

1

Quand les moutons sont dans la bergerie,
Quand le sommeil aux humains est si doux,
Je pleure, hélas ! les chagrins de ma vie,
Et près de moi dort mon bon vieil époux.

2

James m'aimait. Pour prix de ma constance
Il eut mon cœur ; mais James n'avait rien.
Il s'embarqua dans la seule espérance
À tant d'amour de joindre un peu de bien.

3

Après un an, notre vache est volée ;
Le bras cassé, mon père rentre un jour ;
Ma mère était malade et désolée,
Et Robin Gray vint me faire la cour.

4

Le pain manquait dans ma pauvre retraite,
Robin nourrit mes parents malheureux ;
La larme à l'œil, il me disait : Jeannette,
Épouse-moi, du moins, pour l'amour d'eux.

5

Je disais *non* ; pour James je respire.
Mais son vaisseau sur mer vint à périr.
Et j'ai vécu, je vis encor pour dire :
Malheur à moi de n'avoir pu mourir !

6

Mon père alors parla de mariage ;
Sans en parler, ma mère l'ordonna.
Mon pauvre cœur était mort du naufrage ;
Ma main restait : mon père la donna.

7

Un mois après, devant ma porte assise,
Je revois James, et je crus m'abuser.
« C'est moi, dit-il, pourquoi tant de surprise ?
Mon cher amour, je reviens t'épouser. »

8

Ah ! que de pleurs ensemble nous versâmes.
Un seul baiser, suivi d'un long soupir,
Fut notre adieu. Tous deux nous répétâmes :
« Malheur à moi, de n'avoir pu mourir ! »

9

Je ne vis plus, j'écarte de mon âme
Le souvenir d'un amant si chéri.
Je veux tâcher d'être une bonne femme,
Le vieux Robin est un si bon mari !

Correspondance

Les correspondances qui se rapportent à cette liaison, et qui ne peuvent qu'éclairer sur la véritable nature des relations entre Julie Charles et Lamartine, ont fait l'objet de polémiques, de falsifications, de censures et de destruction massive.

Ainsi, la lettre de Lamartine à Louis de Vignet datée d'Aix-les-Bains, le 12 octobre 1816, et publiée d'abord par Léon Séché dans L'Écho de Paris, *le 2 octobre 1908, accrédite la version romanesque du naufrage donnée par* Raphaël :

Mon cher ami,
Depuis ta dernière lettre où tu m'annonces ta prochaine visite, il m'est arrivé une grande joie. J'ai sauvé avant-hier une jeune femme qui se noyait sur le lac, et elle remplit maintenant mes jours. Je ne suis plus seul chez le vieux médecin ; je ne suis plus malade ; je me sens rajeuni, guéri, régénéré. Quand tu verras cette bonne et douce créature, tu penseras comme moi que Dieu l'a mise sur ma route pour me dégoûter à tout jamais de ma vie passée. Viens donc vite partager mon bonheur et faire connaissance avec elle. Je lui ai dit qui tu étais ; nous t'attendons […].

Cependant, Henri Guillemin met en doute l'authenticité de cette lettre, qu'il suppose avoir été inventée à point nommé pour alimenter le débat virulent qui opposa Léon Séché à René Doumic sur la question de l'adultère.

Valentine de Lamartine, qui pose en chaste vestale, gardienne d'une mémoire, s'est fait un devoir de supprimer les passages les plus explicites de cette liaison, quand elle publie la Correspondance *de Lamartine (Paris, Hachette, Furne et Jouvet, 1re édition en 6 vol., 1873-1875). Dans la lettre de Lamartine à Aymon de Virieu du 12 décembre 1816, par exemple, ne figurent pas ces lignes :*

Et puis, et puis, je suis maintenant dans l'accès de la passion la plus violente qu'un cœur d'homme ait jamais contenue ! Nous sommes deux qui mourrons à la lettre de désespoir et d'amour. Je reçois huit pages tous les jours, j'en écris autant ! Ah ! tu verras ! Quelles pages ! Tu perdras ton mépris comme moi pour les têtes de femmes ! Quel être ! Quel génie ! Quelle créature surhumaine ! Elle est près de toi ! Il faut que je vous rapproche. Vignet a été témoin d'une partie de tout cela : il a été bouleversé. Cela a pris naissance aux eaux d'Aix ! N'en parle pas autour de toi.

Quant à la lettre du 16 décembre 1816, elle a purement et simplement disparu de cette Correspondance.

Lamartine à Virieu, [Mâcon],
lundi matin 16 décembre [1816]

Ta lettre m'arrive, je l'ai lue avec délices ! Te revoilà donc ! Nous revoilà donc ! oh ! que j'en aurais besoin aussi de te voir, de vivre quelques jours encore auprès de toi ! Hélas ! je dis : « quelques jours », parce que je ne sais pas si le Ciel m'en promet davantage ! Je ne sais pas s'il ne faudra pas mourir avant peu de temps ! Ma vie est liée à celle d'une femme que je crois mourante ! et tout bien calculé, je ne pense pas pouvoir survivre de beaucoup à elle ! Je suis d'ailleurs toujours attaqué du foie, et le supplice dans lequel je vis ici depuis quelque temps et les émotions bouleversantes et déchirantes auxquelles je suis continuellement en proie ne contribuent pas à le guérir ! Mais je ne fus jamais plus détaché de moi-même, plus au-dessus de moi-même, plus résigné à tout, plus soumis aux célestes volontés toutes cruelles et obscures qu'elles me semblent quelquefois ! Ta lettre m'a remis du baume dans le sang. Je t'avais parlé dans ma dernière d'une passion profonde et véritable qui remplissait depuis quelques mois toute ma vie, je t'avais parlé de l'objet de cet amour, je t'avais dit que j'avais besoin de vous rapprocher. Je lui avais écrit, avant de te savoir précisément à Paris, que je voulais vous faire connaître l'un à l'autre ; j'y tiens beaucoup, cela ne peut que vous convenir beaucoup à tous les deux ! Tu trouveras dans tous les cas une femme d'un esprit supérieur et d'une âme ardente, cela seul vaudrait la peine d'être vu, mais tu verras en outre la femme que j'aime par-dessus tout (excepté toi), la femme qui fera le destin de ma vie ! car je tremble avec raison pour sa vie à elle, et la mienne y tient !

Elle m'écrit douze pages aujourd'hui et tous les courriers à peu près. Pour te mettre tout de suite à ton aise et en rapports intimes avec elle, je t'en envoie quatre où il est question de toi ! Tu verras mieux par là que par un long discours sur quel pied et sous quels rapports intimes tu peux t'y présenter. Tu me les renverras par ta première lettre, et tu ne lui diras pas que tu l'as lue, mais que seulement je t'ai dit et écrit à quel point nous étions amis. Je te prie, au nom de l'amitié, d'y aller, de ne pas tarder ; cela sera, j'en suis sûr, un grand bonheur pour elle et deviendra certainement à la longue un plaisir pour toi, à moins qu'elle ne soit accablée tout à fait de ses souffrances, mais alors tu auras de la pitié. Elle a d'ailleurs assez de relations distinguées pour t'être utile dans ta nouvelle carrière.

Voici comment je lui mande que tu iras, afin que, s'il y avait du monde chez elle, son mari par exemple, cela ne paraisse nullement singulier. Vas-y à neuf heures du soir lui faire une visite, comme chargé par moi de savoir de ses nouvelles dont je suis fort en peine. Tu lui diras que je lui avais écrit pour m'en informer à elle-même, mais que n'ayant point eu de réponse, je t'ai prié d'y aller de ma part en savoir toi-même, et que j'ai pensé qu'il n'y aurait point d'indiscrétion à cette démarche : voilà ta phrase d'entrée ; mais si elle est seule, tout est dit. Pardon de cet ennui : si c'en est un trop fort, n'y va pas. Cependant tu peux ainsi faire une véritable bonne action et consoler deux misérables. Réfléchis. Tu pourrais te faire précéder d'un petit mot pour lui demander son heure, cela t'éviterait l'ennui de la phrase d'entrée. Fais ce que tu penseras bien.

Nous avons été amants et nous ne sommes plus que des amis exaltés, un fils et une mère. Nous ne voulons être que cela. Je te conterai à loisir les détails déchirants de toute cette histoire où il n'y a que des larmes. Si elle te parle d'Antonielle[1], ne lui dis pas qui elle était. Hélas ! je t'avais écrit, il y a huit mois, la mort d'Antonielle ; elle était morte de la poitrine depuis quinze mois, et je n'en savais rien ! Tu n'auras rien reçu de tous ces temps-là[2] ; je te dirai tout cela.

J'ai montré ta lettre à ma mère, à mon oncle, afin de les tâter sur mon départ. Ta lettre les y dispose assez ; ils en ont été très contents. Mon oncle m'a dit, souriant à ta proposition : « Eh bien, eh bien ! c'est charmant ! il faudra, il faudra en profiter. » Écris-moi dans le même sens, en insistant sur les connaissances utiles et les espérances de m'aider à me placer. Ne parle pas de prochaine arrivée à cette pauvre femme, elle n'a déjà eu que trop de désappointements, ménage-la beaucoup, peins-lui l'avenir en bleu. C'est une imagination flétrie par des douleurs de tout genre.

En résumé, penses-tu qu'il y ait moyen d'entrer à présent dans quelque administration, dans quelque sous-préfecture, au ministère des Relations extérieures ? Peux-tu parler ou faire parler de moi à M. de Rayneval, à quelque autre ? Réponds à ceci pour moi tout seul.

Si je pars d'ici à quinze jours ou trois semaines, comme je cherche tant à l'espérer, j'irai en effet débarquer près de toi, en attendant que mon logement soit vacant ou mes meubles vendus. Que je serai heureux ! Que nous passerons de bonnes matinées ! Que nous avons de récits à entendre et à faire ! As-tu reçu ma seconde petite lettre ? Réponds-moi toujours courrier par courrier et écris beaucoup. Ton arrivée m'a ôté un poids de cinq cents livres de dessus le cœur. Si elle venait à périr, je me réfugierais près de toi, fusses-tu au bout de l'Italie ou de la Russie ! Adieu. Pardonne-moi le désordre de cette lettre. Oh ! comme tu me le pardonnerais, si tu avais vu tout ce que j'ai

---

1. Il s'agit de la jeune Italienne qu'il appellera Graziella dans son roman éponyme.
2. En février 1816, Aymon de Virieu avait été nommé second secrétaire de l'ambassade extraordinaire au Brésil. Il n'en revint qu'à l'automne.

vu ! Comme tu serais étonné de me trouver encore tant de raison ! Ma mère a été ravie de ta petite lettre, elle t'aime fièrement à cause de moi et parce que tu m'aimes.

Adieu. Sois heureux ou le moins malheureux possible dans cette vallée de larmes ! Ne rencontre jamais de créature céleste sur la terre ! Elles n'y valent rien et ce n'est pas leur place. Garde ton cœur avec soin ; on lui cède un peu, et l'on est perdu sans s'en douter. Surtout aime-moi, car je t'aime. Voilà la seule raison. Vignet sait ton retour.

Voici son nom et son adresse : Mme Charles, femme de M. Charles, président de l'Académie des sciences, palais de l'Institut, dans la cour de l'Institut. Adieu, adieu. Voici un paquet, pardon. J'attends de tes nouvelles dans les angoisses. Adieu. Écris vite et souvent.

P.-S. Je t'enverrai ces jours-ci, par la diligence, à ton adresse, un volume de mes *Élégies* que je viens de copier pour elle, que tu lui remettras après les avoir lues.

Le marquis de Luppé[1] *publie pour la première fois une lettre de Julie Charles à Aymon de Virieu, datée du 3 janvier 1817 :*

Venez me voir, Monsieur, j'ai besoin des consolations de l'ami d'Alphonse. J'en reçois une lettre déchirante. Il est malade, il est injuste. Il m'écrit qu'il part et il ne me dit pas pour quel lieu[2]. Il viendra quand ses forces, quand ses affaires pourront l'amener ici ; et en attendant il n'a pas besoin de mes lettres. Il ne me donne aucun moyen de lui écrire. Ah ! Monsieur, dites-le moi, vous dont je suis à peine connue, ne l'avez-vous pas vu que je l'aimais ? Il me semble que je ne puis prononcer son nom sans que ma voix exprime combien il m'est cher ! Aussi je ne le nommerais pas à un autre qu'à vous ; non que je veuille cacher un attachement dont je suis fière, mais parce qu'il y a si peu d'âmes dignes d'apprécier la sienne et de com-

---

1. Albert de Luppé, *Les Travaux et les Jours d'Alphonse de Lamartine*, Paris, Albin Michel, 1942.
2. La destination que Lamartine tenait secrète, c'était Paris : le 8 janvier 1817, il se présentait chez Julie Charles.

prendre un noble sentiment, que j'aime bien mieux le renfermer que de le profaner au vulgaire. Je devrais cependant en dire davantage à l'ami d'Alphonse ! Lui-même il peut se plaindre de mon silence, s'il n'en a pas deviné la raison. Ah ! c'est qu'il y a dans le cœur d'une femme des secrets qu'il lui faut arracher et que la crainte d'en trop dire, ou de n'en pas dire assez, peut la forcer à se taire sans que pour cela elle manque de confiance. Je le sais, et je le vois bien, Monsieur, que vous méritez toute la mienne, mais concevez que je ne puisse pas dire faiblement que j'aime Alphonse ! et que je redoute, en me laissant aller à toute l'ardeur de mon âme, l'espèce de reproche d'exaltation que je vois faire aux femmes qui rencontrent un Alphonse dans leur vie et qui l'aiment jusqu'à en mourir.

Vous le savez à présent, c'est comme cela que je l'aime ! Dites-le lui, Monsieur, quand il sera assez malheureux pour en douter. Dites-lui que quand je me tais, c'est pour me renfermer dans cet amour de mère qui nous est seul permis ; et comprenez que si la différence de nos situations m'impose la loi de ne voir en lui qu'un fils, elle m'en impose aussi les devoirs. Ainsi, quelles que soient la force et l'étendue de mes sentiments, je suis prête pour lui à tous les sacrifices. Ce que je sens pour lui est d'une nature si élevée que je ne sais pourquoi j'appelle sacrifice la destruction de ma vie, si elle en résulte. Son bonheur, son avenir, sa gloire sont ma véritable existence ; et quand il formera d'autres liens, quand il aimera ailleurs, s'il est heureux, je ne me plaindrai pas. Non, je crois même que je saurais en jouir. J'ai si bien vu, dès les premiers moments de notre attachement, tout ce qui nous sépare, qu'alors même je lui dévouai le sentiment le plus pur et le plus désintéressé que jamais peut-être Dieu ait inspiré à une de ses créatures. Comment, en effet, eussé-je pu attendre de lui ce que moi je devais éprouver ? Croyez, Monsieur, que je vois ses perfections et mon infériorité ; croyez que je vois ses agréments et la nullité des miens. Croyez surtout que je sais la différence de nos années et qu'auprès du charme de sa vive jeunesse je vois une santé détruite, une vie qui s'éteint et le temps qui s'approche finissant de longues douleurs. Pourrais-je donc vouloir borner à la mienne son utile existence ? Oh ! non. Qu'il soit heureux et que, pendant ma vie et après ma mort, il sente et inspire l'amour ! Des qualités comme les siennes ne doivent pas demeurer ensevelies, et Alphonse doit vivre, pour l'honneur de sa famille, pour la jouissance de ses amis et pour le bonheur ineffable de celle à qui il doit unir sa glorieuse destinée ! Pour moi, je suis sa mère. Il l'a dit, que c'était une *passion maternelle* qu'il m'avait inspirée. C'est assez dire que j'ai fait une abnégation absolue de moi-même et que, loin d'être un obstacle à aucun des avantages qui l'attendent, le reste de mes jours sera consacré à demander au Ciel du bonheur, du bonheur à tout prix, pour l'enfant de mon cœur et de mon adoption !

Pardon, Monsieur, pardon mille fois. Je m'aperçois trop tard que j'ai fait un volume de ce qui devait n'être qu'un billet. La douleur est longue dans ses plaintes et la confiance dans ses épanchements. Que ce soit deux motifs d'indulgence.

JULIE.

Le marquis de Luppé atteste qu'après la mort de Julie, Virieu rapporta à Lamartine ses propres lettres et que ce dernier brûla lui-même les deux paquets, avant son mariage ou avant la publication de Raphaël. *Seules quatre lettres de Julie Charles à Lamartine ont échappé à la destruction. René Doumic put accéder au tiroir secret du cabinet de travail de Saint-Point et les publia dans la* Revue des Deux Mondes *du 1er février 1905 (mais il intervertit la première et la troisième).*

1er janvier 1817, 10 heures du soir.

Que je vous retrouve, ô mon Alphonse ! Après une journée livrée à des indifférents, je brûlais d'être seule. J'ai pourtant fait fermer ma porte très tard, mais depuis 3 heures j'ai du monde et je n'ai vu avec plaisir que M. et Mme Mounier ! Ils sont venus tout de suite après leur dîner et c'était vraiment aimable : pourquoi n'en ai-je pas assez joui ? Ah ! c'est que vous êtes dans mon cœur, mon enfant, et que quand je ne puis ni causer librement avec vous, ni vous écrire je suis malheureuse. Il faut pourtant que je vous dise que Wilhelmine a été charmante et son mari très bon pour moi. Cette jolie jolie femme m'est arrivée parée pour la Cour et elle est restée avec moi jusqu'à l'heure où le Roi recevait, ne voulant pas, m'a-t-elle dit, passer cette journée sans me voir. Elle m'a apporté une jolie bague renfermant des cheveux de toute sa famille et portant son chiffre, celui de son mari et de ses enfants. Moi je lui ai tressé des bracelets semblables à la ceinture que je vous ai montrée à Aix et j'y ai fait mettre aussi nos chiffres. M. Mounier m'a donné un ouvrage très rare de son père qu'il a pris soin de faire relier élégamment. Ce sont ses doctrines politiques. Vous voyez que c'est une amitié grave que la sienne et qu'il ne me traite pas en femme qui aime les romans. J'aurais voulu lui donner aussi quelque chose, mais je ne sais qu'imaginer et je ne puis pas sortir. J'enverrai demain chez Lenormand pour avoir un livre qu'il n'ait pas. Je voudrais, mon amour, que vous fussiez là pour me guider sur le choix qui m'embarrasse. Je ne le ferais pas au hasard de mal choisir ! — Wilhelmine nous a quittés à huit heures, nous laissant M. M(ounier) qui a fait avec M. C(harles) quelques parties d'échecs. Il m'a mis pendant ce temps au fait de la politique du jour et la loi des élections[1] est revenue sur le tapis, comme vous le croyez bien. La discussion se continuera jusqu'à après-demain. Jamais question n'aura été plus fortement débattue. On ne sait pas encore quel parti l'emportera. Le ministère craint un peu que ce ne soit pas lui, mais je vois la minorité, quoique « très forte » de raison, croire assez peu à son triomphe. Quand je dis forte de raison, vous savez bien, mon amour, que je n'en trouve pas à toute la minorité et que par exemple M. de La B[ourdonnais] m'a paru aussi maladroit que dénué de ce qui constitue le bon sens[2]. Mais je dis que la raison me paraît être du côté des hommes qui improuvent la loi. — Au reste, ce sont des sujets sur lesquels je me permets à peine une opinion et où je crois que toute femme qui n'est pas folle doit se récuser. — C'est vous, cher Alphonse, qui me fixeriez sur tous ces points au-dessus de ma portée, si j'avais le bonheur de vivre auprès de vous. Vous aviez la bonté de me demander l'autre jour mon avis sur une chose de cette nature, et je crois que je vous ai dit quelle était mon opinion sur les femmes qui se permettent d'en donner aux hommes qu'elles aiment, au lieu de les recevoir d'eux. C'est de leur part que la soumission et la déférence doi-

---

1. La Chambre discutait le projet de loi (voté le 5 février 1817) qui abrogeait l'élection à deux degrés.
2. Le comte de La Bourdonnais combattait le projet en s'efforçant de compromettre le roi.

vent être entières, et à cet égard je fais bien mon devoir, je vous assure. J'aime à reconnaître votre supériorité et j'en suis fière ! En ma qualité de femme, j'ai seulement plus de respect pour des objets consacrés par le préjugé peut-être. Mais quelle est la femme qui peut s'en dire exempte ? que cette devise est vraie : « Un homme doit braver l'opinion, une femme s'y soumettre. » Qu'elle est vraie du moins dans presque toutes les circonstances de la vie pour les hommes : et pour les femmes, comme elle est vraie toujours ! — Je ferais donc mon bonheur et mon devoir, cher Alphonse, de prendre vos conseils et de les suivre sans restriction dans mes sentiments pour vous ; la représentation seule me paraîtrait permise, et encore ce ne serait que sur les choses où les femmes doivent avoir une opinion à elles, qui les met peut-être à même d'ouvrir un bon avis, que je pourrais discuter avec vous. Mais toutes nos raisons dites, avec quel respect, cher Alphonse, je me soumettrais à votre décision ! Que je serais une bonne femme avec vous ! Que j'en suis une ordinaire pour un autre ! Ce que c'est que l'amour ! Quelles vertus il inspire quand l'objet qui l'a fait naître en est digne ! Je sens que mon Alphonse pourrait m'élever jusqu'au sublime !

Que nous voilà loin, cher enfant, d'une conversation politique ! Depuis quinze jours, c'est la première fois que je puis laisser courir ma plume et vous voyez si j'en profite. Vendredi vous aurez donc enfin une lettre. Pour laisser les autres, je veux vous dire encore une nouvelle du jour. À l'audience de ce matin, devant deux cents personnes, M. le d[uc] de B[erry] a dit à M. Cuvier (commissaire du roi), après quelques phrases polies sur son rapport, qu'il regrettait qu'il eût employé un beau talent à soutenir une loi qui lui paraissait mauvaise et subversive de la Charte non moins que de la monarchie, qu'il saurait gré aux hommes qui voteraient contre, qu'ils serviraient la légitimité.

M. de Bonald a fait un fort beau discours qui a fait une grande impression. Les deux partis s'accordent à dire que si on eût été aux voix après, la loi n'eût pas passé. Il faudra voir demain la marche de la discussion. Lisez le rapport de M. de B[onald], je vous en prie, mon Alphonse, et dites-moi si vous n'admirez pas le caractère et le talent du noble ami de votre mère ? Je n'en connais encore que des fragments qu'il m'a lus, mais c'est assez pour le juger. S'il n'est pas inséré en entier dans le *Moniteur*, je vous enverrai un des exemplaires de M. de B[onald] que je dois avoir demain.

J'ai lu vos vers[1], cher Alphonse, ou plutôt je les ai dévorés. Vous me gronderez, j'en suis sûre, mais pourquoi la tentation était-elle irrésistible ? Comment les avoir sur mon lit et les quitter, cher enfant, avant d'avoir épuisé mon admiration et mes larmes ? Comment dormir et sentir là votre âme sublime s'épanchant tout entière avec ce caractère de sensibilité qui la distingue, noble comme le génie ! touchante comme l'amour vrai ! Oh ! mon Alphonse ! qui vous rendra jamais Elvire ? qui fut aimée comme elle ? qui le mérite autant ? Cette femme angélique m'inspire jusque dans son tombeau une terreur religieuse. Je la vois telle que vous l'avez peinte, et je me demande ce que je suis pour prétendre à la place qu'elle occupait dans votre cœur. Alphonse, il faut la lui garder et que moi je sois toujours votre mère. Vous m'avez donné ce nom alors que je croyais en mériter un plus tendre. Mais depuis que je vois tout ce qu'était pour vous Elvire, je vois bien que ce n'est pas sans réflexion que vous avez senti que vous ne pouviez être que mon enfant. Je commence à croire même que vous ne devez être que cela, et si je pleure, c'est de n'avoir pas été placée sur votre route quand vous pouviez m'aimer sans remords et avant que votre cœur se fût consumé pour une autre[2]. — Consumé, ai-je dit ? ah ! pardonnez. Je vois ce que vous devriez être plutôt que ce que vous êtes. Tout respire l'amour dans vos lettres et jusqu'à cette expression chérie que vous avez créée ! N'avez-vous pas dit, ne suis-je pas sûre que vous avez pour moi une passion filiale ? Cher Alphonse ! je tâcherai qu'elle me suffise. L'ardeur de mon âme et de mes sentiments voudrait encore

---

1. Lamartine écrivait à Virieu le vendredi 27 décembre 1816 : « tu auras reçu un volume de mes élégies par la diligence. Tu le liras et lui porteras pour ses étrennes au jour de l'An. Je les ai copiées sur son *album*. Lis surtout *Sapho*. Tout cela me paraît mauvais à présent. » C. Croisille a proposé de reconstituer le contenu de ce volume. Parmi les *Méditations*, on trouverait « À Elvire », « Le Temple », et dans les *Nouvelles Méditations*, « Sapho, élégie antique », « Tristesse », « À El. », « Élégie ».

2. Aussi mufle que romantique, Lamartine avait donc dû faire accroire à Julie Charles (à moins que la jalousie ne la pousse à renchérir dans l'idéalisation de sa rivale) qu'une passion exclusive vouée à la jeune Italienne défunte l'empêchait de l'aimer, elle, autant qu'elle le désirait.

une autre passion avec celle-là, ou que du moins il me fût permis, à moi, de vous aimer d'amour et de tous les amours ! Mais s'il faut vous le cacher, ô mon ange ! si vous êtes tellement dans le ciel que vous repoussiez les passions de la terre, je me tairai, Alphonse ! J'en demanderai à Dieu la force et il m'accordera de vous aimer en silence.

Le 2, au matin[1]

Une chose m'a frappée, Alphonse, il faut que je vous la dise, dans le langage de votre ami sur la femme que vous avez aimée. Nous en parlions et je lui exprimais mon admiration pour ses touchantes vertus et pour sa mort que je lui envie et que peut-être je ne lui envierai pas longtemps ; il m'arrêta tout court dans l'éloge que j'en faisais par des louanges si ordinaires que j'en demeurai confondue. Ses termes étaient, je crois, ceux-ci : Oui c'était une excellente petite personne, pleine de cœur et qui a bien regretté Alphonse. — Mais elle est morte de douleur, la malheureuse ! Elle l'aimait avec idolâtrie ! Elle n'a pu survivre à son départ[2]. — Puis par une réflexion rapide qui me fit faire un retour sur moi-même, j'ajoutai : Au reste ce n'est pas elle qu'il faut plaindre aujourd'hui, elle a cessé de souffrir. — Votre ami parut alors regretter d'en avoir parlé légèrement et il finit bien, surtout quand il apprit comment elle avait terminé sa vie, par lui reconnaître des qualités, mais l'impression était faite. Serait-il donc possible, Alphonse, qu'Elvire fût une femme ordinaire et que vous l'eussiez aimée, que vous l'eussiez louée comme vous l'avez fait ? Si cela était, cher Alphonse, quel sort j'aurais devant moi. Et moi aussi vous me louez, vous m'exaltez, et vous m'aimez parce que vous me

1. Suite de la lettre précédente.
2. En avril 1816, Lamartine a appris qu'Antoniella-Elvire-Graziella était morte de tuberculose quinze mois plus tôt (voir supra, sa lettre à Virieu du 16 décembre 1816). « Lamartine avait déjà forgé un mythe à l'usage de Julie, écrit Marie-Renée Morin : celui d'une jeune Italienne morte d'amour à la suite du départ en France de son amant. » Virieu, interrogé par une Julie jalouse de la passion ardente que dépeignent les poèmes, s'est trouvé pris de court. Sa réponse plate et désinvolte ne pouvait que contrevenir à la version des faits si romanesque donnée par Lamartine.

croyez un être supérieur ! Mais que l'illusion cesse, que quelqu'un déchire le voile et que me restera-t-il, si vous pouvez vous tromper ainsi dans vos jugements ? Est-ce donc l'imagination qui s'enflamme chez vous, ô mon bien-aimé, et croyez-vous comme tant d'hommes le font aux rêves de votre cœur jusqu'à ce que la raison les détruise ? Oh ! mon ange, je ne puis le croire et cependant je tremble. Si un jour, cher Alphonse ! on allait dire de moi : C'était une bonne femme, pleine de cœur, qui vous aimait, et que vous pussiez supporter cet éloge, est-ce que vous m'aimeriez encore ? — Oh non sûrement je ne voudrais plus que vous m'aimassiez, ce serait vous rabaisser vous-même. Mais je vous le déclare, mon Alphonse, je ne pourrais pas supporter moi-même un pareil éloge. Je sens au-dedans de moi quelque chose qui le repousse, ce n'est pas la fierté, j'en suis dénuée : c'est l'amour ! Celui que je sens pour vous est d'une nature si relevée ! il est si ardent ! il est si pur. Il me rendrait capable de tant de vertus qu'il me relève à mes propres yeux et que je ne pourrais souffrir qu'on en parlât légèrement. Le reste je l'abandonne. Je vous l'ai dit assez, cher ami, que je n'étais qu'une bonne femme et qu'il ne fallait m'aimer que parce que je vous aime. Mais quand on aime comme moi, quand on aime comme Elvire et moi jusques à en mourir — n'est-on donc qu'une femme pleine de cœur ? Mais pourquoi mal interpréter ce mot ? Ce n'est pas vous, mon amour, qui l'avez dit et peut-être devrais-je l'entendre autrement. Combien avec autant d'amour n'a-t-on pas de cœur en effet ! Comme le mien bat dans ma poitrine ! Comme il brûle ! Comme il est à la fois dans mon esprit, dans mon imagination et dans l'amour ardent qui m'enflamme ! Allons, je le vois bien, il avait raison, votre ami, nous sommes des femmes pleines de cœur. C'est moi qui devais expliquer autrement cette expression. Pardonnez donc, mon amour, tout ce qu'elle m'a fait dire, mais gardez le souvenir de mes justes craintes ! et voyez-moi moins aimable, mais aimez-moi *quand même*.

Jeudi soir, 2 janvier 1817

Arrivez, arrivez, Alphonse, venez consoler votre mère. Je ne puis plus supporter vos cruels reproches, et l'idée déchirante que vous avez pu croire à un changement dans mes sentiments fait un tel effet sur moi que je ne suis plus la maîtresse de ma raison. Pour vous prouver que je vous aime par-dessus tout, injuste enfant ! je serais capable de tout quitter dans le monde, d'aller me jeter à vos pieds et de vous dire : Disposez de moi, je suis votre esclave. Je me perds, mais je suis heureuse. Je vous ai tout sacrifié, réputation, honneur, état, que m'importe ? Je vous prouve que je vous adore. Vous n'en pouvez plus douter. C'est un assez beau sort que de mourir pour vous à tout ce que je chérissais avant vous ! Et que m'importe en effet, et que puis-je placer à côté d'Alphonse qui pût balancer un seul instant les sacrifices que je suis prête à lui faire ? S'il se rit des jugements des hommes, je cesse de les respecter. Je trouverai bien toujours un abri pour ma tête et, quand il ne m'aimera plus, un gazon pour la couvrir. Je n'ai pas besoin d'autres biens. — Alphonse ! Alphonse ! plaignez-moi, vous me mettez au désespoir. Me dire que je vous ai donné la fièvre, persister dans ce reproche de négligence et m'en parler de ce ton de reproche c'est me déchirer l'âme, et encore vous me refusez les moyens de me faire entendre, vous ne voulez plus que je vous écrive, vous allez partir pour un lieu que vous me cachez, où vous ne voulez pas trouver une lettre, où vous croyez sûrement que je n'en adresserais pas. Ô Alphonse ! ô mon fils ! Que vous a fait votre mère ? Quelle idée en avez-vous ? Si c'est ainsi que vous devez la traiter, il faut la laisser mourir, les forces lui manquent pour souffrir autant. Si vous pouviez la voir ! Adieu, adieu, Alphonse chéri ! Dieu me fait le bien de suspendre mes maux par d'étranges faiblesses, la dernière arrivera, j'espère.

Plus tard.

Je reviens à moi, cher enfant, et c'est pour souffrir encore. Vous avez éprouvé un affreux ébranlement, vous voulez partir malade. Vous allez voyager avec le doute dans le cœur, vous voulez donc mourir et me tuer ? Ah ! mon ami, que j'avais raison de pleurer l'année qui vient de finir ! Sous quels auspices commence celle-ci ! Qu'attendre ? que faire ? que devenir ? il croit, il croit, le cruel ! que je cesse insensiblement de l'aimer. Oh ! mon Dieu, prenez donc ma vie bien vite et que cette horrible agonie ne se prolonge pas. Il a vu de la froideur dans mes lettres après avoir cru à ma négligence. L'un est vrai comme l'autre. De la froideur pour lui ! ô mon Dieu, vous le savez si j'en suis coupable. Vous voyez mon cœur, vous, ô mon Dieu, et vous vous plaignez qu'il n'est pas à vous, mais à lui, et si vous pardonnez c'est que vous le reconnaissez pour la plus angélique de vos créatures ! c'est que vous voyez en lui l'âme la plus noble que vous avez créée ! Ah ! laissez-moi l'adorer à jamais ; mais si je puis encore vous invoquer après vous avoir demandé de ne pas exiger que je me sépare de cette moitié de moi-même, mille fois plus chère que l'autre, faites qu'il me voie telle que je suis, je n'implore de lui que cette justice. Il verra de nombreuses imperfections et peut-être même de ces défauts de caractère qui peuvent éloigner un fils de sa mère ; mais qu'il verra d'amour, ô mon Dieu, et s'il ne cesse pas d'être lui-même, comme il en sera touché ! Regarde-le Alphonse ! ce cœur que tu calomnies. Vois la plaie que tu lui as faite, vois-la saigner et accuse-moi après si tu le peux. — Hélas ! faut-il donc que j'appelle à moi des témoignages étrangers ? en ai-je besoin, Alphonse ? ne croyez-vous plus ce que je dis ? hélas ! peut-être ? — Eh bien ! faites parler votre ami. Je ne lui ai rien dit de l'amour que je sens, je ne l'ai pas osé. J'oserai peut-être le lui écrire. Mais s'il n'a pas vu que je vous aime, il n'a jamais rien senti. J'avais presque la crainte que ma douleur et ma joie ne parlassent trop haut.

Si je ne vous ai pas dit à vous-même, mon amour, ce qui se passait au-dedans de moi, c'est que je ne sais rien exprimer, car j'aurais cru mourir plutôt que de vous écrire froidement. Une seule chose pourrait m'expliquer à moi-même ce dont vous vous plaignez, c'est si je vous ai écrit devant les autres et tellement vite, à cause de l'heure, qu'il fallait étouffer toutes mes pensées. Je sens fort bien que quand un autre me regarde je ne puis vous rien dire. Il me semble qu'on m'écoute et je trouve que c'est une profanation que d'exprimer l'amour devant des hommes qui ne sont pas faits pour le sentir. Je ne veux pas en faire mes confidents, ils n'en sont pas dignes, et écrire je vous aime sans qu'ils le voient, pensez-vous donc, Alphonse, que ce soit possible ? Est-ce que mes regards, ma main qui tremble, mon émotion, tout ne parle pas en moi ? — Ah ! crois donc que je t'aime, ange adoré, et ne crains que l'excès d'une passion que je ne puis plus modérer. C'est ma vie que mon amour. Il ne dépend pas de toi-même de me séparer de lui, mais d'elle ?... ah ! quand tu voudras, dis-moi que je ne t'aime plus, dis-le pour cesser de m'aimer et pour le faire sans reproche, et tu verras !

Alphonse ! je voudrais partir pour vous aller trouver. C'est de la barbarie que de retenir mes lettres après m'avoir envoyé la vôtre, et il fallait rester un jour de plus, dussiez-vous me voir plus tard. Je ne veux plus que vous me voyiez si vous ne croyez plus en moi. — Hélas ! hier au soir le calme avait fini par descendre dans mon âme. Après avoir passé la nuit à lire vos vers, à redouter celle pour qui vous les avez faits et à demander à Dieu de m'appeler à lui, si après en avoir tant aimé une autre il ne restait plus rien pour moi : j'avais fini après [une nuit] de pleurs sur l'année qui n'était plus à nous par me confier dans la destinée ; et le soir après m'être [affranchie] de ceux qui avaient voulu que je restasse sur mon fauteuil à avoir l'air de les entendre, c'était avec une joie indicible que j'étais venue retrouver l'ami de mon cœur et causer avec lui comme je lui parlerais, ou plutôt comme je lui parlais à Aix, de nous, des choses et des hommes. Joie trompeuse, qu'êtes-vous devenue ? La torture s'est mise à la place, jusqu'à vendredi il faudra la subir et ce jour-là même Dieu sait ce qui m'attend ! n'avais-je pas eu la folie de compter pour ce soir sur du bonheur ? Ah ! mon ami, je vous pardonne tout, mais que je souffre et quel noir horizon couvre à mes yeux l'avenir !... Enfin je sais mourir.

Vendredi matin[1].

La nuit est passée, je ne vous dis pas de quelle manière. Qu'importe la douleur ? Quand elle ne tue pas, elle n'est pas assez forte. Je ne fais plus de cas que de celle qui détruit l'existence. Que la mienne est affreuse, cher Alphonse ! vous devriez m'en délivrer par pitié. Plus j'approfondis mes sombres réflexions, plus je sens que le bonheur n'est pas fait pour moi et que le plus grand bienfait que Dieu puisse m'envoyer, c'est de m'appeler à lui. Tant que j'ai pu croire qu'en me résignant à vivre je vous faisais du bien, j'ai pu aller jusqu'à aimer la vie, mais à présent, Alphonse, que vous ne croyez plus à

---

1. Suite de la lettre précédente.

l'amour de votre mère, elle va cesser de vous être nécessaire et alors son sort est tracé. Vous n'exigerez pas qu'elle demeure dans ce monde pour s'y nourrir de larmes. Vous n'avez pas de soupçons, dites-vous, mais vous n'avez pas de confiance, n'est-ce pas la même chose ? Si parce qu'une lettre est arrivée trop tard à la poste, ou que m'étant pénétrée de l'idée que je ne puis être que votre mère, j'ai contraint mon âme à cacher le feu qui la brûle, vous m'avez supposé une froideur impossible ; que puis-je faire pour empêcher que les mêmes pensées vous reviennent et qu'elles nous torturent tous les deux ? Ah ! cher enfant, avez-vous pu le dire qu'au reste vous souhaitiez ce refroidissement et que vous ne m'en aimiez que plus ? Si vous aviez joui de toute votre raison en écrivant cette lettre, je vous demanderais de n'adopter que des possibilités et de ne jamais me dire : Je vous aimerai davantage quand vous ne m'aimerez plus et que vous serez devenue une femme aussi sèche que je vous ai cru tendre et sensible. [*Ici une ligne a été effacée par l'usure du papier.*] Je crois vous l'avoir déjà dit, je ne comprendrai jamais que le bonheur que vous me souhaiteriez hors de vous soit une preuve d'amour. — Mon amour à moi c'est ma vie et si j'ai quelques vertus bonnes ou sensibles, c'est à lui que je le dois. Ôtez-le-moi et vous m'ôterez tout le mérite que vous croyez me voir. Je ne serai plus qu'une femme si ordinaire que vous ne me regarderiez plus et vous auriez raison. — Mais il ne dépend, cher Alphonse, ni de vous, ni de Dieu lui-même de m'ôter l'amour que j'ai pour vous. Il est devenu l'essence de ma vie, et quand je quitterai la terre je l'emporterai avec moi. Renoncez donc à détruire un sentiment indestructible. Vous pouvez tout sur moi, hors cela. Si vous l'ordonnez, toute malheureuse que je me trouve en ce moment, je supporterai ma douloureuse existence. Mais si vous voulez qu'elle soit longue, ô mon bien-aimé ! prouvez-moi donc qu'elle vous est nécessaire et rendez-la moi aussi douce qu'elle m'est quelquefois à charge. Hélas ! pourquoi donc une seule plainte fait-elle sur moi tant d'impression qu'elle éloigne jusqu'au souvenir du bonheur que je vous ai dû jusqu'ici ? C'est que mon âme est faite pour la douleur, qu'elle est à peine accessible à la joie et que le bonheur ne me paraît que comme une ombre qui s'évanouit. Ah ! pourtant, mon amour, que je suis coupable ! J'oublie les biens si réels que je vous dois pour ne m'occuper que des craintes que peut-être vous n'avez accueillies qu'un moment et que vous avez repoussées. Ah ! mon ange, pardonne. Je ne suis pas ingrate, crois-le bien, mais je redoute plus que la mort de perdre mon Alphonse ! Ah ! qu'il me reste cet ange chéri ! ce fils adoré ! Qu'il dispose de moi à quelque titre que ce soit, et je suis à lui !

À onze heures et demie, mercredi [8 janvier 1817].

Est-ce vous, Alphonse, est-ce bien vous que je viens de serrer dans mes bras et qui m'êtes échappé comme le bonheur échappe ? Je me demande si ce n'est pas une apparition céleste que Dieu m'a envoyée, s'il me la rendra, si je reverrai encore mon enfant chéri, et l'ange que j'adore ! Ah ! je dois l'espérer. Le même ciel nous couvre aujourd'hui et depuis ce soir je vois bien qu'il nous protège. Mais les cruels qui nous ont séparés, quel mal ils nous ont fait, Alphonse ! Qu'avons-nous de commun avec eux pour qu'ils viennent se mettre entre nous et nous dire : vous ne vous regarderez plus ? Ce morceau de glace mis sur nos cœurs ne vous a-t-il pas déchiré, ô mon ange ? J'en sens encore le froid. J'ai cru que j'allais leur dire : Eh ! laissez-moi. Vous voyez bien que je ne suis pas à vous, que j'ai beaucoup souffert, et qu'il est temps pour que je vive qu'il me ranime sur son sein !

— Ils sont partis : mais vous pourriez être là et je suis seule ; comment Alphonse, n'en pas verser des larmes ? Ah ! pourtant bénissons cette Providence divine ! Demain encore, n'est-ce pas, elle nous réunira et pour cette fois elle nous laissera ensemble ! C'est une épreuve qu'elle voulait encore que nous puissions subir ; mais elle ne veut pas que nous mourions cette nuit, et alors ne mérite-t-elle pas nos adorations toutes entières ? Je le sens si fortement que mon premier besoin a été de me jeter à genoux et d'adorer avec larmes cette suprême bonté qui m'a rendu Alphonse ! C'est aux pieds de Dieu que j'ai recouvré la force de lui parler à lui-même ! — Il me permet de vous aimer, Alphonse ! j'en suis sûre. S'il le défendait, augmenterait-il à chaque instant l'ardent amour qui me consume ? aurait-il permis que nous nous revissions ? voudrait-il verser à pleines mains sur nous les trésors de sa bonté et nous les enlever ensuite avec barbarie ? Oh ! non, le ciel est juste ! il nous a rapprochés, il ne nous arrachera pas subitement l'un à l'autre. Ne vous aimerai-je pas comme il le voudra, comme fils, comme ange et comme frère ? et vous, vous, cher enfant ! ne lui avez-vous pas depuis longtemps promis de ne voir en moi que votre mère !

Ah ! que cette nuit s'écoule, elle me torture. Quoi ! Alphonse, je ne me trompe pas, vous êtes bien ici ! Nous habitons le même lieu ! je n'en serai sûre que demain. Il le faut, que je vous revoie, pour croire à mon bonheur ! Ce soir le trouble est trop affreux. — Chère vallée d'Aix ! ce n'était pas ainsi que vous nous rassembliez, vous n'étiez pas pour nous avare des joies du ciel ! elles duraient comme notre amour sans terme, sans bornes ! elles auraient duré toute la vie. Ici les voilà déjà troublées. Mais quelle soirée aussi et que nous aurions tort, cher enfant, de n'en pas espérer de meilleures ! Vous verrez comme habituellement je suis seule. Vous verrez, demain, mon cher ange, si Dieu est assez bon pour nous faire vivre jusqu'au soir, que des heures et des heures se passeront sans que l'on nous sépare ! Vous verrez si, vous ici, je puis me plaindre de ma situation.

Demain j'ai le malheur de n'être pas libre avant midi et demi. Je vais au Palais avec M. Charles remplir je ne sais quelle formalité, je sors à onze heures et demie. Je calcule que cela me prendra une heure. Attendez-moi chez vous, mon ange. J'y serai dès qu'on m'aura laissée et je vous ferai demander pour vous emmener afin que nous passions le reste de la matinée ensemble. Prions Dieu que jusque-là il nous donne de la vie et de la force.

Écrivez-moi par mon commissionnaire que vous m'aimez toujours, ces mots chéris n'ont pas frappé mon cœur dans le petit nombre de mots que j'ai pu recueillir de votre bouche ! Redites-les Alphonse ! Répétez beaucoup que vous aimez votre mère ! Elle est quelquefois si malheureuse de l'idée terrible que vous pourriez cesser ! — Mais non, non, vous le lui avez trop dit ! Ne prenez pas ceci pour des craintes, une mère ne doute pas de son fils, elle est toujours sa mère, elle peut tout entendre. C'est un de ses devoirs, elle les remplira tous. Ah ! mon enfant, que je vous aime ! que je vous aime ! Vous l'êtes-vous bien dit ? L'avez-vous su ? Au milieu de ce monde où il fallait parler, sentiez-vous mon cœur souffrir ? Le voyiez-vous battre ? Alphonse ! Alphonse ! je succombe à mon émotion. Je vous adore ! mais je n'ai plus la force de le dire. Ah ! que des larmes abondantes me feraient du bien ! Qu'il est donc difficile à porter, le bonheur ! Pauvre nature humaine, tu es trop faible pour lui !

Dites à votre ami que je le porte aussi dans mon cœur comme un frère. Ah ! qu'il a été bon pour moi ! Comme il faut qu'il vous aime pour m'avoir supportée dans mes douleurs et soutenue ce soir quand il est venu m'annoncer mon enfant ! Alphonse ! payez ma dette envers lui. Aimez-le davantage, cet ami si digne de vous ! et que ce ne soit pas parce que je manque de reconnaissance, il a toute la mienne, et il a aussi en épanchements et en affection tout ce qui n'appartient pas exclusivement à mon Alphonse.

Je vous laisse, enfant chéri ! pour quelques heures. Vous allez dormir et moi pendant la nuit entière je vais veiller sur vous et demander à Dieu que demain nous arrive ! Après nous pouvons mourir.

Dors donc, ami de mon cœur ! dors et qu'à ton réveil cette lettre que tu recevras avec tendresse te soit remise ! mon ange ! mon amour ! mon enfant ! ta mère te bénit ! et bénit ton retour !

Lundi, 10 novembre 1817.

Je souffre de vous dire si tard que je vais mieux. L'absence totale de forces en est la cause — ainsi qu'un nuage que j'ai sur la vue qui semble s'épaissir tous les jours. Je ne puis plus rien fixer. J'envisage pourtant un terme à cet état et je crois qu'après de longues souffrances, je vivrai. Je vivrai *pour expier*[1]. C'est par là seulement que je puis devenir digne des grâces immenses que Dieu m'a faites. Je ne sais si vous avez su qu'elles ont été sans bornes. J'ai été administrée, et après avoir reçu le sacrement que dans sa bonté il a institué pour soulager les mourants, Dieu lui-même s'est donné à moi ! — Vous comprenez quels devoirs m'imposent d'aussi grands bienfaits ! Ils seront tous remplis. Les sacrifices ne me coûteront rien : ils sont faits et je sens à la paix de l'âme qui résulte de

---

1. Écho de l'avant-dernier vers du poème de Lamartine, « L'Immortalité. À Julie » (première version de la méditation V, « L'Immortalité », automne 1817) : « Pourquoi suis-je né ? [...] Pour expier peut-être ».

mes résolutions que le bonheur aussi pourrait bien se trouver dans cette route du devoir qu'on croit à tort si pénible.

J'ai reçu toutes vos lettres. Qu'à présent mon ami elles puissent toujours être lues par tout le monde. Je ne puis plus en recevoir d'autres et je ne le désire même pas. Vous ne répondrez pas à celle-ci. Je ne suis pas censée écrire[1] : mais je craignais vos inquiétudes et je suis sûre que Dieu trouve bon que je calme les sollicitudes d'un enfant qui aime trop sa mère. Il sait que cet enfant est vertueux. Il permet que j'en fasse un ami. Oh ! qu'il est bon ce Dieu d'ineffable bonté ! Et sa religion qu'elle est douce, consolante et sublime, quand elle verse sur le pécheur ses trésors d'indulgence !

M. de B[onald] est ici. Il ne permet pas que je lui parle. Ma faiblesse l'effraie. Mais il parle, lui, et sa conversation va tout droit à mon âme pour laquelle elle est faite. — Écrivez-moi vite sur lui et pour lui. Il m'a demandé presque en arrivant ce que vous pensiez de ses observations[2] et lorsque je lui ai dit que vous étiez prêt à les adopter, il m'a dit : Vous me ferez voir cette lettre, je vous en prie. — Or, comme je n'ai rien à lui montrer, écrivez-moi à présent que dans le trouble où ma maladie a jeté mes amis, vous n'avez guère pensé à d'autres intérêts, mais qu'aujourd'hui que vous êtes rassuré par M. Alin, vous êtes pressé de me parler de M. de B[onald], que vous voulez aussi amuser ma convalescence par vos vers, et envoyez moi *L'Ode aux Français*[3] et tout ce que vous me faites attendre si longtemps d'Aix et d'ailleurs. Que la lettre de M. de B[onald]

---

1. La lettre du docteur Alin datée de Paris, le 8 janvier 1818, revient sur les derniers moments de sa patiente, qui semble avoir été obnubilée par son amour au détriment de sa vie : « Excepté dans les quinze derniers jours de sa vie, on n'a pu la faire consentir à ce qu'on couchât dans sa chambre ou dans le cabinet voisin, et dès ce temps-là elle était hors d'état de prendre jamais compte des causes qui entretenaient l'insomnie et mille autres accidents. »
2. Au sujet de « L'Ode à M. de Bonald » de Lamartine et des observations que le dédicataire y avait jointes, voir supra.
3. Le manuscrit date de sept.-oct. 1817. Le poème paraît dans les *Méditations poétiques* sous le titre « Ode ».

et son ouvrage ne soient pas oubliés par la première occasion. M. de V[irieu] reviendra peut-être enfin.

Oh ! que j'ai cru ne plus vous revoir ni l'un ni l'autre ! Tout m'était égal alors, et je retombe dans des inquiétudes sur vous. Soignez-vous, ne venez pas. Cela vaut mieux ; je le pense...

Adieu, mon ami. Je vous aime comme une bonne et tendre mère toujours.

M. de B[onald] est dans la plus grande admiration de votre ode. Il m'a dit qu'il ne lui appartenait pas de la louer, mais qu'elle lui paraissait d'une beauté admirable.

DOSSIER

CHRONOLOGIE
(1790-1869)

21 octobre 1790. Naissance d'Alphonse de Lamartine à Mâcon. Des sœurs suivront : Cécile (1793-1862), Eugénie (1796-1873), Clémentine (1797-1798), Césarine (1799-1824), Suzanne (1800-1824), Sophie (1802-1863). En 1797, la famille s'établit à Milly.

2 mars 1801. Alphonse de Lamartine entre à l'institut Puppier, à Lyon. Il fait une fugue le 9 décembre.

27 octobre 1803. Il entre au collège des Pères de la Foi (d'anciens jésuites) à Belley. Il s'y lie d'amitié avec Aymon de Virieu, Louis de Vignet et Prosper Guichard de Bienassis.

Janvier 1808. Malade, il interrompt son année de philosophie et rentre à Mâcon. Lectures et désœuvrement.

Janvier-mars 1809. Premier séjour à Lyon, assez dissipé, pour étudier le droit.

Janvier-mai 1810. Second séjour à Lyon.

Décembre 1810. Il projette d'épouser Henriette Pommier, fille d'un notable mâconnais qu'il a rencontrée dans un bal. Pour l'en détourner, ses parents l'incitent à voyager.

Juillet 1811-mai 1812. Lamartine gagne l'Italie jusqu'à Naples. Au début de janvier 1812, il rencontre Antoniella (maîtresse de son cousin Dareste, directeur de la manufacture des tabacs), qui lui inspirera le personnage de Graziella. Aymon de Virieu le rejoint à la fin du mois de janvier.

Mai 1812. Lamartine est nommé maire de Milly (ce qui lui permet d'échapper à la conscription).

1er mars 1813. De sa liaison avec Nina de Pierreclau naît un fils, Léon. Il a le projet d'une épopée, *Clovis*, et rédige la première version de *Saül*, tragédie biblique.

1814. Après la chute de Napoléon, il fait partie des gardes du corps de Louis XVIII à Beauvais, puis aux Tuileries.

Mars-juin 1815. Durant les Cent-Jours, Lamartine s'exile en Suisse. Sur la route du retour, il passe par Chambéry, où il est reçu par la famille de Maistre.

1er août 1815. Il reprend son service de garde du corps. Ayant donné sa démission en novembre, il rentre à Milly.

Avril 1816. Il apprend qu'Antoniella est morte de la tuberculose, quinze mois plus tôt.

Juin 1816. Il prévoit de publier quatre petits livres d'élégies inspirés par son aventure napolitaine.

5-26 octobre 1816. Rencontre de Julie Charles à Aix-les-Bains.

Janvier-mai 1817. Lamartine séjourne à Paris. Il fréquente avec assiduité le salon de Julie Charles.

Août-septembre 1817. Épuisée par la maladie, Julie ne peut le rejoindre à Aix.

18 décembre 1817. Mort de Julie Charles.

Octobre 1818. Talma refuse de présenter *Saül* à la Comédie-Française.

Février-juin 1819. Liaison avec Léna de Larche, la « Circé » italienne. Lamartine fréquente dans le même temps la société aristocratique et pieuse du duc de Rohan.

11 mars 1820. Mise en vente des *Méditations poétiques*, sans nom d'auteur (c'est alors une mince plaquette de vingt-quatre poèmes).

27 mars 1820. Il est nommé attaché d'ambassade à Naples.

6 juin 1820. Mariage avec Marianne Birch, une jeune Anglaise protestante qu'il a rencontrée en février 1819 au mariage de sa sœur Césarine.

Juillet 1820. Installation à Naples et séjour sur l'île d'Ischia (septembre-octobre).

20 janvier 1821. Au départ de Naples, il a une illumination et conçoit le plan des *Visions*.

15 février 1821. Naissance, à Rome, de son fils Alphonse.

17 mars 1821. Naissance, à Saint-Amour, de sa nièce Valentine de Cessiat.

14 mai 1822. Naissance, à Mâcon, de sa fille Julia.

Juillet-octobre 1822. Voyage en Angleterre.

4 novembre 1822. Mort, à Paris, du petit Alphonse.

Mai 1823. Lamartine s'installe au château de Saint-Point acquis par son père en 1801.

20 septembre 1823. Publication de *La Mort de Socrate*.

27 septembre. Publication des *Nouvelles Méditations poétiques*.

4 décembre 1824. Échec de sa candidature à l'Académie française.

10 mai 1825. Lamartine est fait chevalier de la Légion d'honneur.

14 mai 1825. Parution du « Dernier Chant du pèlerinage d'Harold ».

28 mai 1825. Parution du « Chant du Sacre » (célébrant le sacre de Charles X, à Reims).

3 juillet 1825. Lamartine est nommé secrétaire de légation à Florence, et arrive en Toscane le 2 octobre.

Mai-juillet 1826. Congé en France.

15 octobre 1826. Il est chargé d'affaires de France en Toscane. Il rédige la plupart des poèmes qui composeront le recueil des *Harmonies poétiques et religieuses*.

Août 1828. Congé de disponibilité.

Juin 1829. Séjour à Paris, vie des salons. Il rencontre Chateaubriand, Hugo, et se lie avec Sainte-Beuve.

5 novembre 1829. Élection à l'Académie française.

16 novembre 1829. Décès accidentel de la mère de Lamartine.

1er avril 1830. Il est reçu à l'Académie par Cuvier. Il se présente dans son discours de réception comme « le fils de ce qui n'est déjà plus ».

15 juin 1830. Publication des *Harmonies poétiques et religieuses*.

15 septembre 1830 — À la suite de la révolution de Juillet, Lamartine donne sa démission de diplomate.

15 décembre 1830. L'ode « Contre la peine de mort » demande au peuple d'épargner les ministres de Charles X.

Mai-juin 1831. Séjour en Angleterre, pour des questions d'héritage touchant au décès, en mars, de Mme Birch, sa belle-mère.

6 juillet 1831. Échec à la députation, à Bergues, Toulon et Mâcon.

Il publie des textes à vocation politique : « À Némésis », qui paraît le 20 juillet dans *L'Avenir* ; *Sur la politique rationnelle*, le 5 novembre ; l'ode sur « Les Révolutions », en décembre.

10 juillet 1832. Début du voyage en Orient. Lamartine s'embarque à Marseille. Visite du Saint-Sépulcre à Jérusalem le 20 octobre.

7 décembre 1832. Mort de Julia de Lamartine à Beyrouth, à l'âge de dix ans.

7 janvier 1833. Alors qu'il est encore au Liban, il est élu député de Bergues, dans le Nord. Rentré en France (par la terre, de Constantinople à Mâcon, de juillet à octobre), il s'installe à Paris à la mi-décembre.

23 décembre 1833. Il prend séance à la Chambre.

15 mars 1834. « Des Destinées de la poésie » paraît dans la *Revue des Deux Mondes*.

6 avril 1835. *Souvenirs, Impressions, Pensées et Paysages, pendant un Voyage en Orient*.

20 février 1836. *Jocelyn, épisode. Journal trouvé chez un curé de campagne*.

22 septembre 1836. Rome met à l'Index *Jocelyn* et le *Voyage en Orient*.

Novembre 1837. Il est réélu député, à Bergues et à Mâcon (il opte pour la seconde localité).

9 mai 1838. *La Chute d'un ange* est mise à l'Index le 27 août.

23 mars 1839. *Recueillements poétiques*.

30 août 1840. Mort de son père, Pierre de Lamartine.

7 avril 1841. Mort de l'ami intime, Aymon de Virieu.

1er juin 1841. « La Marseillaise de la paix » (écrite en réponse au *Rheinlied* du poète allemand Nicolas Becker), *Revue des Deux Mondes*.

26 juillet 1841. Mort de son fils naturel, Léon de Pierreclau, à l'âge de vingt-huit ans.

28 décembre 1841. Lamartine échoue à la présidence de la Chambre, où il fait de nombreuses interventions.

10 juillet 1842. Il est réélu député de Mâcon.

27 janvier 1843. Il prononce un discours qui marque sa rupture complète avec le gouvernement de Louis-Philippe.

Août-octobre 1844. Lamartine voyage en Italie avec sa femme et ses nièces de Cessiat. Il passe un mois à Ischia (18 août-19 septembre) et commence à écrire les *Confidences*.

17 mars-19 juin 1847. *Histoire des Girondins*.

24 février 1848. Lamartine devient chef du Gouvernement provisoire et proclame la République à l'Hôtel de Ville de Paris. En mars, il est aussi ministre des Affaires étrangères.

10 décembre 1848. Aux élections à la présidence de la République au suffrage universel, Lamartine n'obtient que 17 910 voix.

2 janvier-10 février 1849. Les *Confidences* paraissent en feuilleton dans *La Presse*.

20 janvier 1849. ***Raphaël. Pages de la vingtième année.***

Avril 1849. Premier numéro du *Conseiller du peuple*.

14 juillet 1849. *Histoire de la révolution de 1848*.

7 novembre 1849. Premier volume de l'édition dite « des Souscripteurs ». Lamartine ajoute des commentaires aux poèmes des *Méditations*.

6 avril 1850. Première de *Toussaint Louverture*, au théâtre de la Porte Saint-Martin.

21 juin-6 août 1850. Voyage en Turquie, sur les terres qu'il a reçues du sultan de Constantinople.

26 avril 1851. *Geneviève, histoire d'une servante*, publiée d'abord en 1850 dans *Le Conseiller du peuple*, paraît en librairie.

3 mai 1851. *Le Tailleur de pierres de Saint-Point*.

31 mai 1851. *Nouvelles Confidences*, renfermant des fragments inédits des *Visions*.

19 juillet 1851. Premier volume de *L'Histoire de la Restauration* (qui paraît jusqu'en 1853).

2 décembre 1851. Le coup d'État de Louis Napoléon, président, qui devient Napoléon III, met fin à son rôle d'homme politique. Le *Conseiller du peuple* cesse de paraître.

20 mars 1852. Première livraison du *Civilisateur : histoire de l'humanité par les grands hommes*, qui paraît jusqu'à la fin de 1854.

Septembre 1854. *Histoire de la Turquie*.

1855. *Histoire de la Russie*.

Mars 1856. Première livraison du *Cours familier de littérature*, qui paraît mensuellement jusqu'en 1869.

Septembre 1856. Lamartine reprend et achève « Le Désert », commencé en 1832, en Orient (*Cours familier de littérature*, XIIe entretien).

Mars 1857. « La Vigne et la Maison » (*Cours familier de littérature*, XVe entretien).

1858. Une souscription nationale, la « souscription de l'injure », est organisée pour secourir le poète criblé de dettes. C'est un échec. Lamartine doit vendre Milly le 18 décembre 1860.

14 juillet 1860. Premier volume des *Œuvres complètes* de Lamartine, dernière édition parue de son vivant en 41 volumes « chez l'Auteur » jusqu'en 1866.

21 mai 1863. Mort de sa femme, Marianne de Lamartine.

5 février 1866. Première, à l'Opéra-Comique, de *Fior d'Aliza*, drame lyrique tiré d'un roman de Lamartine.

9 février 1867. *Antoniella*.

11 avril 1867. Le Corps législatif vote une pension viagère de 25 000 francs au poète, sous forme de « récompense nationale ».

1er mai 1867. Attaque d'apoplexie.

Septembre 1867. Hypothèse d'un mariage secret entre Alphonse de Lamartine et Valentine de Cessiat, qui, depuis 1854, s'est installée définitivement chez les Lamartine, pour mieux se consacrer à son oncle.

28 février 1869. Mort de Lamartine à Paris.

DU RÉEL AU ROMAN

Grâce aux travaux des chercheurs durant des décennies, il est maintenant possible de mettre en regard les dates des événements réels et les indications de temps portées par la fiction. Reconstituer cette double chronologie, c'est l'occasion de pointer des modifications et des distorsions significatives entre deux temporalités qui se rencontrent, sans coïncider, dans ce roman autobiographique qu'est *Raphaël*.

Mes remerciements vont en particulier à Claude Mauron et à Marie-Renée Morin.

CHRONOLOGIE DES FAITS	CHRONOLOGIE INTERNE DE *RAPHAËL*
4 juillet 1784. Naissance de Julie Bouchaud des Hérettes à Paris. Créole par sa mère, elle passe son enfance à Saint-Domingue, qu'elle doit fuir en 1791. Elle perd sa mère pendant la traversée.	Naissance de Julie « dans une des îles des tropiques » (XXXI).
Décembre 1805. Création des Maisons d'éducation de la Légion d'honneur par Napoléon Ier. Julie Charles n'a donc pas pu y passer sa jeunesse.	Orpheline, elle est élevée dans une Maison de la Légion d'honneur.
21 octobre 1790. Naissance d'Alphonse de Lamartine à Mâcon.	Raphaël est du même âge que le narrateur, un ami proche rencontré « dès l'âge de douze ans », avec lequel il a suivi ses études et voyagé à Paris et à Rome (Prologue).
Son éducation terminée, Julie Bouchaud des Hérettes vit avec son père, alcoolique et brutal, près de Tours. 25 juillet 1804. Elle épouse Jacques Charles, scientifique éminent, âgé de cinquante-huit ans.	Quand Julie atteint dix-sept ans, un vieux savant qui a presque cinq fois son âge (il approcherait donc les quatre-vingt-cinq ans) la distingue parmi les pensionnaires, lui propose de lui tenir lieu de père et l'épouse (XXXI). Ce récit semble reprendre en fait la rencontre et le mariage de Bernardin de Saint-Pierre (soixante-trois ans) et Désirée de Pelleporc (à peine vingt ans), qu'il avait remarquée dans un pensionnat parisien.

Le voyage de Julie Charles, qui est surtout un séjour à Genève, dure deux mois et demi (27 juin-17 septembre 1816).

17 septembre 1816. Julie Charles, atteinte d'un début de phtisie, arrive à Aix-les-Bains.

30 septembre 1816. Lamartine part en cure à Aix-les-Bains. Il s'arrête quelques jours chez son ami Louis de Vignet, à Chambéry.
5 ou 6 octobre 1816. Lamartine arrive à Aix-les-Bains.

Tempête le 10 octobre, attestée par une lettre de Lamartine à Louis de Vignet, Aix-les-Bains, le 12 octobre 1816 : « J'ai sauvé avant-hier une jeune femme qui se noyait sur le lac, et elle remplit maintenant mes jours. » (H. Guillemin suspectait cette lettre d'être apocryphe.)

Il est peu probable qu'« Invocation » (voir en Annexes) date de l'automne 1816. Le manuscrit de Pupetières, qui porte le lieu et la date de la

Julie raconte son voyage, en Italie et en Suisse, qui s'étend sur deux ans (XXXI).

La « jeune femme étrangère » « occupait seule, avec une femme de chambre, depuis quelques mois, l'appartement le plus retiré de leur maison » (VIII). Elle souffre de troubles cardiaques (XXXI).

Arrivée de Raphaël à Aix-les-Bains (I) : « l'automne était doux, mais précoce » (V).

Phase de vague séduction, vie à la fois proche et distante des deux pensionnaires qui se trouvent être voisins, avant la péripétie du naufrage qui les révèle l'un à l'autre.

À la fin de la visite de Louis*** les trois amis consacrent une soirée à la poésie (XLIX). Le manuscrit citait les vers de la méditation « Invocation ».

composition de chaque pièce de la main de Lamartine, indique : Aix, septembre 1817. Les alternatives qui scandent le poème impliquent que sa destinataire est encore vivante. Mais il est bien postérieur, si on se réfère à une lettre à Virieu du 11 janvier 1820 : « Je viens de faire une *méditation, À Madame Charles*, qui me ravit. » S'agit-il d'« Invocation » ? L'allusion pourrait plutôt viser, suggère C. Croisille, « Souvenir ».

Lamartine les retira pour éviter l'assimilation trop flagrante avec Raphaël.

(Voir le second séjour de Lamartine à Aix, en août 1817.)

26 octobre 1816. Lamartine et Julie Charles quittent Aix dans la même voiture.

Vers la fin de leur séjour à Aix, sur la demande de Julie, composition de l'« Ode au Génie » adressée à M. de Bonald (L).

Réminiscence possible de la visite de Lamartine aux Charmettes en compagnie de Virieu, en juillet 1811, juste avant le voyage en Italie.

« Nous menâmes encore pendant cinq longues et courtes semaines cette intime et délicieuse vie à deux » (XLII). Plus loin, le roman revient sur « ces six semaines » d'idylle (XLIV).

Lamartine se rend à Milly où le manque d'argent le contraint à rester.
3 novembre 1816. Julie arrive à Paris.

Visite des Charmettes sur le chemin du retour (LIX-LXI).

Raphaël accompagne en secret la diligence qui conduit Julie à Paris (LXIII - LXVIII).

Décembre 1816. Aymon de Virieu, absent depuis mars 1816, rentre d'une mission diplomatique au Brésil. Il est chargé d'intercéder auprès des parents de Lamartine pour que ce dernier puisse se rendre à Paris sous un motif plausible.

4 janvier 1817. Lamartine quitte Mâcon.
8 janvier 1817. Première visite, le soir même de son arrivée, au Palais de l'Institut, où logent et reçoivent les époux Charles. La première lettre conservée de Julie à Lamartine porte l'indication : « À onze heures et demie, mercredi [8 janvier 1817] ».

6 mai 1817. Au parc Monceau, les amants se séparent tout en se donnant rendez-vous à Aix. Lamartine a inscrit en tête de son petit carnet : « donné le mardi 6 mai, au moment de mon départ de Paris, par J. C. »

Julie Charles, souffrante, est installée depuis juin à Viroflay.

« Le jeune comte de V*** », de retour d'un voyage, propose à Raphaël de l'héberger à Paris (LXXXI).

Raphaël arrive à Paris (LXVIII).
Première visite à l'hôtel particulier où demeurent Julie et son mari. « À onze heures nous sortîmes, V*** et moi, à pied. Nous allâmes ensemble jusque sous la fenêtre que je connaissais déjà. Il y avait trois voitures à la porte. V*** monta. J'allai l'attendre à l'endroit convenu. Qu'elle fut longue l'heure pendant laquelle je l'attendis ! » Pourtant, au chapitre LXXXVI, Raphaël se retire alors que « la pendule [est] près de marquer minuit ».

Le départ de Raphaël est fixé le 18 mai (CXXVIII).

À la fin du mois de septembre, Julie engage Raphaël à partir pour la Savoie et promet de l'y

21 août 1817. Lamartine arrive à Aix où il séjourne un peu moins d'un mois (21 août-17 septembre).
Août 1817. Il compose l'« Ode au Génie » qu'il envoie à Julie au début de septembre. Elle le fait parvenir à M. de Bonald qui en accuse réception le 24 septembre.
29 août 1817. Il ébauche les stances du « Lac », achevé en septembre.

Lamartine part en voiture et s'arrête à Chambéry, chez Louis de Vignet, qui l'accompagne jusqu'à Aix.
La longue marche évoquée dans le roman peut être le souvenir d'un voyage antérieur : en avril 1815, à la suite du retour de Napoléon, Lamartine a fui vers la Suisse.

21 août 1817. Lamartine, qui compte séjourner à Aix environ vingt jours, descend à la pension Perrier. Il y fait connaissance d'Éléonore de Canonge, qui devient sa confidente.

Lamartine revient en Bourgogne en s'arrêtant à Chambéry et au Grand-Lemps chez Virieu ; le 7 octobre, il est à Mâcon.
10 novembre 1817. Julie Charles agonisante écrit rejoindre elle-même, « sans faute, vers la fin d'octobre » (CXXXI).

Raphaël part à pied par souci d'économie (CXXXIV).

Raphaël dissimule sa pauvreté dans une chambre louée à une servante (CXXXIV). Il ne va même pas jusqu'à Aix.

Un messager envoyé par L*** remet à Raphaël

une dernière lettre, apaisée, à Lamartine (voir en Annexes).
18 décembre. Mort de Julie Charles. Le 21, le docteur Alin écrit la nouvelle à Lamartine, qui l'apprend à Mâcon, le 25 décembre.
Janvier 1818. M. Charles remet au comte de Virieu les deux enveloppes dans lesquelles sa femme conservait les lettres et le portrait de Lamartine. Virieu les lui apporte à Milly, où son abattement inquiète ses proches.
Automne 1847. Rédaction de *Raphaël*, trente et un ans après les événements.
La révolution de février 1848 en reporte la parution.
10 décembre 1848. Lamartine essuie une défaite cuisante à l'élection de la présidence de la République.
Hypothèse d'une rédaction du prologue postérieure au roman et à la défaite politique.
2 janvier-20 février 1849. Parution des *Confidences* en feuilleton dans *La Presse* d'Émile de Girardin. *Graziella* en constitue un épisode.
20 janvier 1849. Publication de *Raphaël* chez Perrotin.

une enveloppe volumineuse (CXXXIX). Une lettre du docteur Alain lui apprend la mort de Julie (CXL).
Cette enveloppe funèbre contient les dernières lettres, passionnées, de Julie (CXLI-CXLI).
Les *Nouvelles Confidences* s'ouvrent sur le résumé d'une errance de plusieurs mois, en Suisse, sur les lacs de Genève, de Thoune et de Neuchâtel, « comme une âme aveugle qui a perdu la lumière du ciel et qui ne se soucie pas de celle de la terre ».
Le manuscrit remis par Raphaël à son ami précise le temps de l'écriture : « après dix ans écoulés depuis cette heure » (XXXII), à quoi le dernier chapitre fait écho : « « et maintenant dix ans se sont écoulés sans pouvoir entraîner un seul des souvenirs de cette grande année de ma jeunesse ». (CXLV). Les premières éditions portaient « après vingt ans ».

BIBLIOGRAPHIE

ÉDITIONS DE *RAPHAËL*

Notre texte reprend celui des *Œuvres complètes de Lamartine, publiées et inédites...*, Paris, l'auteur, 1860-1866, 41 vol. : il s'agit de la dernière édition établie du vivant de l'auteur. Le volume XXXII, paru en 1863, comprend *Toussaint Louverture*, drame en 5 actes et en vers ; *Raphaël, pages de la vingtième année* ; *Le Tailleur de pierres de Saint-Point*. L'édition originale de *Raphaël*, parue chez Perrotin, Furne et Cie, date de 1849 : elle comportait divers passages que Lamartine a supprimés par la suite. Nous avons reproduit les plus significatifs en note. Si Georges Roth reprend l'édition de 1863, Jean des Cognets et Henri Guillemin reproduisent le texte de 1849. Pour une étude des versions successives de l'œuvre, on pourra se reporter à la communication de Guy Peeters, « Les *Raphaël* de Lamartine », aux *Troisièmes Journées européennes d'études lamartiniennes*. Il y répertorie différents types de corrections, motivées soit par un souci de vraisemblance romanesque, soit par des préoccupations d'ordre politique, religieux et majoritairement moral, soit par des questions de style — lequel évolue vers plus de sobriété. Notons encore que *Raphaël*, dont la première édition comportait cent six chapitres, en compte cent quarante-cinq à partir de 1854.

Raphaël, notices et annotations par Georges Roth, Paris, Larousse, 1925.
Raphaël, texte établi et présenté par Jean des Cognets, Paris, Garnier, 1960.
Raphaël, avec une préface d'Henri Guillemin, Collection du Sablier, Neuchâtel, Ides et Calendes, 1962.
Raphaël, pages de la vingtième année, collection Alphée, Monaco, Éditions du Rocher, 1990.

ŒUVRES DE LAMARTINE
AUXQUELLES LE LECTEUR DE *RAPHAËL*
SE REPORTERA UTILEMENT

Éditions originales

Méditations poétiques, sans nom d'auteur, Nicolle, 1820.
Nouvelles Méditations poétiques, Urbain Canel, 1823.
Les Confidences, Perrotin, 1849.
Graziella, Librairie Nouvelle, 1852.
Cours familier de littérature, Paris, chez l'auteur, 1856-1869, 28 vol.

Éditions modernes

Méditations poétiques, éd. Gustave Lanson, Hachette, 1915.
Graziella, éd. Jean-Michel Gardair, Paris, Gallimard, coll. « Folio Classique », 1979.
Œuvres poétiques complètes, éd. Marius-François Guyard, Paris, Gallimard, coll. « Bibliothèque de la Pléiade », 1963.
Méditations poétiques, éd. Aurélie Loiseleur, Paris, Le Livre de Poche, 2006.
Correspondance Lamartine-Virieu, éd. Marie-Renée Morin, Paris, P.U.F., 4 vol., 1987-1998.
Mémoires de jeunesse (1790-1815), éd. Marie-Renée Morin, Paris, Taillandier, 1990.
Correspondance de Lamartine, deuxième série (1807-1829), tome II : 1816-1819, éd. Christian Croisille et Marie-Renée Morin, Paris, Champion, 2004.

Correspondance de Lamartine, lettres d'Alix de Lamartine et lettres de Louis de Vignet, éd. Christian Croisille, avec la collaboration de Valérie Croisille, Paris, Honoré Champion, 2008.
Avertissements, préfaces et propos sur la poésie et la littérature, éd. Christian Croisille, Paris, Champion, 2009.

ÉTUDES ET ARTICLES CRITIQUES

ALEXANDRE, Charles, *Souvenirs sur Lamartine par son secrétaire intime*, Paris, G. Charpentier et Cie, 1884.
BABONNEIX, Léon, « En marge de *Raphaël*, Elvire et sa famille », *Revue des Deux Mondes*, 1er mai 1928, p. 172-199.
BÉNICHOU, Paul, « Sur les premières élégies de Lamartine », *RHLF*, janvier-mars 1965, p. 27-46, repris dans *L'Écrivain et ses travaux*, Paris, Corti, 1967, p. 120-143.
COURT, Antoine, *L'Auteur des* Girondins *ou les Cent-Vingt Jours de Lamartine*, Publications de l'université de Saint-Étienne, 1988.
COURTINAT, Nicolas, *Méditations poétiques, Nouvelles Méditations poétiques d'Alphonse de Lamartine*, Paris, Folio, Gallimard, 2004.
CROISILLE, Christian, « Le Dossier Lamartine », *Romantisme* n° 1-2, Flammarion, 1971 (consultable sur le site www.persee.fr).
CROISILLE, Christian, « Visions, rêves, fantasmes : représentations de la femme dans l'œuvre de Lamartine après 1835 », *Un ange passe, Lamartine et le féminin*, Paris, Klincksieck, 1997, p. 117-131.
DELABROIX, Jean, « La poésie à l'abandon », *Un ange passe. Lamartine et le féminin*, Paris, Klincksieck, 1997, p. 28-35.
DOUMIC, René, *Lettres d'Elvire à Lamartine*, Paris, Hachette, 1906.
FAYOLLE, Roger, « Sainte-Beuve et Lamartine », *Lamartine, le livre du Centenaire*, Paris, Flammarion, 1971, p. 231-262.
GLEIZE, Jean-Marie, « Elle était la poésie sans la lyre », *Un ange passe. Lamartine et le féminin, op. cit.*, p. 37-46.
GLEIZE, Jean-Marie, « La mise à l'écart : Lamartine », *Poésie et figuration*, Paris, Seuil, 1983.

GUILLEMIN, Henri, *Connaissance de Lamartine*, Fribourg, 1942 (rééd. Bats, Utovie, 2003).

GUILLEMIN, Henri, *Le Jocelyn de Lamartine*, Paris, Boivin et Cie, 1935.

GUILLEMIN, Henri, *Lamartine, l'homme et l'œuvre*, Paris, Boivin, 1940 (rééd. Paris, Seuil, 1987).

GUYARD, Marius-François, « Lamartine contre Napoléon », *D'un romantisme l'autre*, Presses de l'université de la Sorbonne, 1992, p. 81-97.

GUYARD, Marius-François, « La Critique beuvienne de Lamartine », *RHLF*, juillet-septembre 1969, p. 429-437.

KUNZ WESTERHOFF, Dominique, « Le "liquide miroir" : le lac, modèle des écritures de soi dans l'œuvre de Lamartine », *Lamartine : autobiographie, Mémoires, fiction de soi*, études réunies et présentées par Nicolas Courtinat, Clermont-Ferrand, Presses universitaires Blaise Pascal, 2009, p. 33-51.

LAFONT, Aimé, *Narcisse ou les amours de Lamartine*, Paris, Éd. Scheur, 1929.

LOISELEUR, Aurélie, *L'Harmonie selon Lamartine : utopie d'un lieu commun*, Paris, Honoré Champion, 2005.

LOUBIER, Pierre, « "Un Chant triste comme la vie réelle" : Lamartine, l'élégie, la vie », *Lamartine : autobiographie, Mémoires, fiction de soi, op. cit.*, p. 17-32.

LUPPÉ, Albert, marquis de, *Les Travaux et les Jours d'Alphonse de Lamartine*, Paris, Albin Michel, 1942.

MORIN, Marie-Renée, « Au "temps des élégies", les étrennes de Julie Charles », *Mélanges de la bibliothèque de la Sorbonne offerts à André Tuilier* (Mélanges de la Sorbonne 408), Paris, Aux Amateurs du livre, 1988.

MORIN, Marie-Renée, « Cette pauvre petite Antonielle… », *Lamartine, Napoli, L'Italia*, Actes du colloque de Naples (octobre 1990), Naples, Instituto Suor Orsola Benincasa, 1992, p. 452-456.

MORIN, Marie-Renée, « Un poète avisé, l'auteur des *Méditations* », *L'Année 1820, année des Méditations*, actes du colloque organisé par la Société des études romantiques, Paris, Nizet, 1994, p. 23-37.

MORIN, Marie-Renée, « Lamartine au Salon, 1822-1899, essai d'iconographie lamartinienne », *Autour de Lamartine*, études réunies par Christian Croisille et Marie-Renée Morin,

Cahier n° 12, Presses universitaires Blaise Pascal, 2002, p. 227-236.

PEETERS, Guy, « Les "Raphaël" de Lamartine », Troisièmes Journées européennes d'études lamartiniennes (Mâcon, 2-5 mai 1969), Actes, Mâcon, [s.d.], t. III, p. 183-195.

POULET, Georges, « Lamartine », *Les Métamorphoses du cercle*, Paris, Plon, 1961.

POULET, Georges, « Lamartine », *Études sur le temps humain*, t. IV, Paris, Presses-Pocket, 1964.

RICHARD, Jean-Pierre, « Lamartine », *Études sur le romantisme*, Paris, Seuil, 1970, p. 153-170.

ROTH, Georges, « Comment on baptise un héros de roman : le *Raphaël* de Lamartine », The French Quarterly Review, Manchester, University Press, 1924, p. 23-26.

ROUGER, Gilbert, « Lamartine avant les *Méditations* : élégies inédites », *Actes du colloque Sainte-Beuve-Lamartine* (8 novembre 1969), S. H. L. F., Paris, Armand Colin, 1970.

SAINTE-BEUVE, *Causeries du lundi*, t. 1, Paris, Garnier, 1853.

TOESCA, Maurice, *Lamartine ou l'Amour de la vie*, Paris, Albin Michel, 1969.

TROUSSON, Raymond, « Lamartine et Jean-Jacques Rousseau », *RHLF*, septembre-octobre 1976, p. 744-767.

UNGER, Gérard, *Lamartine*, Paris, Flammarion, 1998.

VADÉ, Yves, « L'émergence du sujet lyrique à l'époque romantique », *Figures du sujet lyrique*, sous la direction de Dominique Rabaté, Paris, PUF, 1996, p. 11-37.

VERDIER, Abel, *La Vie sentimentale de Lamartine*, chez l'Auteur, Cérelles, Manoir de la Roderie, 1971.

VIALLANEIX, Paul, « La Fable d'Elvire », *Romantisme*, n° 3, Paris, Flammarion, 1972, p. 33-42.

ZYROMSKI, Ernest, *Lamartine poète lyrique*, Paris, Armand Colin, 1896.

NOTES

Page 25

1. Raphaël est aussi le prénom du héros balzacien de *La Peau de chagrin* (1831), ou du gentilhomme dont Alfred de Musset livre les *Secrètes Pensées* (1838). Mais c'est surtout une référence au célèbre peintre de la Renaissance. Selon l'hypothèse de Georges Roth, le choix de ce nom aurait été inspiré par un article d'Eugène Pelletan, paru dans *La Presse*. Il avait rendu visite à Lamartine en 1844, sur l'île d'Ischia, alors que celui-ci rédigeait *Les Confidences*. Le critique approuva l'écrivain d'apporter des éclaircissements sur sa vie, déplorant qu'on ne sache rien par exemple sur l'histoire intime de Raphaël et de la Fornarina, sa maîtresse. Lamartine aurait repris à son compte cette comparaison en retenant le nom de l'artiste. Notons qu'un des poèmes de l'édition dite des Souscripteurs, composée en septembre 1844, s'intitule « Raphaël » : le « cœur glacé » de l'instance lyrique, « Encor jeune de jours et déjà vieux d'ennuis », au spectacle de l'immensité nocturne, sent « Renaître de sa mort une âme intarissable/ Couvrant ses feux cachés sous la neige des temps,/ Avec sa soif de vivre et d'aimer de vingt ans,/ Capable d'enfanter et d'animer des mondes ».

Page 26

1. Dans le livre IV des *Confidences*, chap. VI, Lamartine évoque son éducation en liberté dans le Mâconnais et brosse son autoportrait, qui peut être mis en regard avec celui de Raphaël au début de ce prologue : « Ce régime me réussissait

à merveille, et j'étais alors un des plus beaux enfants qui aient jamais foulé de leurs pieds nus les pierres de nos montagnes, où la race humaine est cependant si saine et si belle. Des yeux d'un bleu noir, comme ceux de ma mère ; des traits accentués, mais adoucis par une expression un peu pensive, comme était la sienne ; un éblouissant rayon de joie éclairant tout ce visage ; des cheveux très-souples et très-fins, d'un brun doré comme l'écorce mûre de la châtaigne, tombant en ondes plutôt qu'en boucles sur mon cou bruni par le hâle ; la taille haute déjà pour mon âge, les mouvements lestes et flexibles ; seulement une extrême délicatesse de peau, qui me venait aussi de ma mère, et une facilité à rougir et à pâlir qui trahissait la finesse des tissus, la rapidité et la puissance des émotions du cœur sur le visage ; en tout le portrait de ma mère, avec l'accent viril de plus dans l'expression : voilà l'enfant que j'étais alors. Heureux de fortune, heureux de cœur, heureux de caractère, la vie avait écrit bonheur, force et santé sur tout mon être. » En écho, le compte rendu de Sainte-Beuve du 8 octobre 1849, dans ses *Causeries du lundi*, stigmatise sa complaisance : « Tout cela doit avoir été très-juste, très-fidèle ; il est dommage seulement que ce soit l'original lui-même qui se fasse de la sorte son propre statuaire et son propre peintre. M. de Lamartine répondra que Raphaël s'est bien peint lui-même. » Le critique distingue alors les démarches du peintre et de l'écrivain : l'introspection doit obéir selon lui à une certaine éthique. Revenant sur *Raphaël* dans la *Causerie du lundi* du 29 octobre 1849, il reprend avec ironie : « Je ne sais rien de moins intéressant qu'un homme qui se mire et s'adonise. Au physique comme au moral, Raphaël réunit toutes les perfections, tous les dons de l'ange, son patron, et du grand peintre, son homonyme. » La modestie voudrait que l'auteur se distingue de cette figure idéale : « Mais, après avoir parlé ainsi de Raphaël, M. de Lamartine n'a plus qu'une réponse à faire à ceux qui lui demanderaient si Raphaël ce n'est pas lui-même ; il devra répondre comme faisait Rousseau à ceux qui lui demandaient s'il avait voulu se peindre dans Saint-Preux : *Non, disait-il, Saint-Preux n'est pas ce que j'ai été, mais ce que j'aurais voulu être.* »

Page 28

1. Une biographie anonyme de Lamartine présente une version très proche de ce passage : sa mère, fuyant la Terreur, se trouvait à Lausanne avec son fils de quinze mois. « À peine était-elle arrivée à l'auberge que trois vieux messieurs allemands demandaient à lui parler. C'étaient trois philosophes qu'on appelait des *illuminés*, des chrétiens d'une secte particulière, disciples, je crois, du philosophe Saint-Martin. Madame de Lamartine fut très étonnée et leur demanda pourquoi ils venaient la voir : — Ce n'est pas vous, madame, que nous venons voir, c'est l'enfant que vous allaitez. Alors on apporta l'enfant. Le maître des vieillards s'approcha et prit l'enfant des bras de sa mère, l'examina avec une apparence de curiosité comme s'il eût trouvé quelque signe sur ses traits. Puis il dit à ses deux amis : — C'est bien lui. Ne perdez jamais de vue cet enfant. Il est marqué pour quelque chose de grand et d'inconnu. Promettez-moi de ne jamais oublier ce que je vous dis. Et ils se retirèrent ». Cette nouvelle Adoration des Mages alimenta, dès l'enfance de Lamartine, la légende d'une élection surnaturelle. On trouve un autre écho de ce récit dans le *Cours familier de littérature*, « Une Nuit de souvenirs » (entretien X, t. II, 1856). Lors d'un séjour à Lausanne, le tout jeune Lamartine est cajolé par Gibbon. « La fin de l'automne sépara tout : Gibbon repartit pour l'Angleterre, mon père et ma mère pour la France. Le vieillard pleura en me remettant une dernière fois aux bras de ma mère. Il lui fit toutes sortes d'heureux présages sur ma destinée, qui n'était encore écrite que dans mes sourires [...]. C'était à la bénédiction du grand historien que je devais peut-être ma prédilection passionnée pour la haute histoire, le seul poème véritablement épique des âges de raison. »

Page 29

1. C'est dans la même période (en 1849, pour l'édition des Souscripteurs) que Lamartine rédige la première préface des *Méditations poétiques*. Il y reprend l'idée que la langue, outil pauvre, conçu pour communiquer, ne peut que rester en deçà de l'intensité du sentiment et de l'intuition de l'infini : « Oh ! quels poèmes, si j'avais pu et si j'avais su les chanter aux autres alors comme je me les chantais intérieurement ! Mais

ce qu'il y a de plus divin dans le cœur de l'homme n'en sort jamais, faute de langue pour être articulé ici-bas. L'âme est infinie, et les langues ne sont qu'un petit nombre de signes façonnés par l'usage pour les besoins de communication du vulgaire des hommes. Ce sont des instruments à vingt-quatre cordes pour rendre les myriades de notes que la passion, la pensée, la rêverie, l'amour, la prière, la nature et Dieu font entendre dans l'âme humaine. »

Page 33

1. « Dieu laissa-t-il jamais ses enfants au besoin ?/ Aux petits des oiseaux il donne leur pâture,/ Et sa bonté s'étend sur toute la nature » (Racine, *Athalie*, II, 7.) Cette parole de Joas est elle-même une paraphrase du Psaume 146, 10. On en trouve un écho par exemple dans la neuvième époque de *Jocelyn* : « Je leur montre ce Dieu, tantôt dans sa bonté / Mûrissant pour l'oiseau le grain qu'il a compté. »

Page 34

1. Le prologue de *Jocelyn*, qui paraît le 22 février 1836, présente de nombreux points communs avec celui de *Raphaël*. « J'étais le seul ami qu'il eût sur cette terre », confie le vers liminaire, avant que le narrateur ne raconte sa visite au pauvre curé de campagne. Mais Jocelyn a déjà « gagné la mort », comme dit sa servante, laquelle révèle l'existence d'un manuscrit « sans suite » : « C'est ainsi qu'à travers de confuses images,/ De ce journal brisé j'ai recousu les pages. » Cette confidence posthume, par le biais de l'écrit, fait pendant à celle de Raphaël. Ces deux héros sont des figures de la charité : ils mènent des vies simples et solitaires et se tournent par prédilection vers les enfants et les animaux. Ils meurent jeunes encore, éblouis et rongés par le souvenir d'une morte qu'ils ont aimée.

Page 35

1. Les hirondelles reviennent de façon récurrente dans le roman (chapitres XXII, LVII, CXX, CXXIX, CXXXV), de même que leur cri donne, avec la mer, un fond sonore à *Graziella*. Présentée ici comme une énigme laissée à la perspicacité du lecteur, prolepse qui présage la fin tragique du récit, l'hirondelle place sous un signe morbide la dernière rencontre entre Julie et Raphaël : le cadavre d'un petit passe sous leurs yeux,

emporté par un ruisseau dont le flux métaphorise une séparation inéluctable.

Page 37

1. Ces liens intimes entre les êtres et les lieux qu'ils ont hantés, les résonances qu'ils éveillent, renvoient à la notion de *Stimmung*, héritée du romantisme allemand, et à l'harmonie entre nature et sentiments. Une telle complémentarité entre un être, un paysage et un écrivain qui se charge de l'immortaliser, permet au narrateur de dresser la liste de ces correspondances. Dans la méditation « À Elvire », Lamartine relie à chaque fois un nom de femme, un nom de poète et un nom de ville, pour montrer à quel point la poésie leur a conféré le statut de mythe : « Oui, l'Anio murmure encore / Le doux nom de Cynthie aux rochers de Tibur,/ Vaucluse a retenu le nom chéri de Laure,/ Et Ferrare au siècle futur/ Murmurera toujours celui d'Éléonore ! » À la suite de Properce, de Pétrarque et du Tasse, son ambition littéraire consiste à inscrire dans la culture collective une nouvelle complémentarité : lui-même restera le poète qui a chanté Elvire. Notons que cette méditation remonte sans doute à l'été 1814. Elle est adressée à la première Elvire, l'Antoniella du voyage en Italie, que Lamartine appellera Graziella dans ses *Confidences*.

Page 38

1. Après la défaite napoléonienne, le traité de Paris de 1815 a restitué le duché de Savoie au royaume de Sardaigne. C'est à la suite du traité de Turin, en 1860, que la Savoie sera rattachée à la France.

Page 42

1. Cette maladie, très proche du mal du siècle décrit par Chateaubriand puis diagnostiqué par Musset, a des symptômes de mélancolie, d'asocialité et de mysticisme qui renvoient au « mal du ciel » évoqué dans le prologue.

2. Louis de Vignet (1789-1837), condisciple d'Alphonse de Lamartine et d'Aymon de Virieu au collège de Belley, était fils d'un sénateur de Chambéry et neveu, par sa mère, des comtes Joseph et Xavier de Maistre. Sa famille avait accueilli le jeune Lamartine à plusieurs reprises. Dans le livre onzième des *Confidences*, les chapitres XXI à XXIX lui sont consacrés, ainsi que

les chapitres I à IV du livre douzième. Il devient le confident des amours malheureuses de Lamartine, comme en témoigne leur correspondance. Le dixième entretien du *Cours familier de littérature* (« Une nuit de souvenirs », t. II, 1856) donne de lui un portrait qui l'apparente par certains traits au Raphaël du prologue : « Louis de Vignet avait reçu de la nature une âme de Werther qui se dévorait elle-même, une imagination ardente et fatiguée avant d'avoir produit, un dégoût qui venait de l'exquise exigence de son goût, un talent poétique et un style d'écrivain qui l'auraient égalé aux plus grands poètes et aux plus vigoureux prosateurs, mais une mélancolie âpre et maladive qui flétrissait en lui le fruit de son génie avant qu'il fût mûr. »

Page 44

1. Julie Charles est d'abord l'étrangère, parce qu'elle se trouve « seule dans un pays étranger », la Savoie ayant réintégré le duché de Sardaigne (voir note 9), mais aussi parce que son accent trahit ses origines créoles (chap. XXXI). Julie Bouchaud des Hérettes, née le 4 juillet 1784 à Paris, créole par sa mère, avait passé sa jeunesse à Saint-Domingue. Sa famille avait dû fuir les massacres des blancs en 1791. On rapporte que sa mère périt en mer et qu'elle aborda en France avec son père nantais.

2. Le Carnet de voyage de Julie Charles, publié par René Doumic dans le *Journal des Débats* le 6 avril 1907, prouve que Julie Charles avait quitté Genève le 17 septembre 1816. Elle était donc descendue depuis peu à la pension du docteur Perrier.

3. L'édition de 1849 précise ici « excepté celui de la pauvre Antonine ». Lamartine y désignait par son vrai nom celle qu'il appela Graziella dans les livres septième à dixième des *Confidences*. Une telle indication, supprimée par la suite, comme toutes les références à cet amour antérieur, ne pouvait qu'accroître l'identification de l'auteur avec son personnage. *Graziella* est un roman du trouble plus que du désir, et de l'amour d'une jeune fille qui ne rencontre que gêne et absence de réciprocité. Lamartine a appris la mort de la petite Procitane en avril 1816 : elle remonte au début de 1815. Il s'est laissé aimer, mais, écrit-il dans *Graziella*, « mon cœur était de sable alors ».

Page 46

1. Il est question à plusieurs reprises de l'accent créole de Julie (voir note 1, p. 44).

Page 48

1. 1re édition : « En tout, c'était l'apparition d'une maladie contagieuse de l'âme sous les traits de la plus majestueuse et attirante beauté qui soit jamais sortie du songe d'un homme sensible. »

Page 51

1. 1re édition : « à l'exception de celui d'Antonine qui n'était qu'une ravissante puérilité de sentiments, une fleur tombée de la tige avant l'heure du parfum ». La correspondance fait allusion à un certain nombre de femmes qui cristallisent le désir de Lamartine. Sans compter les maîtresses dont ses lettres ne retiennent pas même le nom, il a, en mars 1813, un fils naturel d'une femme mariée, Nina de Pierreclau. Au début de 1815, il confie à Virieu une passion partagée mais éphémère pour une femme mariée de la bonne société mâconnaise.

Page 53

1. Jacques Charles (1746-1823), mathématicien et physicien, fut élu en 1785 à l'Académie des sciences. Cet aéronaute de renom fut le premier à utiliser de l'hydrogène pour gonfler les ballons. « Ce n'était pas le prince charmant, écrit René Doumic. Il n'avait plus vingt-cinq ans. Mais qu'il était loin de ressembler au vieillard de comédie, au bonhomme paterne, à l'octogénaire bénisseur imaginé par Raphaël ! À défaut du charme de la jeunesse, il avait le prestige de la célébrité. Ce savant avait été le professeur à la mode, dans un temps où la science, en faveur auprès du public mondain, agréait aux dames. Il avait un renom d'intrépidité. C'était lui qui, en 1783, après Pilâtre de Rozier, avait fait le second voyage aérien. » Le narrateur évoque ses « infirmités » (M. Charles fut atteint de la pierre en 1811). Lamartine a supprimé la plupart des passages de la 1re édition où M. Charles incite vigoureusement sa jeune femme à prendre un amant.

Page 55

1. M. de Châtillon est le dédicataire de la méditation « La Retraite ». Le commentaire qu'en donne l'édition des Souscripteurs en rappelle la circonstance : en août 1819, une tempête sur le lac du Bourget jeta Lamartine ainsi que ses amis Virieu et Vignet sur une petite île surmontée d'un vieux château où vivait le vieux gentilhomme savoisien. « Horace rustique de ce Tibur sauvage », il écrivait des vers, auxquels répondit Lamartine en lui envoyant ce poème pour le remercier de son hospitalité.

2. Le lac intervient comme déchaînement élémentaire qui attente à l'ordre des choses et opère le rapprochement des deux protagonistes. Avant d'être un miroir du moi, cette dramatisation hyperbolique fait de lui un actant du roman et une image de la tourmente passionnelle. (Voir, en Annexes, la lettre de Lamartine à Louis de Vignet, datée d'Aix-les-Bains, le 12 octobre 1816, qui semble accréditer la version romanesque des faits donnée par *Raphaël*.) Rappelons que dans *Graziella*, l'invention du naufrage sur l'île de Procida sert de prétexte pour rencontrer l'héroïne, corailleuse et fille de pêcheur.

Page 58

1. La poésie épique de Lamartine met en scène des héroïnes évanouies ou endormies dont les héros s'éprennent. C'est le cas dans la quatrième époque de *Jocelyn*, quand le séminariste découvre que son compagnon inanimé est une femme, ou dans la première vision de *La Chute d'un ange*, quand l'ange, Cédar, tombe amoureux de Daïdha endormie, au point de vouloir descendre à la condition mortelle. Le corps est ainsi livré, à la fois vulnérable et fermé, ce qui met à nu le processus de cristallisation, tout en renvoyant à la solitude originelle de l'amour face à une image de l'autre qui devient de plus en plus fascinante.

Page 64

1. Voir la méditation « La Prière » : « L'univers est le temple, et la terre est l'autel. » La nature, catéchisme vivant, par son immensité, mène à Dieu. Lamartine amplifie cette hymnique dans le recueil des *Harmonies poétiques et religieuses* de 1830.

Page 66

1. La dernière partie de « Novissima verba », long poème qui conclut les *Harmonies poétiques et religieuses*, évoque cet effet de miroir entre l'eau et le ciel, quand les yeux « remontaient dans le ciel de l'azur à l'azur ».

2. 1re édition : « C'était comme un secret sans fond qui se serait révélé en moi par des sensations et non par des mots ; quelque chose de pareil sans doute à ce sentiment de l'œil qui entre dans la lumière après les ténèbres, ou d'une âme mystique qui croit posséder Dieu. »

Page 71

1. Écho des *Confidences*, qui prête à Raphaël le passé familial et sentimental de Lamartine. Ce résumé semble oublier la convention, fixée par le prologue, de distinguer l'auteur du narrateur. Le portrait du gentilhomme désœuvré, désenchanté, privée de la gloire militaire qu'avaient fait retentir pour la génération précédente les conquêtes napoléoniennes, rappelle la description qu'en donne Musset au début de la *Confession d'un enfant du siècle*, en 1836.

Page 72

1. Lamartine avait en fait vingt-six ans. On relève chez lui une tendance constante à se rajeunir, comme dans les commentaires qu'il joint, vers la même époque, aux *Méditations poétiques*.

Page 74

1. Le narrateur introduit, sur le mode de la comparaison, les relations fraternelles ou filiales qui serviront de règle entre les amants dans le roman. Voir, plus loin, lors du pèlerinage aux Charmettes (chap. LIX-LXI), l'évocation du couple que formèrent Jean-Jacques Rousseau et celle qu'il appelle « Maman » dans ses *Confessions*, Madame de Warens. On se reportera aussi, en Annexes, aux lettres de Julie Charles où elle revient sur sa « *passion maternelle* ».

Page 75

1. Ces îles rappellent *Paul et Virginie* dont Lamartine est un lecteur indéfectible. Les origines de Julie baignent dans cette

mythologie de douceur exotique et primitive. L'île des Tropiques est propice à créer une utopie amoureuse, à l'écart du temps et de la société, où les cœurs peuvent se parler dans leur langue. Ce modèle apparaît décisif dans *Graziella*, puisque le narrateur a emporté *Paul et Virginie* sur l'île où il a fait naufrage et en donne lecture à voix haute, le soir, à la famille de pêcheurs illettrés. Ce roman, loin de rester une simple citation, a un rôle actif et initiatique dans l'intrigue : c'est lui qui fait naître l'amour dans le cœur de la jeune Procitane.

2. Ce prénom renvoie à Julie Charles, mais aussi à l'héroïne de *La Nouvelle Héloïse*. Dans une lettre du 11 mars 1810, Lamartine confiait à Virieu son engouement pour ce roman, modèle sentimental et idéal stylistique : « Je voudrais être, pendant que je le lis, amoureux comme St-Preux, mais surtout je voudrais écrire comme Rousseau. » Dans ses *Causeries du lundi*, Sainte-Beuve se laisse prendre au piège du roman autobiographique. Sans pouvoir imaginer que Lamartine a conservé le prénom originel, il attaque le choix de ce qu'il pense être un mauvais pseudonyme, puisant dans son érudition pour invoquer les connotations culturelles qui imposent une image opposée : « et puisqu'on a tant fait que de lui changer son nom, j'avouerai que je n'aime guère ce nom de Julie. Il rappelle le nom de l'héroïne de Jean-Jacques, mais il rappelle aussi un vers de Voltaire :
Chez Camargo, chez Gaussin, chez Julie.
Il me rappelle un vers d'André Chénier :
Et nous aurons Julie au rire étincelant…
Il y a des nuances morales attachées aux noms. Julie semblerait plutôt un nom brillant de plaisir ; c'est un nom de femme romaine, ou tout au moins de femme bien portante. La Julie de *Raphaël* est un être frêle, maladif, nerveux, une nature tout d'exception » (compte rendu de *Raphaël*, lundi 29 octobre 1849).

3. Julie Charles n'était pas orpheline : son éducation terminée, elle habitait tristement avec son père, acariâtre et alcoolique, à Tours, quand elle rencontra le scientifique Jacques Charles.

Page 76

1. Les Maisons de la Légion d'honneur ne furent créées qu'en 1805. L'histoire racontée par Julie reprend sans doute

la rencontre, dans un pensionnat parisien, entre Bernardin de Saint-Pierre, âgé de soixante-trois ans, et Désirée de Pelleporc, vingt ans à peine.

Page 79

1. Le roman exagère à plaisir l'âge du « vieillard ». Puisque Julie est censée avoir dix-sept ans à l'époque de la demande en mariage, il en aurait quatre-vingt-cinq ! Jacques Charles a cinquante-huit ans en 1804.

Page 80

1. Au début de la Restauration, les amis qui fréquentaient le salon des Charles appartenaient pour la plupart au groupe des royalistes constitutionnels : on y trouvait ainsi Suard, Rayneval, Lally-Tollendal, le baron Mounier.

2. 1re édition : « Il aurait été heureux si j'avais préféré quelqu'un dans la foule, et sa préférence eût suivi la mienne. » Alors que l'édition originale souligne la complaisance du mari, les suivantes ont tendance à l'estomper.

3. La 1re édition revenait explicitement sur une ancienne liaison, censurée ensuite par l'auteur : « Et cependant mon mari me reprochait quelquefois mon indifférence en badinant avec moi ; il me disait que plus je serais heureuse, plus il serait heureux lui-même de ma félicité. Une seule fois je crus aimer et être aimée. Un homme d'un nom illustre par le génie, puissant par une haute faveur auprès du chef du gouvernement, séduisant par la gloire qui l'entourait et par la figure, bien qu'il eût déjà passé l'âge de la maturité, parut s'attacher à moi avec un éclat qui me trompa moi-même. J'étais enivrée, non d'orgueil, mais de reconnaissance et d'étonnement. Je l'aimai quelque temps, ou plutôt j'aimai l'illusion que je me faisais à moi-même sous son nom. J'allais céder à un sentiment que je croyais une tendresse passionnée de l'âme et qui n'était chez lui qu'un délire des sens. Son amour me devint odieux quand j'en reconnus la nature ; je rougis de mon erreur, je repris mon âme et je me renfermai plus que jamais dans la monotonie de mon froid bonheur. » Cet aveu de Julie visait M. de Fontanes. Ami de Chateaubriand, protégé de Napoléon, grand-maître de l'Université en 1808, sénateur en 1810, il vota la déchéance de l'Empereur qu'il avait adulé et participa à la rédaction de la Charte. Il reçut de

Louis XVIII le titre de pair de France. Lamartine écrit en 1869, dans le tome 27 du *Cours familier*, CLXI : « Je dirais bien pourquoi M. de Fontanes me fut contraire. Premièrement il écrivait en vers, et moi aussi... Secondement, il avait été lié avant moi avec la personne que j'idolâtrais. Il dut le savoir et en conserva quelque amertume. »

Page 81

1. 1re édition : « Oh ! que je voudrais vous voir préférer dans tous ces adorateurs un être d'une nature supérieure, qui compléterait un jour par un pur amour votre bonheur, et qui, après moi, continuerait ma tendresse en la rajeunissant auprès de vous. »

2. Jacques Charles meurt en 1823.

Page 82

1. Le voyage fut surtout un séjour à Genève. Il dura deux mois et demi (27 juin-17 septembre 1816) et non pas deux ans (voir la double chronologie, « Du réel au roman », dans le Dossier).

Page 83

1. 1re édition : « après vingt ans écoulés depuis cette heure ».

Page 86

1. Sainte-Beuve, dans la *Causerie du lundi* qu'il consacre à *Raphaël*, souligne l'anachronisme qui rend incohérente à ses yeux la profession de foi panthéiste de Julie : « On sent à tout moment dans *Raphaël* l'altération, le renchérissement subtil et sophistique de ce qui a dû exister à l'état de passion plus simple ; on sent la *fable* qui s'insinue. C'est surtout dans les conversations des deux amants sur le lac, dans ces dissertations à perte de vue sur Dieu, sur l'infini, que je crois sentir l'invasion de ce que j'appelle la fable et le système. Ici, l'anachronisme moral devient évident. Jamais une jeune femme, vers 1817 ou 1818, fût-elle à la hauteur philosophique de Mme de Condorcet, n'a causé ainsi : c'est le panthéisme (le mot n'était pas inventé alors), le panthéisme, disons-nous, de quelque femme, esprit fort et bel-esprit de 1848, que l'auteur de *Raphaël* aura mis après coup dans la bouche de la pauvre Elvire, qui n'en peut mais. » Dans le même esprit, il écrit à Mme Juste

Ollivier, le 2 mars 1849 : « On m'a assuré que, dans le cadre de *Raphaël*, sous prétexte de peindre Elvire, Lamartine n'a fait autre chose que de prêter à celle-ci les conversations de l'hiver dernier (1848) qu'il a eues avec Mme d'Agoult (un peu athée, ou panthéiste, vous le savez). C'est bien cela : un canevas de vingt ans et, pour broderie, des pensées de cinquante. Composez donc un charme avec un pareil assortiment ! »

Page 87

1. Voir les derniers vers du « Lac » (en Annexes).

Page 88

1. À l'automne 1816, Julie Charles avait trente-deux ans.
2. Ici, coupé : « Rien ne m'empêche d'être à vous tout entière et je ne retiens rien de moi que ce que vous m'ordonnez vous-même d'en garder. »

Page 89

1. Ce credo, hérité de la philosophie des Lumières, et fondé sur une trinité rationnelle, pourrait bien renvoyer aussi à l'évolution religieuse de Lamartine. Il est de plus en plus marqué par l'influence de Dargaud, rencontré en 1831 : ce traducteur de la Bible, déiste dans la tradition du XVIIIe siècle et anticlérical, s'emploie à l'éloigner du catholicisme traditionnel.

2. Dans la 1re édition, Julie explique à son amant, tremblant d'espoir à la perspective d'une « autre félicité », que sa défaillance cardiaque la condamne à la vertu : « D'ailleurs, poursuivit-elle après un court silence et en rougissant comme une joue approchée du feu, si vous exigiez jamais de moi, dans un moment d'incrédulité et de délire, cette preuve de mon abnégation, sachez que ce sacrifice ne serait pas seulement celui de ma dignité, mais aussi celui de mon existence ; que mon âme peut, dit-on, s'exhaler dans un seul soupir ; qu'en m'enlevant l'innocence de mon amour vous m'auriez en même temps enlevé la vie, et qu'en croyant tenir votre bonheur dans vos bras vous n'auriez possédé qu'une ombre et vous ne relèveriez peut-être que la mort !... » Pour rendre vraisemblable l'abstinence et préserver la morale, Lamartine en est réduit à d'énormes invraisemblances. Devant les quolibets des lecteurs, il supprima cette déclaration des éditions

suivantes. Flaubert en fulmine encore dans une lettre à Louise Colet, le 20 avril 1853 : « et je le déclare même *sale,* quand il veut faire de l'amour éthéré. Les déguisements virils de Laurence dans la grotte (dans *Jocelyn*), les filets avec quoi on se garrotte dans *Raphaël,* cette chasteté par ordre du médecin ! Tout cela me dégoûte par tous mes instincts. » (Pour éclaircir cette allusion aux « filets », voir le passage supprimé que restitue la note 1, p. 121).

Page 90

1. La poésie lamartinienne cherche à rendre cette musicalité de l'eau dans « Ressouvenir du lac Léman » (août 1841) : « On n'entend que le bruit des blanches perles d'eau/ Qui retombent au lac des deux flancs du bateau,/ Et le doux renflement d'un flot qui se soulève,/ Sons inarticulés d'eau qui dort et qui rêve !.../ Ô poétique mer ! » Jean-Marie Gleize a montré que le vers du « Lac », « Dans les bruits de tes bords par tes bords répétés », par sa structure d'écho, est un modèle du vers lui-même.

2. Dans le chant II des *Chevaliers* de Lamartine, Hermine chante une romance à deux voix avec Tristan : « Enfin, d'une voix faible et sans lever les yeux,/ Hermine commença le doux lai des adieux./ Or, c'était un récit triste comme leur âme/ Et que, sans y penser, avait choisi la dame,/ D'un chevalier quittant pour ne plus la revoir/ Celle dont la pensée était le seul espoir ». L'*Auld Robin Gray* que chante Julie, publié en 1772 comme une ballade ancienne, est en fait un texte apocryphe : il est l'œuvre de Lady Lindsay, qui avoue la mystification dans une lettre à Walter Scott, en 1823 (voir en Annexes). Julie reprend cette romance au moment des adieux (chap. LXII).

Page 94

1. Dans la 1re édition, la porte qui les sépare est ouverte, mais c'est pour dresser aussitôt entre les amants d'autres obstacles physiologiques et moraux d'autant plus insurmontables : « "Tenez ! si votre pas n'est retenu que par cet empêchement matériel, vous pouvez le franchir !" » Et j'entendis sa main qui tirait le verrou de son côté. « "Oui, vous le pouvez maintenant, continua-t-elle, s'il n'y a pas en vous quelque chose de plus fort que votre amour même, qui domine, qui subjugue votre emportement ; oui, vous pouvez le franchir, continua-t-elle

avec un accent à la fois plus passionné et plus solennel, je ne veux rien devoir qu'à vous-même ; vous trouverez un amour égal à votre amour ; mais, je vous l'ai dit, dans cet amour vous trouverez aussi ma mort !" »

Page 97

1. 1re édition : « comme des lettres à jamais intelligibles pour nous seuls de cet alphabet embaumé de la nature ». Le chapitre CXXII revient sur ces « lettres de fleurs », « hiéroglyphes » d'un herbier destiné à être relu quand ils seront séparés.

2. Cette idylle séparée du monde est décrite dans la quatrième époque de *Jocelyn*, quand le printemps revient dans les Alpes où le héros se cache avec Laurence déguisée en garçon.

Page 98

1. Les dates contredisent cette dilatation du temps : Lamartine arrive à Aix-les-Bains le 5 ou le 6 octobre 1816. Julie Charles et lui quittent Aix ensemble le 26 octobre (voir notre double chronologie, « Du réel au roman »).

Page 100

1. Voir « La Vigne et la Maison » (1856) : « Ce passé, doux Éden dont notre âme est sortie,/ De notre éternité ne fait-il pas partie ?/ Où le temps a cessé tout n'est-il pas présent ? »

Page 101

1. Voir la première préface des *Méditations* (1849) : « L'amour fut pour moi le charbon de feu qui brûle, mais qui purifie les lèvres. »

Page 102

1. 1re édition : « Excepté Antonine, qui m'apparaissait comme l'enfance naïve de Julie ; excepté ma mère […]. »

Page 103

1. 1re édition : « C'était comme une seconde virginité de mon âme que je contractais aux rayons de l'éternelle virginité de son amour. »

Page 105

1. Julie se montre imprégnée de la philosophie matérialiste des Lumières et n'en a pas moins pour meilleur ami le chef du parti théocratique, M. de Bonald. Sainte-Beuve met en avant ce paradoxe pour démontrer le défaut de consistance du personnage, qui serait traversé de discours et de dogmes sans y trouver sa propre cohérence (voir note 1, p. 86) : « La jeune femme a puisé dans son éducation et dans la société de son mari les pures doctrines du XVIIIe siècle ; elle est incrédule, matérialiste, athée même ; cela ne l'empêche pas d'être très-liée avec M. de Bonald, et c'est un jour, pour lui complaire, que le poète des *Méditations* aurait commis, innocemment, sans trop savoir ce qu'il faisait, cette ode au *Génie*, dédiée au grand adversaire de la liberté. » Il s'agit en effet, pour Lamartine républicain, de justifier rétrospectivement son royalisme de jeunesse. C'est pourquoi Sainte-Beuve ajoute, acide : « Cette petite apologie, glissée en passant, de la part du tribun futur, devra paraître heureusement trouvée. » Il relève une série de contradictions : « Si Julie est incrédule, elle ne doit point parler de Dieu à chaque instant. Si elle est matérialiste, elle ne doit point avoir tant de mépris pour la matière et pour les sensations. Si elle a épousé les doctrines de l'école de Cabanis, elle ne saurait admirer tant M. de Bonald. Si, à un certain moment, elle s'est convertie à Dieu, ce dut être au Dieu des chrétiens, au Dieu du crucifix, au seul dieu que confessât alors son amant. Dans aucun cas elle ne saurait s'exprimer comme personne n'avait l'idée de s'exprimer à cette date. » Il n'en est pas moins vrai que Julie Charles semble avoir manifesté ces contradictions, du doute jusqu'à sa conversion, orchestrée par M. de Bonald. En ce sens elle est très représentative de cette génération prise entre le credo scientifique et sensualiste du XVIIIe siècle et le renouveau spirituel qui marque le premier XIXe siècle.

Page 107

1. Voir « La Prière », dans les *Méditations*, ou les *Harmonies poétiques et religieuses* (1830).

Page 110

1. 1re édition : « sa beauté renaissante ».

Page 112

1. Dans la préface des *Méditations* de 1834, « Des destinées de la poésie », Lamartine revient sur le matérialisme des « hommes géométriques » sous l'Empire, qui avaient étouffé toute liberté, tout souffle spirituel, et qui proclamaient la mort de la poésie. Sur Fontanes, voir note 3, p. 80.

2. Louis de Vignet (voir note 2, p. 42).

Page 113

1. Certaines lettres de Vignet à Lamartine évoquent des projets poétiques ; il y insère parfois des vers. (Sur les essais poétiques de Vignet dans sa jeunesse, voir Léon Séché, *Les Amitiés de Lamartine,* Paris, Mercure de France, 1911, p. 29-30 et 321-337.)

2. Nicolas Gilbert (1750-1780) fut adulé au début du XIXe siècle pour ses élégies, ses satires antiphilosophiques et ses accusations lancées contre la société, par quoi il préfigure le type du poète martyr et maudit (voir *Stello* de Vigny, en 1832). Cette strophe est tirée de sa célèbre « Ode imitée de plusieurs Psaumes », appelée aussi « Adieux à la vie ». Dans les *Méditations*, Lamartine pratique lui-même la paraphrase des textes sacrés, en particulier le *Livre de Job*, traduit de l'hébreu par son ami Eugène de Genoude en avril 1818. La ferveur jobienne est alors un phénomène de génération.

3. Le *Grand Dictionnaire universel du XIXe siècle* de Pierre Larousse donne la citation entière à l'article « Banquet », rappelant les « strophes si touchantes que le poète Gilbert composa à l'hôpital, dans un moment lucide, huit jours avant sa mort ». Dans le *Dictionnaire des idées reçues* de Flaubert, ces vers, à l'article « Banquet » toujours, figurent encore parmi les lieux communs de la culture bourgeoise des années 1880.

4. Le manuscrit donnait ici les vers de la méditation « Invocation » (voir en Annexes). Henri Guillemin précise que Lamartine les retrancha quand il prit le parti de feindre que Raphaël n'était pas lui. Au cours de la soirée du 20 octobre 1816, Lamartine, Julie Charles et Louis de Vignet recopièrent et signèrent ensemble un passage des *Martyrs* de Chateaubriand. Vignet rédigea un poème, « Dithyrambe », et écrivit sur le carnet de Julie : « Il est des femmes dont le seul regard prouve un Dieu et une vie à venir. Anges exilés de la terre, on voit

qu'elles y sont étrangères : c'est au ciel qu'est la patrie de la vertu. » Ces lignes trouvent des échos dans « Invocation » de Lamartine. Le carnet de maroquin rouge, donné par Julie Charles à Lamartine le 6 mai 1817, contient une copie de « Dithyrambe » de Vignet. Si « Invocation » n'y figure pas, le poète en a inscrit le dernier vers sur la page de garde.

Page 114

1. Confusion dans les dates : l'ode à M. de Bonald, insérée dans les *Méditations* sous le titre « Le Génie », est composée plus tard, lors du second séjour à Aix, en août 1817 (voir en Annexes, ainsi que la double chronologie).

2. Louis de Bonald (1754-1840), théocrate, théoricien des ultras (voir note 1, p. 105). Dans son compte rendu de *Raphaël*, Sainte-Beuve souligne le paradoxe d'une Julie Charles imprégnée du matérialisme athée des Lumières, qui a pourtant pour ami intime un « prophète du passé », comme en témoigne Lamartine dans les *Nouvelles Confidences* : « M. de Bonald, talent bien inférieur, mais caractère bien supérieur à celui de M. de Chateaubriand, avait, à cette même époque, un nom égal ; mais sa popularité mystérieuse ne dépassait pas les limites d'une école et d'une secte ; c'était le législateur religieux du passé renfermé dans le sanctuaire des temps. Il rendait des oracles pour les croyants, il ne se répandait pas sur le peuple » (livre IV, chap. XII).

Page 121

1. 1re édition : « J'enlaçai huit fois autour de son corps et du mien, étroitement unis comme dans un linceul, les cordes du filet des pêcheurs qui se trouvèrent sous ma main dans le bateau. »

Page 122

1. 1re édition : « Ses instances tristes étaient assaisonnées de tendresses toutes paternelles et d'allusions enjouées au beau jeune frère qui lui faisait trop oublier ses autres amitiés. »

Page 129

1. Voir note 1, p. 100.

Page 131

1. Ce passage peut être la réminiscence d'une visite de Lamartine aux Charmettes avec Aymon de Virieu en juillet 1811, juste avant son voyage en Italie, comme l'atteste cette lettre de Louis de Vignet du 12 août 1811 : « La vallée de Chambéry présente un millier de sites vraiment enchantés ; il me serait bien doux de les parcourir avec toi et ce bon Aymon que j'aime de tout mon cœur. J'ai bien regretté cette excursion aux Charmettes que vous avez faite sans moi. Comme toi, j'admire l'éloquence entraînante de l'auteur d'*Émile* ; comme toi j'ai pleuré sur les malheurs de Julie d'Étanges [l'héroïne de *La Nouvelle Héloïse*] et j'ai pleuré plus d'une fois. »

Page 132

1. Sur cette complémentarité entre un lieu, une femme et un écrivain, voir le chap. I et les notes 1, p. 37 et 1, p. 74. Dans les *Confessions*, Rousseau appelle Madame de Warens « Maman » et donne l'exemple d'une maternité amoureuse pour le moins ambiguë.

2. Le sixième livre des *Confessions* s'ouvre par des considérations sur le temps : « Ici commence le court bonheur de ma vie ; ici viennent les paisibles, mais rapides moments qui m'ont donné le droit de dire que j'ai vécu. Moments précieux et si regrettés ! Ah ! recommencez pour moi votre aimable cours, coulez plus lentement dans mon souvenir, s'il est possible, que vous ne fîtes réellement dans votre fugitive succession. » On en trouve des échos dans « Le Lac » : « Ô temps ! suspends ton vol, et vous, heures propices,/ Suspendez votre cours !/ Laissez-nous savourer les rapides délices / des plus beaux de nos jours ! » Les considérations de Lamartine sur Rousseau préludent ici le ton de causerie littéraire du *Cours familier*.

Page 135

1. Lamartine projette sur les *Confessions* le dilemme entre morale et vérité qui est le sien dans les *Confidences* et surtout dans *Raphaël*, où il raconte un adultère tout en s'efforçant de préserver la réputation de la femme aimée.

Page 139

1. 1re édition : « lui apprenant à jouir de ses privations même, mille fois au-dessus de ces assouvissements sensuels que la brute partage avec l'homme ? »

Page 141

1. Voir note 1, p. 94.

Page 142

1. Épisode purement romanesque (voir notre double chronologie).

Page 147

1. Ce passage, qui rejoue *Roméo et Juliette*, trouve un écho dans la huitième époque de *Jocelyn*, quand le héros, caché sous le balcon de Laurence dans la nuit parisienne, épie ses fêtes et ses flirts.

Page 148

1. Nouvel indice qui trahit l'autobiographie sous la fiction. Ce nom de lieu renvoie à la jeunesse de Lamartine dans le Mâconnais (voir dans les *Harmonies* « Milly, ou la terre natale »).

Page 151

1. Sur les quatre lettres conservées de Julie Charles, voir en Annexes.

Page 154

1. Ces lettres s'écrivent en dehors des codes traditionnels, sociaux, rhétoriques. Elles sont un combat contre l'expression pour « donner une voix à l'impossible » (voir la Préface, p. 19).

Page 161

1. Pour remporter le pari, lancé à Marc Antoine, de dépenser dix millions de sesterces en un seul repas, Cléopâtre but une perle qu'elle avait fait dissoudre dans du vinaigre (Pline l'Ancien, *Histoire naturelle*, livre IX, 6).

Page 162

1. Depuis avril 1816, Aymon de Virieu, le confident intime, se trouvait au Brésil en mission diplomatique. À son retour,

Lamartine lui écrit de Mâcon, le 12 décembre 1816, qu'il souffre d'un accès de la passion la plus violente qu'un cœur d'homme ait jamais contenu » pour « une créature surhumaine » : « Quant à tes craintes d'être moins aimé, encore une fois rassure-toi : j'ai seulement vu combien tu l'étais ! Tu ne concevras jamais mon vide pendant ces huit mois et pendant l'avenir que je craignais. » Lamartine lui demande de lui servir d'intermédiaire à Paris auprès de Julie Charles et de l'inviter lui-même à l'y rejoindre, pour justifier un voyage aux yeux de sa famille. Car son ami pourrait, par ses relations, l'aider à trouver une place. « J'ai montré ta lettre à mon père, à mon oncle, afin de les tâter sur mon départ. Ta lettre les y dispose assez ; ils en ont été très contents. Mon oncle m'a dit, en souriant à ta proposition : "Eh bien, eh bien ! c'est charmant ! il faudra, il faudra en profiter." Écris-moi dans le même sens, en insistant sur les connaissances utiles et les espérances de m'aider à me placer. Ne parle pas de ma prochaine arrivée à cette pauvre femme, elle n'a déjà eu que trop de désappointements, ménage-la beaucoup, peins-lui l'avenir en bleu. C'est une imagination flétrie par des douleurs de tout genre. En résumé, penses-tu qu'il y ait moyen d'entrer à présent dans quelque administration, dans quelque sous-préfecture, au ministère des Relations extérieures ? Peux-tu parler ou faire parler de moi à M. de Rayneval, à quelque autre ? » (lettre à Aymon de Virieu, lundi matin 16 décembre 1816). Virieu fut d'autant mieux reçu dans le salon de Julie Charles qu'il était apparenté à l'une de ses grandes amies, Mme de Drée. « Aymon de Virieu était fils du comte de Virieu, un des hommes éminents du parti constitutionnel de l'Assemblée constituante, ami de Mounier, de Tolendal, de Clermont-Tonnerre et de tous ces hommes de bien, mais d'illusion, qui voulaient réformer la monarchie sans l'ébranler » (Lamartine, *Confidences*, livre XI).

Page 172

1. La 1re préface des *Méditations* incrimine « le pénible travail de traduction obligée des poètes grecs et latins qu'on m'imposa ensuite comme à tous les enfants dans les études de collège. Il y a de quoi dégoûter le genre humain de tout sentiment poétique. La peine qu'un malheureux enfant se donne à apprendre une langue morte, et à chercher dans un dictionnaire le sens français du mot qu'il lit en latin ou en grec dans

Homère, dans Pindare ou dans Horace, lui enlève toute la volupté de cœur ou d'esprit que lui ferait la poésie même, s'il la lisait couramment en âge de raison ».

2. Lamartine se construit une bibliothèque personnelle qui renvoie, plus qu'aux goûts littéraires de Raphaël, à sa formation d'homme d'État, qu'il s'agit pour lui de rendre solide et crédible. Dans *Graziella*, seuls « trois volumes dépareillés » sont sauvés du naufrage : les *Lettres de Jacopo Ortis*, « espèce de Werther », d'Ugo Foscolo, *Paul et Virginie* de Bernardin de Saint-Pierre, « ce manuel de l'amour naïf », enfin Tacite, « pages tachées de débauche, de honte et de sang, mais où la vertu stoïque prend le burin et l'apparente impassibilité de l'histoire pour inspirer à ceux qui la comprennent la haine de la tyrannie ». Lamartine fait son autoportrait en lecteur, qui, dans la tradition de l'humanisme, cherche une nourriture substantielle pour l'esprit et des modèles dans l'Antiquité. Il renoue par là avec la démarche autobiographique des *Confidences* et anticipe son *Cours familier de littérature*.

3. Sainte-Beuve, spécialiste de la critique de salon, écrit à ce sujet à Mme Juste Ollivier, de Liège, le 2 mars 1849 : « Les conversations et opinions sur Cicéron sont de Mme d'Agoult qu'elle-même n'a fait que répéter ce qu'elle a entendu dire à une personne estimable et docte (Mme Hortense Allart) qui lit en latin Cicéron et en parle à merveille. »

Page 173

1. Voir note 2, p. 172.

Page 175

1. Charles James Fox (1749-1806), orateur et homme d'État anglais, rival de William Pitt et opposant à George III. Défenseur de la tolérance religieuse et des libertés individuelles, il apporta son soutien à la Révolution américaine et se déclara favorable à la Révolution française.

2. William Pitt le Jeune (1759-1806), homme politique britannique, ministre sous George III. Quand la Grande-Bretagne entre en guerre en 1792, il est à la tête des coalitions dirigées contre la France.

Page 176

1. Lamartine ne cache pas son hostilité à Napoléon et au mythe napoléonien. Dans les *Confidences*, livre XII, chap. XIV, il raconte à quel point, dans sa jeunesse, il détestait l'Empire, « ce régime plagiaire de la monarchie », et déplorait « qu'un héros comme Bonaparte ne fût pas en même temps un complet grand homme et ne fît servir les forces matérielles de la révolution tombées de lassitude dans sa main qu'à reforger les vieilles chaînes du despotisme, de fausse aristocratie et de préjugés que la révolution avait brisées ». Voir « Bonaparte », dans les *Nouvelles Méditations*, ou « Ressouvenir du lac Léman », dans les *Méditations poétiques*.

2. Lamartine en profite pour justifier *a posteriori* ses positions ouvertement royalistes sous la Restauration.

Page 179

1. Le baron Mounier, ami du duc de Richelieu, était, en 1817, président de la commission chargée de liquider les créances étrangères. Lamartine lui devra en grande partie sa nomination comme attaché d'ambassade à Naples en mars 1820.

2. François Maximilien Gérard, comte de Rayneval (1778-1836) était alors chef de la chancellerie au ministère des Affaires étrangères.

Page 183

1. Le pont des Arts, dans l'axe du Palais de l'Institut où logeaient les époux Charles.

Page 184

1. Le *Cours familier* revient sur cette lumière dans la nuit (voir en Annexes).

Page 202

1. Pierre Didot. Sainte-Beuve cite ce passage comme l'un des endroits frappants du roman, qu'il restitue au contexte autobiographique : « C'est ensuite cette autre visite que fait le jeune poète, son manuscrit des *Méditations* en main, chez l'imprimeur Didot : la physionomie de l'estimable libraire classique, son refus, ses motifs, tout cela est raconté avec esprit et malice ; le poète en a tiré une charmante vengeance. » Le

commentaire de « L'Isolement » y fait aussi référence : « Je rentrai à la nuit tombante, mes vers dans la mémoire, et me les redisant à moi-même avec une douce prédilection. J'étais comme un musicien qui a trouvé un motif, et qui se le chante tout bas avant de le confier à l'instrument. L'instrument pour moi, c'était l'impression. Je brûlais d'essayer l'effet du timbre de ces vers sur le cœur de quelques hommes sensibles. Quant au public, je n'y songeais pas, ou je n'en espérais rien. Il s'était trop endurci le sentiment, le goût et l'oreille aux vers techniques de Delille, d'Esménard et de toute l'école classique de l'Empire, pour trouver du charme à des effusions de l'âme, qui ne ressemblaient à rien, selon l'expression de M. D***, à Raphaël. » En 1817, il ne peut s'agir encore du manuscrit des *Méditations*. Mais dès 1816, Lamartine avait l'intention de faire éditer « quatre petits livres d'élégies en un petit volume » (lettre à Fortuné de Vaugelas du 28 juin 1816). Ces poèmes appartiennent à l'épisode italien et au cycle de la première Elvire. Certains figurent dans la plaquette de 1820 ou dans les *Nouvelles Méditations* de 1823.

Page 206

1. L'autobiographie l'emporte là encore sur le roman. Raphaël, qui sombre dans la misère jusqu'à sa mort, n'a pas pu logiquement posséder de diamants, tandis que Lamartine, passée la gêne matérielle du jeune homme, connaît une période de prospérité où son train de vie devient fastueux. Cependant, les préfaces des *Confidences* et des *Nouvelles Confidences* ressassent la fatalité financière qui force l'auteur, criblé de dettes, à monnayer ses souvenirs de jeunesse et à prostituer les secrets de sa vie privée.

Page 211

1. Lieu commun de la poésie amoureuse. On le trouve par exemple chez Parny (« Vers gravés sur un oranger ») ou dans la méditation « À Elvire ».

Page 217

1. Le docteur Alin adresse à Lamartine des bulletins de santé qui ne lui cachent pas l'état désespéré de Julie Charles.

Page 225

1. Le mariage aurait été envisagé en cas du décès de M. Charles.

Page 227

1. Le second séjour de Lamartine à Aix n'eut pas lieu à la fin du mois de septembre, mais du 21 août au 17 septembre 1817 (voir notre double chronologie).
2. Traduction du *Genius loci* de la tradition latine.

Page 230

1. En fait, Lamartine, souffrant, se rendit à Aix en voiture. Le souvenir de cette marche remonte peut-être à sa fuite vers la Suisse devant le retour de Napoléon, lors des Cent-Jours (voir notre double chronologie).
2. Lamartine à Adolphe de Circourt, Monceau, 30 novembre 1847 : « Mais en ce moment, malgré mes invitations à la présidence de trente-neuf banquets, je ne suis que d'une oreille à la politique. J'écris mon *Werther* : une œuvre toute de passion, intitulée *Raphaël, pages de la vingtième année*. C'est de l'amour éthéré et pur de cet âge, conservé dans un vase fermé. Je l'ouvre pour moi et pour les jeunes cœurs qui y reconnaîtront leurs propres martyres et leurs propres délices. C'est un petit volume. Il sera fini dans huit jours. Je crois que de tout ce que j'ai écrit en vers ou en prose, c'est ce qui brûle le plus de feu sans fumée. » Dans le *Cours familier*, CXXI, t. 21, Lamartine revient sur sa lecture précoce de *Werther* : « La mélancolie des grandes passions s'est inoculée en moi par ce livre. »

Page 232

1. Lamartine était descendu cette fois encore à la pension du docteur Perrier.

Page 241

1. Une lettre du docteur Alin à Lamartine du 21 décembre 1817 atteste la conversion de Julie Charles : « Les secours de la religion semblaient en avoir fait un être tout nouveau. »

Page 242

1. Sur la dernière lettre de Julie, voir en Annexes. C'est Virieu qui ramena les lettres de Julie Charles à Lamartine, à Milly. Amédée de Parseval lui avait remis le crucifix de la morte (voir « Le Crucifix », dans les *Méditations*).

2. Par la bouche de Julie, Lamartine ménage une place à Marianne-Élisa Birch, qu'il épousa le 6 juin 1820. Certaines méditations tardives, comme « À El. », qui reprend le début de son deuxième prénom, invitent à voir en elle une troisième Elvire.

Préface d'Aurélie Loiseleur 7

RAPHAËL
Pages de la vingtième année

ANNEXES

Invocation	249
Sur l'« Ode à M. de Bonald »	251
Ode à M. de Bonald sur ses détracteurs	251
Lettre de Bonald à Mme Charles, 24 septembre [1817]	256
Le Lac	260
« Littérature légère. Alfred de Musset »	263
La Ballade du « Vieux Robin Gray »	266
Correspondance	269
Lettre de Lamartine à Louis de Vignet, 12 octobre 1816	269
Lettre de Lamartine à Virieu, [Mâcon], lundi matin 16 décembre [1816]	270

Lettre de Julie Charles à Aymon de Virieu, 3 janvier 1817	273
Lettre de Julie Charles à Lamartine, 1er janvier 1817, 10 heures du soir	275
Lettre de Julie Charles à Lamartine, jeudi soir, 2 janvier 1817	280
Lettre de Julie Charles à Lamartine, à onze heures et demie, mercredi [8 janvier 1817]	285
Lettre de Julie Charles à Lamartine, lundi, 10 novembre 1817	287

DOSSIER

Chronologie	293
Du réel au roman	299
Bibliographie	306
Notes	311

DU MÊME AUTEUR

Dans la même collection

GRAZIELLA. Édition présentée, établie et annotée par Jean-Michel Gardair.

VOYAGE EN ORIENT. Édition présentée, établie et annotée par Sophie Basch.

Dans d'autres collections

MÉDITATIONS POÉTIQUES. NOUVELLES MÉDITATIONS POÉTIQUES, *suivies de Poésies diverses*. Édition de Marius-François Guyard. Collection « Poésie / Gallimard ».

COLLECTION FOLIO

Dernières parutions

4903. Dan O'Brien	*Les bisons de Broken Heart.*
4904. Grégoire Polet	*Leurs vies éclatantes.*
4905. Jean-Christophe Rufin	*Un léopard sur le garrot.*
4906. Gilbert Sinoué	*La Dame à la lampe.*
4907. Nathacha Appanah	*La noce d'Anna.*
4908. Joyce Carol Oates	*Sexy.*
4909. Nicolas Fargues	*Beau rôle.*
4910. Jane Austen	*Le Cœur et la Raison.*
4911. Karen Blixen	*Saison à Copenhague.*
4912. Julio Cortázar	*La porte condamnée* et autres nouvelles fantastiques.
4913. Mircea Eliade	*Incognito à Buchenwald...* précédé d'*Adieu!...*
4914. Romain Gary	*Les trésors de la mer Rouge.*
4915. Aldous Huxley	*Le jeune Archimède* précédé de *Les Claxton.*
4916. Régis Jauffret	*Ce que c'est que l'amour* et autres microfictions.
4917. Joseph Kessel	*Une balle perdue.*
4918. Lie-tseu	*Sur le destin* et autres textes.
4919. Junichirô Tanizaki	*Le pont flottant des songes.*
4920. Oscar Wilde	*Le portrait de Mr. W. H.*
4921. Vassilis Alexakis	*Ap. J.-C.*
4922. Alessandro Baricco	*Cette histoire-là.*
4923. Tahar Ben Jelloun	*Sur ma mère.*
4924. Antoni Casas Ros	*Le théorème d'Almodóvar.*
4925. Guy Goffette	*L'autre Verlaine.*
4926. Céline Minard	*Le dernier monde.*
4927. Kate O'Riordan	*Le garçon dans la lune.*
4928. Yves Pagès	*Le soi-disant.*
4929. Judith Perrignon	*C'était mon frère...*

4930. Danièle Sallenave	*Castor de guerre*
4931. Kazuo Ishiguro	*La lumière pâle sur les collines.*
4932. Lian Hearn	*Le Fil du destin. Le Clan des Otori.*
4933. Martin Amis	*London Fields.*
4934. Jules Verne	*Le Tour du monde en quatre-vingts jours.*
4935. Harry Crews	*Des mules et des hommes.*
4936. René Belletto	*Créature.*
4937. Benoît Duteurtre	*Les malentendus.*
4938. Patrick Lapeyre	*Ludo et compagnie.*
4939. Muriel Barbery	*L'élégance du hérisson.*
4940. Melvin Burgess	*Junk.*
4941. Vincent Delecroix	*Ce qui est perdu.*
4942. Philippe Delerm	*Maintenant, foutez-moi la paix!*
4943. Alain-Fournier	*Le grand Meaulnes.*
4944. Jerôme Garcin	*Son excellence, monsieur mon ami.*
4945. Marie-Hélène Lafon	*Les derniers Indiens.*
4946. Claire Messud	*Les enfants de l'empereur*
4947. Amos Oz	*Vie et mort en quatre rimes*
4948. Daniel Rondeau	*Carthage*
4949. Salman Rushdie	*Le dernier soupir du Maure*
4950. Boualem Sansal	*Le village de l'Allemand*
4951. Lee Seung-U	*La vie rêvée des plantes*
4952. Alexandre Dumas	*La Reine Margot*
4953. Eva Almassy	*Petit éloge des petites filles*
4954. Franz Bartelt	*Petit éloge de la vie de tous les jours*
4955. Roger Caillois	*Noé et autres textes*
4956. Casanova	*Madame F.* suivi d'*Henriette*
4957. Henry James	*De Grey, histoire romantique*
4958. Patrick Kéchichian	*Petit éloge du catholicisme*
4959. Michel Lermontov	*La Princesse Ligovskoï*
4960. Pierre Péju	*L'idiot de Shangai et autres nouvelles*
4961. Brina Svit	*Petit éloge de la rupture*
4962. John Updike	*Publicité*

4963.	Noëlle Revaz	*Rapport aux bêtes*
4964.	Dominique Barbéris	*Quelque chose à cacher*
4965.	Tonino Benacquista	*Malavita encore*
4966.	John Cheever	*Falconer*
4967.	Gérard de Cortanze	*Cyclone*
4968.	Régis Debray	*Un candide en Terre sainte*
4969.	Penelope Fitzgerald	*Début de printemps*
4970.	René Frégni	*Tu tomberas avec la nuit*
4971.	Régis Jauffret	*Stricte intimité*
4972.	Alona Kimhi	*Moi, Anastasia*
4973.	Richard Millet	*L'Orient désert*
4974.	José Luís Peixoto	*Le cimetière de pianos*
4975.	Michel Quint	*Une ombre, sans doute*
4976.	Fédor Dostoïevski	*Le Songe d'un homme ridicule et autres récits*
4977.	Roberto Saviano	*Gomorra*
4978.	Chuck Palahniuk	*Le Festival de la couille*
4979.	Martin Amis	*La Maison des Rencontres*
4980.	Antoine Bello	*Les funambules*
4981.	Maryse Condé	*Les belles ténébreuses*
4982.	Didier Daeninckx	*Camarades de classe*
4983.	Patrick Declerck	*Socrate dans la nuit*
4984.	André Gide	*Retour de l'U.R.S.S.*
4985.	Franz-Olivier Giesbert	*Le huitième prophète*
4986.	Kazuo Ishiguro	*Quand nous étions orphelins*
4987.	Pierre Magnan	*Chronique d'un château hanté*
4988.	Arto Paasilinna	*Le cantique de l'apocalypse joyeuse*
4989.	H.M. van den Brink	*Sur l'eau*
4990.	George Eliot	*Daniel Deronda, 1*
4991.	George Eliot	*Daniel Deronda, 2*
4992.	Jean Giono	*J'ai ce que j'ai donné*
4993.	Édouard Levé	*Suicide*
4994.	Pascale Roze	*Itsik*
4995.	Philippe Sollers	*Guerres secrètes*
4996.	Vladimir Nabokov	*L'exploit*
4997.	Salim Bachi	*Le silence de Mahomet*

4998.	Albert Camus	*La mort heureuse*
4999.	John Cheever	*Déjeuner de famille*
5000.	Annie Ernaux	*Les années*
5001.	David Foenkinos	*Nos séparations*
5002.	Tristan Garcia	*La meilleure part des hommes*
5003.	Valentine Goby	*Qui touche à mon corps je le tue*
5004.	Rawi Hage	*De Niro's Game*
5005.	Pierre Jourde	*Le Tibet sans peine*
5006.	Javier Marías	*Demain dans la bataille pense à moi*
5007.	Ian McEwan	*Sur la plage de Chesil*
5008.	Gisèle Pineau	*Morne Câpresse*
5009.	Charles Dickens	*David Copperfield*
5010.	Anonyme	*Le Petit-Fils d'Hercule*
5011.	Marcel Aymé	*La bonne peinture*
5012.	Mikhaïl Boulgakov	*J'ai tué*
5013.	Arthur Conan Doyle	*L'interprète grec et autres aventures de Sherlock Holmes*
5014.	Frank Conroy	*Le cas mystérieux de R.*
5015.	Arthur Conan Doyle	*Une affaire d'identité et autres aventures de Sherlock Holmes*
5016.	Cesare Pavese	*Histoire secrète*
5017.	Graham Swift	*Le sérail*
5018.	Rabindranath Tagore	*Aux bords du Gange*
5019.	Émile Zola	*Pour une nuit d'amour*
5020.	Pierric Bailly	*Polichinelle*
5022.	Alma Brami	*Sans elle*
5023.	Catherine Cusset	*Un brillant avenir*
5024.	Didier Daeninckx	*Les figurants. Cités perdues*
5025.	Alicia Drake	*Beautiful People. Saint Laurent, Lagerfeld : splendeurs et misères de la mode*
5026.	Sylvie Germain	*Les Personnages*
5027.	Denis Podalydès	*Voix off*
5028.	Manuel Rivas	*L'Éclat dans l'Abîme*
5029.	Salman Rushdie	*Les enfants de minuit*
5030.	Salman Rushdie	*L'Enchanteresse de Florence*

5031. Bernhard Schlink — *Le week-end*
5032. Collectif — *Écrivains fin-de-siècle*
5033. Dermot Bolger — *Toute la famille sur la jetée du Paradis*
5034. Nina Bouraoui — *Appelez-moi par mon prénom*
5035. Yasmine Char — *La main de Dieu*
5036. Jean-Baptiste Del Amo — *Une éducation libertine*
5037. Benoît Duteurtre — *Les pieds dans l'eau*
5038. Paula Fox — *Parure d'emprunt*
5039. Kazuo Ishiguro — *L'inconsolé*
5040. Kazuo Ishiguro — *Les vestiges du jour*
5041. Alain Jaubert — *Une nuit à Pompéi*
5042. Marie Nimier — *Les inséparables*
5043. Atiq Rahimi — *Syngué sabour. Pierre de patience*
5044. Atiq Rahimi — *Terre et cendres*
5045. Lewis Carroll — *La chasse au Snark*
5046. Joseph Conrad — *La Ligne d'ombre*
5047. Martin Amis — *La flèche du temps*
5048. Stéphane Audeguy — *Nous autres*
5049. Roberto Bolaño — *Les détectives sauvages*
5050. Jonathan Coe — *La pluie, avant qu'elle tombe*
5051. Gérard de Cortanze — *Les vice-rois*
5052. Maylis de Kerangal — *Corniche Kennedy*
5053. J.M.G. Le Clézio — *Ritournelle de la faim*
5054. Dominique Mainard — *Pour Vous*
5055. Morten Ramsland — *Tête de chien*
5056. Jean Rouaud — *La femme promise*
5057. Philippe Le Guillou — *Stèles à de Gaulle* suivi de *Je regarde passer les chimères*
5058. Sempé-Goscinny — *Les bêtises du Petit Nicolas. Histoires inédites - 1*
5059. Érasme — *Éloge de la Folie*
5060. Anonyme — *L'œil du serpent. Contes folkloriques japonais*
5061. Federico García Lorca — *Romancero gitan*
5062. Ray Bradbury — *Le meilleur des mondes possibles* et autres nouvelles
5063. Honoré de Balzac — *La Fausse Maîtresse*

5064.	Madame Roland	*Enfance*
5065.	Jean-Jacques Rousseau	*« En méditant sur les dispositions de mon âme... »*
5066.	Comtesse de Ségur	*Ourson*
5067.	Marguerite de Valois	*Mémoires*
5068.	Madame de Villeneuve	*La Belle et la Bête*
5069.	Louise de Vilmorin	*Sainte-Unefois*
5070.	Julian Barnes	*Rien à craindre*
5071.	Rick Bass	*Winter*
5072.	Alan Bennett	*La Reine des lectrices*
5073.	Blaise Cendrars	*Le Brésil. Des hommes sont venus*
5074.	Laurence Cossé	*Au Bon Roman*
5075.	Philippe Djian	*Impardonnables*
5076.	Tarquin Hall	*Salaam London*
5077.	Katherine Mosby	*Sous le charme de Lillian Dawes Rauno Rämekorpi*
5078.	Arto Paasilinna	*Les dix femmes de l'industriel*
5079.	Charles Baudelaire	*Le Spleen de Paris*
5080.	Jean Rolin	*Un chien mort après lui*
5081.	Colin Thubron	*L'ombre de la route de la Soie*
5082.	Stendhal	*Journal*
5083.	Victor Hugo	*Les Contemplations*
5084.	Paul Verlaine	*Poèmes saturniens*
5085.	Pierre Assouline	*Les invités*
5086.	Tahar Ben Jelloun	*Lettre à Delacroix*
5087.	Olivier Bleys	*Le colonel désaccordé*
5088.	John Cheever	*Le ver dans la pomme*
5089.	Frédéric Ciriez	*Des néons sous la mer*
5090.	Pietro Citati	*La mort du papillon. Zelda et Francis Scott Fitzgerald*
5091.	Bob Dylan	*Chroniques*
5092.	Philippe Labro	*Les gens*
5093.	Chimamanda Ngozi Adichie	*L'autre moitié du soleil*
5094.	Salman Rushdie	*Haroun et la mer des histoires*
5095.	Julie Wolkenstein	*L'Excuse*

5096. Antonio Tabucchi	*Pereira prétend*
5097. Nadine Gordimer	*Beethoven avait un seizième de sang noir*
5098. Alfred Döblin	*Berlin Alexanderplatz*
5099. Jules Verne	*L'Île mystérieuse*
5100. Jean Daniel	*Les miens*
5101. Shakespeare	*Macbeth*
5102. Anne Bragance	*Passe un ange noir*
5103. Raphaël Confiant	*L'Allée des Soupirs*
5104. Abdellatif Laâbi	*Le fond de la jarre*
5105. Lucien Suel	*Mort d'un jardinier*
5106. Antoine Bello	*Les éclaireurs*
5107. Didier Daeninckx	*Histoire et faux-semblants*
5108. Marc Dugain	*En bas, les nuages*
5109. Tristan Egolf	*Kornwolf. Le Démon de Blue Ball*
5110. Mathias Énard	*Bréviaire des artificiers*
5111. Carlos Fuentes	*Le bonheur des familles*
5112. Denis Grozdanovitch	*L'art difficile de ne presque rien faire*
5113. Claude Lanzmann	*Le lièvre de Patagonie*
5114. Michèle Lesbre	*Sur le sable*
5115. Sempé	*Multiples intentions*
5116. R. Goscinny/Sempé	*Le Petit Nicolas voyage*
5117. Hunter S. Thompson	*Las Vegas parano*
5118. Hunter S. Thompson	*Rhum express*
5119. Chantal Thomas	*La vie réelle des petites filles*
5120. Hans Christian Andersen	*La Vierge des glaces*
5121. Paul Bowles	*L'éducation de Malika*
5122. Collectif	*Au pied du sapin*
5123. Vincent Delecroix	*Petit éloge de l'ironie*
5124. Philip K. Dick	*Petit déjeuner au crépuscule*
5125. Jean-Baptiste Gendarme	*Petit éloge des voisins*
5126. Bertrand Leclair	*Petit éloge de la paternité*
5127. Musset-Sand	*« Ô mon George, ma belle maîtresse... »*
5128. Grégoire Polet	*Petit éloge de la gourmandise*
5129. Paul Verlaine	*Histoires comme ça*
5130. Collectif	*Nouvelles du Moyen Âge*

5131.	Emmanuel Carrère	*D'autres vies que la mienne*
5132.	Raphaël Confiant	*L'Hôtel du Bon Plaisir*
5133.	Éric Fottorino	*L'homme qui m'aimait tout bas*
5134.	Jérôme Garcin	*Les livres ont un visage*
5135.	Jean Genet	*L'ennemi déclaré*
5136.	Curzio Malaparte	*Le compagnon de voyage*
5137.	Mona Ozouf	*Composition française*
5138.	Orhan Pamuk	*La maison du silence*
5139.	J.-B. Pontalis	*Le songe de Monomotapa*
5140.	Shûsaku Endô	*Silence*
5141.	Alexandra Strauss	*Les démons de Jérôme Bosch*
5142.	Sylvain Tesson	*Une vie à coucher dehors*
5143.	Zoé Valdés	*Danse avec la vie*
5144.	François Begaudeau	*Vers la douceur*
5145.	Tahar Ben Jelloun	*Au pays*
5146.	Dario Franceschini	*Dans les veines ce fleuve d'argent*
5147.	Diego Gary	*S. ou L'espérance de vie*
5148.	Régis Jauffret	*Lacrimosa*
5149.	Jean-Marie Laclavetine	*Nous voilà*
5150.	Richard Millet	*La confession négative*
5151.	Vladimir Nabokov	*Brisure à senestre*
5152.	Irène Némirovsky	*Les vierges et autres nouvelles*
5153.	Michel Quint	*Les joyeuses*
5154.	Antonio Tabucchi	*Le temps vieillit vite*
5155.	John Cheever	*On dirait vraiment le paradis*
5156.	Alain Finkielkraut	*Un cœur intelligent*
5157.	Cervantès	*Don Quichotte I*
5158.	Cervantès	*Don Quichotte II*
5159.	Baltasar Gracian	*L'Homme de cour*
5160.	Patrick Chamoiseau	*Les neuf consciences du Malfini*
5161.	François Nourissier	*Eau de feu*
5162.	Salman Rushdie	*Furie*
5163.	Ryûnosuke Akutagawa	*La vie d'un idiot*
5164.	Anonyme	*Saga d'Eiríkr le Rouge*
5165.	Antoine Bello	*Go Ganymède!*
5166.	Adelbert von Chamisso	*L'étrange histoire de Peter Schlemihl*

5167.	Collectif	*L'art du baiser*
5168.	Guy Goffette	*Les derniers planteurs de fumée*
5169.	H. P. Lovecraft	*L'horreur de Dunwich*
5170.	Tolstoï	*Le Diable*
5171.	J.G. Ballard	*La vie et rien d'autre*
5172.	Sebastian Barry	*Le testament caché*
5173.	Blaise Cendrars	*Dan Yack*
5174.	Philippe Delerm	*Quelque chose en lui de Bartleby*
5175.	Dave Eggers	*Le grand Quoi*
5176.	Jean-Louis Ezine	*Les taiseux*
5177.	David Foenkinos	*La délicatesse*
5178.	Yannick Haenel	*Jan Karski*
5179.	Carol Ann Lee	*La rafale des tambours*
5180.	Grégoire Polet	*Chucho*
5181.	J.-H. Rosny Aîné	*La guerre du feu*
5182.	Philippe Sollers	*Les Voyageurs du Temps*
5183.	Stendhal	*Aux âmes sensibles* (À paraître)
5184.	Dumas	*La main droite du sire de Giac* et autres nouvelles
5185.	Wharton	*Le Miroir* suivi *de Miss Mary Parks*
5186.	Antoine Audouard	*L'Arabe*
5187.	Gerbrand Bakker	*Là-haut, tout est calme*
5188.	David Boratav	*Murmures à Beyoğlu*
5189.	Bernard Chapuis	*Le rêve entouré d'eau*
5190.	Robert Cohen	*Ici et maintenant*
5191.	Ananda Devi	*Le sari vert*
5192.	Pierre Dubois	*Comptines assassines*
5193.	Pierre Michon	*Les Onze*
5194.	Orhan Pamuk	*D'autres couleurs*
5195.	Noëlle Revaz	*Efina*
5196.	Salman Rushdie	*La terre sous ses pieds*
5197.	Anne Wiazemsky	*Mon enfant de Berlin*
5198.	Martin Winckler	*Le Chœur des femmes*
5199.	Marie NDiaye	*Trois femmes puissantes*

Composition Nord Compo
Impression Maury-Imprimeur
45330 Malesherbes
le 02 mai 2011.
Dépôt légal : mai 2011.
Numéro d'imprimeur : 164667.

ISBN 978-2-07-039955-0. / Imprimé en France.

168595